刹那の風景《うけい》2

68番目の元勇者と竜の乙女

――師匠、すごい、すごいね！
僕の心にアルトの言葉が響く。
Setsuna
セツナ
Alto
アルト

——ここまで
頑張って歩いたから、
この景色が見れたんだ！
元勇者と獣人の弟子の旅は続く——。

contents

2
刹那の風景《せつなのふうけい》
68番目の元勇者と竜の乙女
著 緑青・薄浅黄
ill. sime

イラスト：sime

プロローグ

暗闇《くらやみ》の中で独り。
それが自分の罪を贖《あがな》うものだとしても、
恐怖《きょうふ》を覚え、寂《さび》しさで満たされていた……。

誰《だれ》の声も聞こえず。
誰の気配も感じず。
何も見えない……。

二度と家族に会うこともできず、故郷に戻《もど》ることも許されない。

１０００年の幽閉《ゆうへい》のあとに罰《ばつ》から解放されるとしても、
一族から追放され名前を剥奪《はくだつ》された私は、生きていくすべなど何もない。

私の未来にあるものは……。

希望ではなく……。
確実な自分の死だった……。

罪の意識と恐怖に押《お》しつぶされそうになりながらも、
罪を贖うために生きている私の前に……現れたのは……。
菫《すみれ》色の瞳《ひとみ》を持った、不思議な気配を纏《まと》う人、だった。

第一章　デージー　《乙女の無邪気》

◇1　【セツナ】

僕達《ぼくたち》はクットという国に向かうためにガーディルを出立《しゅったつ》し、旅をしていた。弟子《でし》になった獣人《じゅうじん》のアルトと共に、雲一つない空の下を歩いている。季節はサルキス《夏》ということもあり、歩いていると汗《あせ》ばんでくるが、気温はさほど高くはない。旅の目的は、僕は世界を見るため、弟子のアルトは、彼《かれ》の言葉でいえば『べんきょうのために。それから、おれのやりたいことを、みつける』ためだ。

今はガーディルの国境を越《こ》えクットの国へと入ったところで、旅は順調だった。魔物《まもの》と遭遇《そうぐう》することもなく、奴隷《どれい》商人と出会うこともなかった。獣人を奴隷とすることを認めているガーディルでは、奴隷商人が拠点《きょてん》を構えている。その彼らが獣人をさらって奴隷として売ることは珍《めずら》しくないため、アルトが狙《ねら》われないようにことさら気を配っていた。

例えば、この数日、野営場所でも火をおこすことなく、食事も保存食で簡単にすませていた。火をおこして不用意に人を呼びたくはなかったから。魔法で結界を張り周りからは見えないようにはしていたが、念には念を入れて行動した。

サルキスということもあり寒くはない。だけど、夜の明かりの心許《こころもと》なさは何とも不安な気持ちを駆《か》りたてる。当たり前だけれど、道に沿って街灯がある訳でもお店がある訳でもないので、夜になると頼《たよ》りは月と星の明かりだけだ。その中での野営で僕は、初めて暗闇《くらやみ》に包み込《こ》まれるような錯覚《さっかく》に陥《おちい》ったんだ……。アルトが平気そうだったのは、きっと暮らしてきた環境《かんきょう》によるものなんだろう。

そうした苦労を経て、今朝、僕達はクットという国に入った。この国は、獣人族を守る法律が定められている国の一つだ。獣人族を奴隷として扱《あつか》った場合は罪となり、かなり重い罰則《ばっそく》も設けられている。だから、奴隷商人の動きも鈍《にぶ》るだろう。警戒《けいかい》を解くことはできないが、外を歩くことさえ危険だったガーディル領内よりは、過ごしやすいんじゃないかと期待していた。

国境を越える前は、アルトが興味を示す花などに足を止めることなく、できるだけ先へ進むように心がけていた。アルトのためというのもあるが、僕自身がガーディルから離《はな》れたかったのかもしれない……。先を急ぐ僕に、アルトは愚痴《ぐち》一つ口にすることはなかった。僕に遠慮《えんりょ》していえなかったのかもしれないけれど……。僕と視線が合えば笑顔《えがお》を見せてくれるアルトの表情に、陰《かげ》りを見つけることはなかった。

国境を越えたことで、僕とアルトは速度を落として歩いた。歩く速度を緩《ゆる》めたことで、アルトが興味を持ったものに近づき立ち止まる時間が増えていく。このままアルトにあわせてのんびりとクットの町に向かうのも悪くはない。僕が不慣れなせいで、アルトにも緊張《きんちょう》を強《し》いていた。もう特に急ぐ必要もない。今日は早めに野営をする場所を見つけて、ゆっくりと体を休めようと決めた。

「ししょう」

呼びかけられて視線をアルトへと向ける。

「どうしたの?」

「あのあかいみ、たべられる?」

そういってアルトが指さす先を見てみると、僕の腰《こし》ぐらいの低木に沢山《たくさん》の赤い実が実っていた。

「植物図鑑《ずかん》で調べてみるといいよ」

「いいの?」

簡単な文字なら読めるようになったアルトが、図鑑で色々と調べたそうにしていたのは知っていた。僕と同じように、アルトも自分で調べるのが好きな性格だったから。でも、ガーディル領内では先を急ぐことを優先していたために、願いを叶《かな》えてあげることができなかった。時折、何かを聞きたそうなアルトに気が付いては、ごめんねと思いつつ、僕は軽い説明だけに留《とど》めていた。

嬉《うれ》しそうに目を輝《かがや》かせ尻尾《しっぽ》を揺《ゆ》らしているアルトの姿に、思わず笑みが浮《う》かぶ。

「うん、いいよ。もう、のんびり旅をしても大丈夫《だいじょうぶ》だから。だけど、周りの警戒を忘れないようにね」

危険なのは奴隷商人だけではない。魔物もでるし盗賊《とうぞく》もでるかもしれない。完全に安全ではない場所での行動は、注意を払《はら》うべきなのだと忠告する。アルトは深く頷《うなず》いてから元気よく「はい!」と返事をした。そして耳を澄《す》ましたり、周りを見渡《みわた》したりして安全を確認《かくにん》し終えたあとに、いそいそと鞄《かばん》から図鑑を取りだして、赤い実のことを調べ始めた。読めない言葉を僕に聞きながら、アルトは赤い実が何かを突《つ》きとめる。

「ししょう、グズベリーだって、たべられるみたい」

調べた実が食べられると知って、アルトの目は喜びに満ち、耳や尻尾は喜びを表現するように忙《せわ》しなく動いている。アルトの感情をそのまま表す耳と尻尾を微笑《ほほえ》ましく思いながら、僕はアルトが待ちわびているだろう台詞《せりふ》を口にした。

「それじゃぁ、食べてみる？」

「うん！」

アルトは嬉しそうに頷き、目を輝かせながら艶々《つやつや》としたグズベリーの実を一つとって口に入れ……噛《か》んだ瞬間《しゅんかん》、声にならない叫《さけ》びを上げていた。

「!?」

口を押《お》さえてものすごい顔をしたアルトのその様子に、僕は我慢《がまん》することができずに笑う。

「あは、あはははは」

「すっぱぁい！」

僕の笑い声とアルトの叫びが重なった。この世界のグズベリーの実はとても酸味が強いらしい。

僕も一つもぐ。

「ししょう、ひどい」

アルトは目に涙《なみだ》を浮かべながら、僕を恨《うら》めしそうに見ている。

「えー。僕は何もしてないよ？」

僕は答えながら、実を口に入れてみる。

「すっぱいの、しってた！」

アルトが不満を訴《うった》えるなか、口の中の実を噛み潰《つぶ》すと、一気に酸味が広がった。

「確かに、これは酸《す》っぱいね」

酸味は強いけれど、食べることができないほどではない。もう一つもいで口に入れる僕をアルトがじっと見つめていた。「もう食べないの？」と少しからかうような目を向け尋《たず》ねると、アルトはじとっとした目で見つめ直してから口を開いた。

「たべない」

アルトのその態度が可愛《かわい》くてまた笑ってしまう。グズベリーはビー玉ぐらいの赤い実で、ものすごく甘《あま》い香《かお》りがする。きっと、アルトは甘い実だと期待していたんだろう。しかし、その期待が裏切られたことと僕がからかったことで、アルトの尻尾は不機嫌《ふきげん》だというようにゆらゆらと揺れていたのだった。僕は少し考えてから、鞄に手を入れて小袋《こぶくろ》を取り出し、アルトに差し出す。アルトは首をかしげながらも小袋を受け取った。

「少しもいでいこうか」

アルトは小袋を強く握《にぎ》りしめる。

「えー！　おいしくないから、いらない！」

「そんなこといわずに。貴重な果物だよ？　満遍《まんべん》なく食べることが、強くなる秘訣《ひけつ》だよ？」

僕はそういって、グズベリーを小袋に入れていく。アルトも渋々《しぶしぶ》といった感じで手伝い始める。小袋が一杯《いっぱい》になったところでそれを鞄にしまい、再び、僕達は歩きだした。

アルトはグズベリーの酸味がよほど気に入らなかったのか、今は僕が作った飴《あめ》をなめながら歩いていた。興味が惹《ひ》かれるものがあれば立ち止まり、図鑑で調べ、載《の》っていないものは僕が教えながら二人でゆっくりと歩いていく。

アルトが何かを調べ、考えている時間、僕はアルトに創《つく》ってあげた鞄と同じものをもう一つ創り、その中に薪《まき》にする小枝を集めていった。

様々なものに興味を示すアルトを横目に見ながら小枝を集め、そろそろ夕方になろうかというところで、綺麗《きれい》な水辺を見つけた。

「アルト、少し早いけど今日はここで野営しようか」

「はい」

野営の準備ということで、アルトがベルトに装備していた結界針を取り出し地面に刺《さ》す。一方で僕は、鞄から鍋《なべ》とレンガを取り出す。そして、料理をするための簡素な土台を作り鍋を置いて、土台の下に小枝を入れて火をつけた。

アルトが何か手伝うことはないかと尋ねてきたけれど、手伝ってもらうことは特になかったので、好きなことをしていていいよと告げる。するとアルトは、鞄から毛布を取り出し地面に敷《し》き、その上に寝転《ねころ》ぶと植物図鑑とノートを取り出して、図鑑の文字をノートに写し始めた。その文字の横に、ちょっとした感想を書き込んでいるのが微笑ましい。きっと今日は、グズベリーと書かれた単語の横に酸っぱい実とでも書かれているのだろう。

そんなアルトを見守りながら、さっき採取したグズベリーでジャムを作るための準備を始める。鍋の中でグズベリーを洗い、ヘタなどを取り下ごしらえをしてから砂糖と一緒《いっしょ》に火にかけた。酸味の強い果物は、ジャムにすると美味《おい》しく食べることができると何かの本で読んだことがある。上手《うま》くいけばアルトも喜んでくれるだろう。もし、失敗しても僕が責任を取って食べきろうと思う……。

コトコト、コトコト煮込《にこ》んでいると、勉強が終わったアルトが鍋を覗《のぞ》きにやってきた。期待したような目で見つめるが、中のものがグズベリーだとわかると顔をしかめた。それでも興味はあるのだろう。何を作っているのかと聞いてくる。

「ししょう、それはなんですか？」

「ジャムだよ」

「じゃむ？」

「うーん、蜂蜜《はちみつ》みたいにパンに塗《ぬ》って食べると美味しいんだよ。今日の夕食でだすパンにつけて食べようね」

そう告げると、アルトは眉間《みけん》に皺《しわ》を寄せながら忌々《いまいま》しそうに鍋を見つめ、耳は僕の言葉を聞きたくないというように違《ちが》う方向を向いていた。アルトの目と耳が物語っている感情を言葉にすると、こんな感じになるんじゃないだろうか。『酸っぱいものを、パンに塗って食べるのは嫌《いや》だ』と……。

アルトの態度を微笑ましく思いながらも、少し可哀想《かわいそう》になってきたので、鍋の蓋《ふた》を取り用意しておいたスプーンでジャムをすくってアルトに渡す。自分の分も鍋から一口分すくって口に含《ふく》んだ。口の中に広がる甘酸っぱさが、とても美味しいと思う。

アルトを見ると、スプーンを受け取りはしたが口に入れるのをためらっているようだ……。しかし意を決したのか……尻尾を少し膨《ふく》らませながらスプーンを口へと入れる……。次の瞬間、アルトはキラキラと目を輝かせて僕を見た。

「おいしい！」

「よかった」

「もう、ひとくち、たべても、いいですか？」

新しい甘味が気に入ったのだろう。懇願《こんがん》するように見つめられたら嫌とはいえない……。スプーンを受け取り水で洗い、風の魔法で乾《かわ》かしてアルトへ手渡す。好きなだけすくい取っていいのだと気が付いたアルトは、尻尾を盛大《せいだい》に振《ふ》りながら鍋にスプーンを突っ込む。そして、あふれない程度にすくい取り、そのまま嬉しそうに口へと運んだ。

口の中からジャムがなくなると、しばらく鍋を見つめていたが……。耳を寝かせながらもスプーンを僕へと返した。アルトは小さくため息をついている。

「ジャムだけで食べるのも美味しいけれど、パンに塗って食べるともっと美味しいよ」

「ほんとう？」

期待に満ちた目で僕を見るアルトの頭を軽く撫《な》でて頷くと、アルトは早く夕食にならないかなといわんばかりに空を見上げて日の高さを確認していた。

夕食まではまだもう少し時間がある。何をして時間を潰そうかと周りを見渡すと、川の水が跳《は》ねるのが見えた。辺りに魔物の気配がないので、おそらく魚だろう。夕食のおかずを増やすのもいいかもしれないと思い、僕は鞄の中に手を入れてみた。期待通り棒状のものが沢山入っていたので、その内の2本を取り出し、1本をアルトに手渡して水辺へと向かう。

興味深そうにしているアルトに、次は小さな瓶《びん》に入ったエビを渡す。すると食べ物と勘違《かんちが》いしたアルトが瓶を開けて食べようとした。僕は慌《あわ》てて止めに入り、食べてはいけないと教える。アルトは、しょんぼりとした様子で瓶の中のエビを見つめていた。

火を通せば食べることもできるが、さすがに新鮮《しんせん》ではないものを生で食べるのは駄目《だめ》だ。それにこのエビは、食べるためではなく魚を釣《つ》るための餌《えさ》だから、アルトに食べられると困ってしまう。そう、僕は時間もあるし、魚を釣ってみようと思ったのだ。ベルトから結界針を取り出し、釣りの最中に魔物に襲《おそ》われないように結界を張り、釣りの準備を始める。するとアルトが、僕の手元を見ながら不思議そうにいった。

「ししょう？」

「うん？」

「これは、なんですか？」

「こっちの棒みたいなのが釣り竿《ざお》で、こっちの瓶に入ったエビが釣り餌《え》だよ」

「つりざお？　つりえ？　なにをする、どうぐ？」

「魚を釣る道具だよ」

「さかな⁉　さかないるの？」

キョロキョロと周りを見渡すアルトに、川の中にいるのだと教えてあげると、身を乗り出して川の中を覗き込もうとする。川の中には魔物もいるから気を付けてと注意すると、アルトはさっと身を引いた。

「ほんとうに、さかないる？」

「いるよ」

アルトは生きた魚をまだ見たことがない。そういう僕も見たことなどなかった。海や川、そこまでいかなくても、水族館や飲食店の生け簀《す》や魚屋でも見られるのだろうけれど、あいにく僕には縁《えん》がなかった……。

カイルは釣りが好きだったらしく、鞄の中には色々な釣り竿や餌が沢山入っている。リールがあることに驚《おどろ》いたが、その材質や仕組みは僕にはわからなかった。

僕とアルトの釣り竿の準備は終わった。次に釣った魚を入れる木の桶《おけ》を取り出し水を入れ、魚をすくうための網《あみ》をそばに置いた。最後に釣りのやり方を検索《けんさく》し、すべての準備が完了《かんりょう》した……はずだ。僕はアルトに釣りの方法を教えながら、自分も最後の確認をしていく。

「アルト、説明するね。これが、釣り糸……この紐《ひも》のこと。これはリール……この釣り竿についている器具のことね。釣り糸をこれぐらいまで巻いておくんだよ。釣り糸の途中《とちゅう》にあるのが、浮き。水面に浮かせて、その動きで魚が餌を食べていることがわかるんだよ」

知識はあっても初めての体験なので、僕は結構ドキドキしている。釣れるといいのだけど。

「そして、もう少し先についてるこれが錘《おもり》。餌を水中に沈《しず》めるために必要なんだ。最後に、釣り糸の先端《せんたん》についているのが釣り針だよ。指に刺さると痛いから気を付けてね。この釣り針に……こうして餌……今回はエビを付けて……」

僕の手つきを見ながら、アルトも釣り針に餌を付ける。

「それから……」

僕は釣り竿を後ろにしならせる。

「釣り竿を振るっ!!」

勢いよく前に振ると、錘をつけた釣り針が、空気を切る高い音を響かせながら飛んでいく。初めてにしては、上出来ではないだろうか。カイルの経験があるから、大きく失敗することはないだろうけど、それでも、無事にトプンと水の中に沈んでいくのを目にすると、何だか嬉しくなった。アルトは、リールを巻く僕と水面に浮かぶ浮きを、交互に見つめていた。

しばらくして、突然《とつぜん》、釣り竿が細かく振動《しんどう》しているのが手に伝わってくる。浮きが水面で沈んだり上がったりを繰《く》り返していた。魚が餌をつついているのだろうか？　魚が餌に食いつく瞬間を静かに息を殺して見守る。この緊張感は何だろう……初めて魔物と戦った時よりも緊張しているような気がする。横目でアルトを見るとアルトの視線は浮きに釘付《くぎづ》けだった。

その時、浮きが大きく沈んだ！　釣り竿を支える僕の手に今までなかった感触《かんしょく》が伝わる。

「かかった！」

思わずでた僕の声にアルトが反応し、釣り竿の先を注視する。釣り竿がしなる。

「結構大きいのか……」

僕の呟《つぶや》きに、忙しなく耳と尻尾を動かすアルトが声を上げた。

「さかな、さかな、つれた⁉」

「針につけた餌を魚が食べたんだよ。釣り上げるのはこれから」

アルトに説明しながら、僕はゆっくりとリールを巻いていく。ここからが勝負だ。ゆっくりと着実に自分の方へと手繰《たぐ》り寄せる。初めての体験に胸が躍《おど》った。魚も負けじと死力を振り絞《しぼ》って抵抗《ていこう》しているようだ。両手に力がこもる。

息もつけない応酬《おうしゅう》のあと、ついに力が尽《つ》きたのか、リールを巻いただけ魚が岸へと近づいてくる。

そして、沈んでいた浮きが水面に戻《もど》り、そのすぐ下に魚の姿が見えてからは、川辺まで引き寄せるのに時間はかからなかった。

「アルト、釣れたよ！」

網で魚をすくいあげながら、僕は笑っていった。アルトもピチピチと跳ねる魚を見て笑顔ではしゃぐ。アルトの姿を見て、僕は頭を撫でようとして、手に汗をかいていることに気が付く。楽しい……。心からそう思った……。カイルが魔法で魚を捕《と》らずに、あえて釣りをしていたのがわかった気がした。

「さかな！　はねてる！　いきてる！」

釣り針から魚を外し水を張った桶に入れると、アルトが目を丸くして、中で泳ぐ魚を見ていた。その姿が愛らしい。

「アルト、あとでこの魚の種類を図鑑で調べようね」

僕はこの魚の名前を知っていたけど、初めて釣った魚をアルトと一緒に図鑑で調べたいと思った。アルトはきっと魚図鑑にも興味を示すはずだから。

アルトは頷いて視線を桶の中に戻し、恐《おそ》る恐る魚に触《ふ》れたかと思うと、最後には魚を持ち上げていた。アルトの手の中で、魚がビチビチと体をうねらせている。そんな魚の姿をアルトは真剣《しんけん》に眺《なが》めていた。

「アルト、魚はエラ呼吸だから、水の中に入れてあげないと死んでしまうよ？」

エラ呼吸が何かは理解していないだろうが、魚が水の中でしか呼吸できないということは伝わったようだ。アルトが慌てて魚を桶に戻す。

「とりあえず、今日の夕飯は魚も食べることができそうだね」

「たべるの⁉　このさかな、たべるの⁉」

　魚を夕食にするという僕に、アルトが信じられないという顔をして黙《だま》り込んだ。早くも魚に愛着が湧《わ》いているようだ。その気持ちはわからなくもない。

「うん、今日のご飯だからね」

「うぅ……」

　本当は逃《に》がしてもよかった。ただ、これからもこういうことは沢山あるだろうし、ここは心を鬼《おに》にする。この時……魚と視線が合ったと思ったのだけど……きっと気のせいだろう。アルトはしょんぼりと耳を寝かせ、機嫌よさげに揺れていた尻尾もピタリとその動きを止めた。

「じゃぁ、アルトは違うものを食べる？」

「え⁉」

「新鮮な魚はとても美味しいと思うんだけどな」

　僕の言葉に衝撃《しょうげき》を受けたのか、アルトが僕を凝視《ぎょうし》する。

「魚を食べるのが嫌なら、僕が食べるから。アルトはパンとスープだけでもいいよ？」

「え⁉　おれも、さかな、たべる‼」

　アルトは勢いよくそう宣言した。やはり愛着より食欲が勝《まさ》ったようだ。

「それなら、アルトも自分で釣らないとね？　僕の分は上げないよ？」

　アルトは茫然自失《ぼうぜんじしつ》したように僕を見ながら、そっと釣り竿に手を伸《の》ばした。

しばらくの間アルトの手を持ち、釣り餌の投げ方を一緒に練習した。最初は釣り竿で地面を叩《たた》いたり、真《ま》っ直《す》ぐ飛ばなかったり、すぐそばで落ちたりしていたが何回か練習しているうちに、ちゃんと水面に届くようになった。真剣な目で浮きの動きを見ているアルトを微笑ましく思いながら、僕も2匹《ひき》目の魚を釣るために釣り竿を振る。

しかし、アルトは次第《しだい》に不機嫌になっていった。アルトの眉間の皺がずっと消えない。僕が3匹目を釣り上げた時も、アルトはまだ1匹も釣れていなかった。上手に投げられるようになっていたけれど、その後が上手くいかないらしく、魚に逃げられてばかりいる。

見ていて面白《おもしろ》いような、可哀想なような……。そんな視線をアルトに向けていると、アルトが眉間に皺を寄せたまま口を開いた。

「ししょう、さお、こうかん」

「うん？　僕の釣り竿と交換《こうかん》しようってこと？」

アルトがコクコクと頷く。どうやら魚が釣れない原因は釣り竿にあると思ったらしい。子供らしい発想に笑いをこらえながら「はい、どうぞ」といって交換する。アルトはこれで釣れると思ったのか、鼻息を荒《あら》くして釣り竿を振った。結果は……僕が4匹目を釣ってもアルトはまだ1匹もかかっていなかった。

さすがにここまでかなと意気消沈《いきしょうちん》しているアルトを見て思う。自分の力で釣ったほうが、喜びも大きいと思うのだけど、落ち込んでいる姿を見るのは忍《しの》びない……。なので、アルトが感覚を掴《つか》めるように一度一緒に釣ってみることにした。

アルトの手の上に僕の手をのせ釣り竿を握り、一緒に魚がかかるのを待つ。アルトの視線はじっと浮きを見つめている。

「まだ……。魚は臆病《おくびょう》だから、極力自分の気配を消すようにして魚が来るのを待ってみよう。ゆったり構えて、静かに息を吐《は》いて。ほら、魚が来たよ。まだだよ。今、魚はこの餌が安全か見極《みきわ》めているはずだから」

浮きがゆらゆらと挑発《ちょうはつ》するように揺れている。それを見てアルトが釣り竿を引きたい衝動《しょうどう》をぐっとこらえているのを感じる。

その時、僕は自分の間違いに気付いた。アルトに学んで欲《ほ》しいと釣りをしている僕の姿を見せた。でも、今のアルトに必要なのは、文字通り手を取って教えてあげることだったのだと。人生経験の乏《とぼ》しいアルトには、自分の中の何かを基にして学ぶことなど難しい……。アルトの勉強方法のことで、ダリアさんからやんわり苦言を呈《てい》されたのを思い出した。忘れないようにしなければと思いながら、釣り竿を軽く握り直した。

「まだ。まだ魚は餌に食いついていないからね……」

アルトが、今か今かと待っている。

その時！　浮きが沈み、水面に波紋《はもん》が大きく広がった。

「いまだ！」

声を上げると同時に僕はアルトの手の上から釣り竿を引く。その瞬間、釣り竿に手応《てごた》えを感じた！

「し……ししょ！　ししょう！」

アルトも魚が食いついたことを実感しているようだ。興奮して言葉にならないようだが、釣り竿はしっかりと握られていた。僕はそのままアルトと一緒に釣り竿を持ち、巻き上げ方を教えていく。

「アルト、魚が引いている間はリールを巻かない。少し引きが弱くなったら巻くんだよ」

アルトは頷きゆっくりとリールを巻いていく。釣り竿から伝わってくる振動に、興奮も最高潮のようだ。

「焦《あせ》らずゆっくりね……ゆっくり」

アルトと魚の一進一退の根競《こんくら》べが終わりを告げ、弱った魚が岸にたどり着く。アルトは網を持って魚をすくい上げ、その重みを感じた瞬間、体を震《ふる》わせ叫んだ。

「やったぁぁぁぁ！　ししょう！　おれつった‼」

網を持ち上げ僕に自慢《じまん》するように見せる。アルトの沸騰《ふっとう》するような喜びの声に少し驚きながらも、僕は嬉しいと思った。アルトの年頃《としごろ》らしい喜び方を初めて見たような気がする……。アルトを弟子にして、まだそう時間は経《た》っていない。アルトが僕に気を使い、後ろめたさを感じていることを知っていた。僕のそばにいないほうがいいと考えているだろうことも……。

この感情は一朝一夕《いっちょういっせき》でどうにかなるものではないだろう。僕とアルトがこれから時間をかけて育《はぐく》んでいくものだと思っている。ゆっくりとお互《たが》いの距離《きょり》を縮めていこうと思う。ガーディルの城下町は危険すぎて一緒に歩けなかった。旅の準備やギルドの依頼《いらい》でアルトと一緒に遊ぶことはあまりなかった。だけど、これからは……。

そう、これからは、アルトと共に笑って、喜んで、楽しんで、そして僕も教わっていけたらいいと思う。アルトの笑顔が増えていくように願いながら、僕もアルトと一緒に笑ったのだった。

魚を釣るコツをつかんだのか、アルトはあれから3匹ほど釣り上げていた。僕も続けて2匹ほど釣ったあと、アルトのそばで魚を捌《さば》いていた。自分が釣った魚2匹は今日の夜食べる分で、残りは焼いてフレークにして瓶に詰《つ》めて持ち運ぶつもりだ。この辺りの知識や経験も花井《はない》さんやカイルから貰《もら》ったものだ。本当にありがたいと思う……。

僕が魚を捌き終えると、まだ釣りたいというアルトに、そろそろ夕飯の用意をしないといけないからと話して諦《あきら》めさせた。地面に突き刺していた結界針を抜《ぬ》きベルトにしまい、釣り道具も片付ける。よほど楽しかったのか、アルトは名残惜《なごりお》しそうに僕を見ていた。

「また今度一緒に釣ろうね」

「あした？　ししょう、あした？」

尻尾を嬉しそうに揺らすアルトに、頷きながら答える。

「そうだね。明日、野営する場所に魚がいそうだったら、また釣ってもいいかもね」

僕の言葉にアルトは納得《なっとく》したように頷き、魚を渡してくれた。アルトの釣った分も捌いてから野営場所へと戻る。そして、枝を魚に突き刺し塩を振り火のそばに突き立てた。魚からひとときも目を離さないアルトに苦笑《くしょう》しながら、冷めたジャムを瓶の中に詰めた。よくよく考えると、魚とジャムはあいそうにないので明日の朝食に回すことにする。

アルトは4匹すべて焼いて食べるというので、僕の分も含めて6匹焼いている。しばらくして魚が焼き上がると、アルトはそれはそれは幸せそうに頬張《ほおば》っていた。

「アルト、美味しい？」

「ほいひぃ！」

食べながら話すのは行儀《ぎょうぎ》が悪いなとは思う。だけど、今日は大目に見ることにした。アルトの耳と尻尾、そして、その表情が、美味しいと、幸せだと雄弁《ゆうべん》に物語っていた。僕も初めて自分で釣った魚を食べる。きっと僕もアルトから見れば、同じように見えているのかもしれないと思った。

食事のあと、それまでの疲《つか》れがでてきたのか、アルトが座《すわ》ったままで、まぶたを閉じ始めた。なので、早めに就寝《しゅうしん》することにしたのだった。

◇2 【セツナ】

あの日の夜、僕は心臓を鷲掴《わしづか》みにされたような衝撃を受け、飛び起きることになった。思わず声を上げそうになったが、ぐっと耐《た》えた。この世界に来てから、声を出したところで結果が好転したことなど一度もなかったため、どれほどの痛みを受けようと声を上げないようになっていたんだ。

夢の中で、幻痛《げんつう》と思い出したくもない記憶《きおく》をこじ開けられたために、目覚めたあともそれらが呼び水となって、さらに嫌なことを思い出していった……。

「ここはもう……ガーディルじゃない」

心と頭に教えこむように、何度か小さな声で同じ言葉を繰り返した。嫌な記憶を振り払い、別のことを考えようとするのに……。ふつふつと湧き上がる表現しようのない感情に、身を任せたくなる衝動に駆《か》られていた。

今であれば、その感情の正体がなんであるのかいえる。ガーディルを離れることで潜在《せんざい》的に植え付けられた、かの国への畏怖《いふ》が薄《うす》まったことで、その陰に秘匿《ひとく》されていた恨みと憎《にく》しみと怒《いか》りが顕《けん》現《げん》しだしていたのだと。

　しかし、あのときの僕にはまだそれがわかっていなかった。その感情に向きあってこそ、僕にとっての優《やさ》しい世界が開けたのかもしれない。でも、そのことに気付かない僕は、頭を膝《ひざ》につけるように体を丸めることで耐えようとしていた。鼓動《こどう》が速くなっているのを意識しながら息を殺した。中天に昇《のぼ》りきっていない蒼《あお》い満月が、目に入ってきて、さらに鼓動が速まった。その行動が何の役にも立たず、どうしようもなくなり、逃げ場を求め視線を動かし続けた。

　そんな僕の耳に……プスープスーという音が届いた。助けを求めるように音の出どころを探《さぐ》ると、熟睡《じゅくすい》したアルトが鼻をならしている姿が目に入った。僕の足下《あしもと》で無防備に子狼《ころう》の姿になって丸まって寝ているアルトを見て、自然と肩《かた》の力が抜けた。僕は静かに息を吐《は》いていた。

「あはは……」

　平和そのものともいえる音の繫《つな》がりに、思わず笑ってしまった。横を向き、気持ちよさそうに寝ている子狼の体をそっと撫でた。ふわりとした毛皮の触《さわ》り心地《ごこち》に心が癒《い》やされていった。丸まって寝ていたアルトがお腹《なか》を見せるように寝返りを打ったので、撫でるのをやめた。時々足が空を駆けるように動いているのは、走っている夢でも見ているのだろうかと考え、ようやく微笑《ほほえ》むことができた。

　夜明けまではまだ遠いけれど僕は眠《ねむ》ることを諦めた。本でも読もうかと考え、アルトを起こさないように静かに立ちあがると、小型の片手鍋《かたてなべ》に魔法で作りだした水を入れ、簡単に作ったレンガのかまどの上に置き、お湯を沸《わ》かし始めた。そして、鞄の中から一冊の本を取り出した。

　その本は、ガーディルで宿屋を経営しているダリアさんに薦《すす》められた恋愛《れんあい》小説で、題名は『最果ての愛』。彼女《かのじょ》から話を聞いた限り悲恋もので、この世界にきてからこういった小説は読んでいなかったので、少し楽しみにしていたのだった。

だけど……読み進めていくうちに、ダリアさんの宿での騒動《そうどう》のきっかけとなったのはこの本だと気が付いた。すやすやと寝ているアルトをチラリとみて、僕はあの一連の騒動とアルトとダリアさんから聞いた話を思い出していた……。

◇3 【アルト】

ダリアさんにお世話になってから数日たった日、俺《おれ》は午前中に勉強を終わらせてダリアさんと一緒に昼ご飯を食べていた。ダリアさんが作ってくれたのはパンに具を挟《はさ》んだ料理で、色とりどりな野菜と味付けした肉がはさまっていて、とても美味しい。

「アル坊《ぼう》、美味しい？」

ニコニコしながら尋ねてくるので、大きく首を縦に振ると、ダリアさんが嬉しそうに笑った。そんなダリアさんと話しながらご飯を食べていたけれど、ゴツゴツとしたその手のひらが目に入ってきて、師匠《ししょう》がダリアさんのことを冒険者《ぼうけんしゃ》だったって話していたことを思い出した。強い人だと教えてくれたけど……時々くねくねしながら話す姿を見ていると、ちょっと信じられなかった。だから、ダリアさんが本当に強いのか聞いてみることにした。

「ダリアさん、つよい？」

俺の言葉にダリアさんは驚いた顔をした。小さく低い声音《こわね》でネストル……というギルドマスターの名前が聞こえたけど、その先の言葉はわからなかった。

「ダリアさん？」

俺の呼びかけに、ダリアさんは困ったように微笑んでから口を開いた。

「あらぁ、アル坊。女性に向かって強いかなんて聞いちゃ駄目よぉ？」

「そうなの？」

女の冒険者もいるのに、なぜ女の人に強さを聞いてはいけないのかと不思議に思う。

「どうして？」

「女性はか弱いものなのよぅ。男は女を守るものなのよぅ？」

「ふーん……」

ダリアさんが教えてくれた新事実は、俺にはよくわからなかった。

「だから、アル坊も大きくなったら女性を守らないとね」

「うーん……」

「まだ、アル坊には早いかしらねぇ」

そういって笑うダリアさんを見て、俺は思ったんだ。こんな大きな人を俺が守るのかなって。だって俺よりすっごく大きいし、どれぐらい強いかわからないけど……きっと俺よりは強いと思うんだ。俺が二人いたらダリアさんを守ることができるかな？　と想像してみたけど答えはでなかった。師匠ならわかるかもしれない。

俺が師匠のことを考えていると、ダリアさんがとても真剣な声を響《ひび》かせた。俺の耳は自然とダリアさんの方へと向く。

「だけどねぇ、女は強くならなきゃいけないときがあるの」

ダリアさんが真っ直ぐに俺を見つめてくるから、俺はちょっと身構えてダリアさんの言葉の続きを待った。ダリアさんが話すことは、とても大切なことなんだと思ったから。

「乙女《おとめ》はね、アルト。大切な人を守るときに強くなるものなのよぅ」

「おとめ？」

初めて聞いた言葉だった。

「そう、乙女。私みたいに可憐《かれん》で、か弱い女性のことをいうのよぅ」

「『おんな』はこう書いて、『おとめ』はこう書くのよ」

まだ頼《たの》んでいないのにダリアさんが、俺の勉強用のノートを開いて文字を書いてくれる。毎日、俺が教えて欲しいとねだるからかもしれない。俺はダリアさんにお礼をいってから、ノートに書いてくれた文字を真似《まね》して何回も練習して覚えた。

ダリアさんが話していたことは難しくてよくわからなかったけど、女は男の俺とは違うんだっていうことと、ダリアさんのような乙女は守ったほうがいいのだということはわかった。


ダリアさんとご飯を食べたあと、お手伝いを頼まれて中庭にいくことになった。中庭は野菜を作っている畑と鶏《にわとり》とミニブタと呼ばれる動物がいる楽しい場所だ。動物達がいる小屋へいくと、ダリアさんがミニブタを中庭の端《はし》にある柵《さく》の中に移動させた。鶏も移動させるのかと聞くと「鶏は捕《つか》まえるのが大変だから外には出さないのよぅ」と話していた。ダリアさんに何を手伝えばいいのか尋ねると「小屋を掃除《そうじ》する間、ミニブタ達と遊んでいてねぇ」といわれた。

ミニブタと全力で遊ぶ。走り回って疲れたミニブタと一緒に座っていると、ダリアさんが冷たい飲み物をくれた。それを飲みながら、この仕事はどのランクの依頼になるのだろうと考えていると、ダリアさんが腕《うで》をさすりながら呟いた。

「か弱い乙女には、家畜《かちく》の世話は大変だわぁ」

そのか弱いという言葉に、ダリアさんは強くないのかもしれないと思った。だけど師匠は強いって話していたんだけどなぁ……と首をかしげる。

「ほらぁ、つつかれて……こんなに赤くなっちゃったわ」

ダリアさんの腕は日焼けしていて、どこが赤くなっているのかわからなかった。

「にわとり、こわい？」

「そうねぇ、獰猛《どうもう》だから怖《こわ》いわよねぇ」

鶏小屋を掃除するダリアさんを、時折、見ていたけれど……鶏のほうが逃げていたような気がする。つつかれていたのは「もう少し太らせたほうがいいかしらぁ？」とダリアさんが鶏を抱《だ》き上げて見ていたときだ。きっと……鶏は食べられると思ったのかもしれない。

そんな話をしながらダリアさんは、ミニブタ、にわとり、かちく、せわ、こわい、どうもう、たいへんとノートに書いていくれた。そうだ、文字が上手に書けるようになったら、日記にはミニブタのことを書こう。そう考えていたら、宿屋の入り口から人の声が聞こえてきた。

「あらぁ？　誰《だれ》か来たのかしらぁ？　アル坊、ここにいてねぇ？」

ダリアさんは、そういい残して宿屋の受付の方へ走っていったけど、しばらくして紙のようなものを握って戻ってきた。

「ダリアさん、それはなんですか？」

初めて見るものに興味を引かれて聞いてみた。

「これぇ？　これはおてがみよぅ」

「おてがみ？」

「そうよぅ。封筒《ふうとう》……この紙で作られた入れ物の中に文字を書いた紙が入っているの。それを、お手紙というの。会って話したいけど会えない人に手紙を書いて、その人のところに届けて読んでもらえれば、自分の気持ちを伝えられるでしょぅ？」

俺はダリアさんのいっていることが、よくわからなかった。

「そうねぇ。アル坊はセツ君に日記を書いているじゃない？」

俺は頷く。

「セツ君と直接お話をしなくても、自分が話したいことを伝えられるでしょ」

俺はまた頷いた。

「そういったやりとりを遠くにいる人とするのが手紙なのよぅ」

なるほどと思って納得して頷いた。ダリアさんはそんな俺の頭を撫でながら、顔を少し赤くして、まぁ……違う使い方もあるのだけど……アル坊にはまだ少し早いわねぇといった。とりあえず、他にも使い方があるのはわかった。だけど、それを教えてくれる気はないみたいなので、ちょっとがっかりした。

「今からお手紙を読むからぁ、アル坊は好きなことをしていてねぇ」

届いたお手紙には何が書いてあるのだろうと気になり、ダリアさんが封筒から手紙を出して読んでいるのを眺めていた。最初はニコニコと微笑みを浮かべながら読んでいたから、楽しいことが書いてあったのかなと思った。だけど……。段々とダリアさんの顔から笑みが消えていき……目の色も変わっていく。俺は凄く怖くなってきた……。

そして……しまいには何かブツブツと独り言をいいだし、目が……目が血走りだす。俺の目にはなぜか……ダリアさんの髪《かみ》が怒りでうねっているように見えた……。逃げたほうがいいと本能が叫ぶのに体が動かない……。体を震わせているダリアさんが手紙を読み終えると……地を這《は》うような声で呟いたんだ。

「……さない」

その声で、俺の体中から血が逃げていった。

「……るさない」

「……」

「ゆるさんぞぅ‼」

腹の底からだされた声とダリアさんの怒り狂《くる》った姿に、俺は心の底から震えていた。大声で師匠と呼びたかったんだけど、口から声が出てこなかった。

「乙女心を弄《もてあそ》びやがって！　目に物見せてやる‼」

全く動けない俺とは逆に、あっという間に自分の部屋から、ダリアさんの背丈《せたけ》くらいある斧《おの》を片手に握って持ってくると、そのまま、中庭に走り出していく。俺はなんとか首だけ動かしてダリアさんの方を見ると、ダリアさんは巨大《きょだい》な斧を中庭で振り回しながら、雄叫《おたけ》びを上げた。

「どりゃぁぁぁぁぁぁ！　女をなめんなぁぁ！」

「……」

筋肉によって腕周りの服が引き裂《さ》かれてしまった頃に、ようやく斧を振り回すのを止《や》めたダリアさんが、斧を肩にかついで一呼吸ついた。そして、その瞬間に、俺と目が合ったんだ。ダリアさんが息を止めたのがわかる。俺も息を止めた。食い殺されるかと思ったから……。

「……」

「……」

どれくらい目を合わせていたのかわからなかったけど、ダリアさんの武器が地面に落ちて大きな地響《じひび》きをたてたから、緊張の糸が解けて、深く息をついた。

「アル坊、ご飯の用意しましょうかぁ」

ダリアさんがこっちに戻ってきて、にっこり笑いながらそういった。俺は無言で首を縦に振る。今のダリアさんには何もいわない方がいいと思ったんだ。何がきっかけで、さっきのようになるかわからなかったから。だから、これ以上何も起こらないことを祈《いの》って静かにしていたんだけど、ダリアさんが机の上にある手紙を見たときに、その顔が歪《ゆが》んだのを見て心臓が止まるかと思うほどの恐《きょう》怖《ふ》を感じた……。

「乙女を……私を怒《おこ》らせたことを後悔《こうかい》させてあげるわ……」

「……」

「ふふふ……ふふふふ……」

身の毛がよだつ声でダリアさんは笑っていた。それが収まるのを、俺は尻尾を丸めながら聞いているしかなかった。

そして、思ったんだ。本当に男は女を守らないといけないのだろうかって……。それと、女も乙女も怖いんだってことも。俺は、今日の日記に書くことはこれしかないと思いながら、椅子《いす》の上で小さく固まっていた……。

◇4【セツナ】

僕は、アルトをダリアさんに任せてギルドの依頼をこなし、旅に必要なものを購入《こうにゅう》して宿屋に帰ってきた。夕食のときにアルトを見て、少し元気がないように感じた。気になってダリアさんに聞いたら、庭ではしゃぎ過ぎたんじゃないかということだった。疲れているのなら寝たほうがいいよと伝えたが、アルトは首を横に振って勉強したいといった。仕方がないので辛《つら》くなったらすぐに寝ることを約束させてから、僕はアルトに勉強を教えた。

一通り勉強して気が済んだのか、アルトは子狼の姿になってベッドで丸まって寝ている。時折キュンキュンと鳴いてうなされているように見えるけど……大丈夫だろうか？　しばらく様子を見て起こすかどうか決めようと思いながら、僕はいつも通り日記を開く。そこには、目を疑いたくなるような文章が書かれていた。

『おんな、は、こわい。おとめ、も、こわい』

アルトの日記を読んで僕は混乱する。何があったんだろうかと思い、視線をアルトに向けるが、当然答えなど返ってはこない。視線をアルトから開いたままの日記に戻して、もう一度読んでみても、やはり内容は同じだ。

ぼんやりと日記を眺めて、昨日の夜に教えた方法で、単語を繋げてちゃんと文章を作っているなとか、文字を覚える速度には驚かされるなとか、アルトの勉強に対する姿勢に感心しながら……僕は、必死で日記の返事を考えていた……。

だけど……。アルト……。僕はこの日記の返事をどう書けばいいんだろね……。たった2行だ、たった2行の日記なのに、それも子供が書いたものなのに、奥《おく》が深すぎて……どう答えていいのかわからない。

もう少し僕が人生経験を積んでいたら、答えは簡単に出たんだろうか？　女性と深く話す機会がなかったので、女性を怖いと思ったことはないから……。いや、嘆《なげ》いている場合ではない。なんとかしてアルトに返事をしなくては……。そう思い直し、もう一度、アルトの文章を一から追ってみることにする。

多分……この日記の女とはダリアさんのことを指しているのだろう。ここは間違いはないはずだ。じゃぁ……この乙女というのは誰を指しているんだろう？　いや、考えなくてもわかる。一人しかいないのだから。しかし……乙女ってアルトとダリアさんはいったいどんな会話をしていたのだろう……。

「はぁ」

知らず知らずのうちにため息が出る。本当に……僕のいない間に何があったのか気になる、非常に気になる。だけど、アルトが僕に報告するために書いた日記について、根掘《ねほ》り葉掘り聞くのは、どうかと思うんだ……。この2行の文字は、アルトの今日の努力の結果であり、今日一日の経験の中で僕に一番に伝えたいことを選んで書いてくれているのだから。

返事だ……。返事を書かないと……。再度、アルトが書いた日記を分析《ぶんせき》しようと試みるが……。

『おんな、は、こわい。おとめ、も、こわい』

まず……この時の状況《じょうきょう》がわからない。どういった意味で怖いのかがわからない。ダリアさんはアルトをベタベタに褒《ほ》めていた。だから、怒られて怖いと書いたとは考えづらい。アルトとの会話から何かを得られないかと思い返してみるが……そういったことは一言も話していなかった。アルトもダリアさんを避《さ》けるような言動はしていなかった……。結局この短い文章や、二人の会話からも手がかりは見つけられなかった。

そして問題はもう一つあることに気が付いた。仮に真相がわかったとして、返事の書きようがないということに。なぜなら、アルトの日記の中の女性はダリアさんを指しているはずだ。すると僕が書く返事は……ダリアさんが怖いか怖くないかの二択《たく》になる。

だけど、ダリアさんが怖いと書くのは現状にそぐわないために書けない。アルトはダリアさんと普通《ふつう》に話していたし、耳と尻尾も元気だった。ご飯もしっかり食べていたんだ。これがダリアさんを見て怯《おび》えているとか萎縮《いしゅく》しているとかなどの変化があったのならば、書いたかもしれないけど。

では、ダリアさんは怖くないと書けばいいかというとそうでもない。アルトは怖いと僕に書いてはいるが、実際には怖そうにはしていない。つまり、文章と現状とが矛盾《むじゅん》しているのだから、軽々しく怖くないとは書きづらい。

いったいこれはどういうことなんだと、また思考の迷宮《めいきゅう》にはまっていく。女性がダリアさんという縛《しば》られた状況の中で答えを見つけるのは、とても難しいような気がしてきた。ダリアさんと女……。ダリアさんと乙女……。乙女……乙女……乙女……、乙女の定義ってなんなんだ！　こうして、悩《なや》ましい夜は更《ふ》けていった……。

結局、この日も眠れたのは朝方で……しかも用意できた答えは平凡《へいぼん》なものだった。

『アルトへ。

こわいものは、ぼくといっしょにこくふくしていこうね』

克服《こくふく》しようといった僕に、アルトが青い顔をして、何を見て何を感じたのかを怯えながらも語ってくれたので、一般《いっぱん》的な乙女の定義を簡単にアルトに伝えた。そして、「男は女を守るもの」とダリアさんはいったかもしれないけど、冒険者は男女にかかわらず、戦えない人達を守らなければいけないと話をしておいた。

アルトの日記に対する僕の返事は……的外れなものになってしまったかな？　と思ったが、アルトがこれから心惹かれる女性と出会ったときに、怖いと思わないように克服しておいたほうがいいのではと思い、そのままにしておいた。まぁ……多分……成長していく上でアルトの中の女性像や乙女像は、その時その時で形を変えていくことだろう。いや……変わって欲しいと切実に思うのだった。

◇5　【ダリア】

午前中セツ君に留守番を頼み、愛用の斧と一緒に野暮《やぼ》用を済ませて帰宅する。昼食を食べ終わるとセツ君がアル坊のことを私に頼んでからでかけていった。セツ君のアル坊を見る目が心配そうに揺れていたけれど、アル坊が大丈夫と胸を張ってセツ君を送り出したから、セツ君は何もいわずにアル坊の頭を優しく撫でていた。二人の間で何かあったのかしら？　愛よね愛。素敵《すてき》だわ。

セツ君が宿の入り口に立てかけてあった斧を見てため息をついていたような気がするけど、斧に何か思い入れがあるのかしらね……。とりあえず、しまわなければと思い、片手で掴んで持ち上げる。自分の部屋へ移動しようと足を踏《ふ》み出そうとしたときに、アル坊が私を見上げていたので、にっこりと微笑んだ。アル坊も私に笑い返してくれたけれど……表情がぎこちなかったのは、セツ君がいないから無理をしているのに違いない……。

アル坊の意識をセツ君からそらすために、夕食の手伝いをしてもらうことにする。夕食はいらないといってセツ君はでていったので、アル坊の好きそうなものを作ることにしましょうか。

アル坊を中庭に誘《さそ》い、一緒に野菜の収穫《しゅうかく》から始めた。ここ数日でアル坊は格段に収穫作業が上手になっている。トマトにかぶりつこうか葛藤《かっとう》しているアル坊を見て……私はアル坊が初めて私と二人でお留守番をしたときのことを思い出していた。


「それでは、アルトをよろしくお願いします」

そういって朝早くにセツ君がギルドにでかけていく。アル坊と二人でセツ君を見送ると、アル坊が寂《さび》しそうに閉じられた扉《とびら》を見て、その場所から離れようとしなかった。

そんなアル坊の姿に私の心も切なくなるけれど、一日中この場所に立たせておく訳にはいかない。だから私はアル坊に「セツ君とのお約束を果たさないとねぇ」と告げた。するとアル坊は悲しそうに耳を寝かせながらも、私を見上げて頷くと、しょんぼりしつつ二人のために用意した部屋へと戻っていった。

お掃除の合間、合間に、セツ君達の部屋をそっと覗いて、アル坊の様子を確認していたのだけれど、アル坊は机に向かいっぱなしで、その姿がとてもいじらしいと思ってしまった。アル坊に元気をだしてもらうためにも、お昼ご飯は腕によりをかけようと決意する。

昼食の時間になったので、アル坊を呼んで一緒にご飯を食べた。一心不乱に食べていたのできっと気に入ってくれたのだろう。食器の片付けをしてからお茶を手にして戻ると、アル坊は宿屋の扉の前に移動して、微動《びどう》だにせず閉まった扉を見つめていた。セツ君が扉を開けて帰ってくることを期待しているのかもしれない……。アル坊にとっては、セツ君が自分を置いてでかけてしまったということが一大事だったと思うから。

「アル坊？　セツ君は、まだまだ帰ってこないからぁ」

私の言葉にアル坊は耳をぺたりと寝かせたまま振り返り、悲しそうな顔をする。そんな表情にいたたまれなくなったので、アル坊がその場から離れられるように水を向けることにした。

「アル坊。セツ君にいわれたお勉強終わったのぅ？」

「おわった」

午前中ひたむきに机に向かっていたから、そんなこともあるかもしれないと思っていたけれど、アル坊はとても頑張《がんば》り屋さんだったのねと感心する。

「それじゃ、私が確認してあげるから見せてちょうだいなぁ」

アル坊は扉から目を離したくないのか、ノートの中身を見せるのが恥《は》ずかしいのかわからないけれど、そこから動こうとはしなかった。だけど……アル坊の寂しさを紛《まぎ》らわすためにはここから引き離さなければいけないと思い、私はアル坊に魔法の言葉をかけることにした。

「私も手伝うからぁ、すっごく上手になってセツ君を驚かせましょうか」

セツ君を驚かせようと提案すると、アル坊は喜び一目散に自分の部屋に帰ったかと思うと、すぐさま勉強道具を持って戻ってきた。その姿が可愛くて抱きしめたくなってしまうけど、まだ私に慣れてくれていないようなので、ぐっと我慢する。アル坊を椅子に座らせ、手に持ったお茶をその脇《わき》に置いて、私も隣《となり》に座った。

アル坊から差し出された本とノートの中を見て……その過酷《かこく》さにちょっと頭がクラクラしてしまった。本に書かれた課題の文字は10個、一つにつき5回書き写すようにといわれたようだ……。見た目と違ってセツ君は厳しいのね……。

案の定、アル坊が書いた沢山の文字は、いびつな文字やひしゃげた文字や鏡文字など上手く書けなかった文字の一覧になってしまっている。それでもいくつか上手に書けている文字もあって、どうしてこんな差が出るのかと不思議に思った。

「おれ、うまくない」

お手本と同じように書けなかったことを、アル坊は気にしているようだ。あぁ、だから、「上手になって」という私の言葉に目を輝かせたのねと、納得した。セツ君が用意した勉強方法には少し問題があるけれど、それも仕方がないことかもしれない。セツ君の置かれた状況を鑑《かんが》みてそう思う。自分が生きるだけでも精一杯《せいいっぱい》でしょうに……。

アル坊が殺されそうになっているのを見過ごすことができずに弟子にしたようだと、ネストルからの手紙に書かれてあった。成人したばかりのセツ君が、いきなり上手に子育てできるはずないのだもの……。私をじっと見つめるアル坊に微笑みかける。そして、一緒にノートを覗き込み、上手に書けている文字を指さした。

「あらぁ、この文字なんて素敵じゃない?」

「それ、おれ、の、なまえ。ししょう、が、おしえる」

そういいながら、アル坊は嬉しそうにノートを広げ、『アルト』と自分の名前を書いた。上手だと指さした文字はアルトのアの字だった。きっと、セツ君がアル坊の横で練習を見ていたのだろう。

「ししょう、の、なまえ、も、かける」

私が黙ってノートを見つめていると、アル坊は自慢気にセツ君の名前をノートに書いて私に見せてくれる。自分でも満足できる文字が書けたのか、機嫌良く揺れる尻尾が愛らしい……。

「おれ、きょうも、れんしゅうした」

アル坊がノートをめくると、そこにはアル坊とセツ君の名前が書き込まれていた。思わず涙がこぼれ落ちそうになってしまう。アル坊は寂しさにのみこまれることなく、セツ君にいわれていた以上のことをやり遂《と》げていた。その努力はとても尊いものだ。

「おれ、もっと、じょうずに、なりたい」

なのに……その結果に満足することなく、さらなる努力を重ねようとしている。真剣な表情で私にそう告げるアル坊に、にっこりと笑いながら頷き、約束通りアル坊を手伝うことにした。

「アル坊、ちょっといいかしら」

私はアル坊のノートを手に取り、水魔法で宙にインクの大玉を作り出し、まだ何も書かれていないまっさらなページに、課題とされていた文字を薄く書き上げた。そして、その文字の書き順も付記する。魔法のインクが一瞬で乾いたのを確認してから、ノートを机の上に置く。それから、文字を指さして書き方を教えていく。

「アル坊、この薄い文字を数字の順番通りになぞるように鉛筆《えんぴつ》を動かしていくのよぅ。そうすれば、もっと上手く書けるようになるわぁ」

私が魔法で作った文字は、10文字の課題について5個ずつ、50個。文字の薄さも、課題一字について、最後の方になるにつれてどんどん薄くなっていくようにしている。水魔法で書かれた文字を不思議そうに見ていたアル坊だったが、私の説明でその意図を理解すると、元気にわかったと返事をして、脇目も振らずに練習を始めた。私はアル坊の邪魔《じゃま》をしないように、そっと席を立って、洗《せん》濯《たく》をしに中庭へ向かった。

洗濯を終えて戻ってくると、アル坊はノートを掲《かか》げて私に見せてくれた。なぞって練習する文字だけではなく、その隣の白地のページにも文字が書かれていた。まだ少しよれていたりするけれど、見違えるくらい上手く書けている。頑張り屋さんなアル坊の頭を撫でて褒めると照れたように笑ってくれたのが嬉しかった。

「上手にできたわねぇ。これで、今日のお勉強は終わりかしらぁ?」

「おわった」

「じゃぁねぇ、アル坊。私のお仕事手伝ってくれるぅ?」

きっとアル坊はセツ君が帰ってくるのを扉の前で待っていたいのだと思うのだけど、帰ってくるまでにはまだ時間がかかると思うので、アル坊をお手伝いに誘った。それに、一日中、室内にいるのは体によくないから、太陽の光の下に連れ出したかった。

「はい」

素直《すなお》に頷くアル坊に笑いかけながら、庭へと促《うなが》す。

「いいお返事ねぇ、それじゃぁ、お庭にいってお野菜を採りましょう」

「おやさい？」

「そうよ。セツ君がお腹をすかせて帰ってくるからぁ、新鮮なお野菜で美味しいお料理をつくるのよぅ」

「ししょうの、ため？」

「えぇ、アル坊もセツ君のために、新鮮なお野菜を採るから手伝ってねぇ？」

アル坊はもちろんとばかりに強く頷くと、体全体にやる気をみなぎらせながら歩きだした。

宿屋にある中庭はこぢんまりした庭だけど、植えてある野菜は自慢したくなるほど素敵に育っている。

「アル坊、そこのトマトをもいでこのかごの中に入れてくれるぅ？」

「とまと？」

「その赤い実よ、朝のサラダに入っていたでしょう？　これを切ってサラダに入れるのよ、スープに入れても美味しいのよぅ」

「ダリアさん、とまと、どうかく？」

「どうかく？」

「もじ」

「あぁ、なるほど。アル坊は勉強熱心ねぇ」

　私は落ちていた小枝をアル坊に持たせると、その手を動かして地面に「トマト」と書いた。私が手を離すと、アル坊はトマトという文字を地面に書き始める。それを横目で見ながらトマトをもいでいると、アル坊は何かを思い出したかのように顔を上げた。そして私を見て、申し訳なさそうに文字の練習を止めて、トマトのもぎ方を聞きにきた。

「いいのよ、アル坊。そのまま練習をしていて」

「おれ、てつだう」

　好きなことをしていてもいいのだと諭《さと》すが、アル坊は頷くことなくじっと私を見上げて指示を待っている。

「そう？　それじゃぁ、アル坊。ピーマンをもいでちょうだい」

　アル坊は私の指示で、その両手ぐらいの大きさのピーマンを触ろうとするけれど……何を思ったのか止めてしまった。

「アル坊？」

「おれ、これ、きらい」

「あら、アル坊。好き嫌《きら》いはいけないわぁ？　好き嫌いをすると、私みたいに美人になれないわよぉ？」

「でも、にがい」

　確かに子供にはピーマンの苦みは辛いかもしれないわねと思いながら、一応、アル坊が食べてみようと思えるように話してみる。

「アル坊、お野菜は太陽の神サーディアと大地の神グラディアからの贈《おく》り物なのよぅ？」

「かみさま、の、おくりもの？」

「そう、ここにあるお野菜はキラキラと光っているでしょ？　それは、サーディアとグラディアが沢山の愛をお野菜にお与《あた》えくださっているからなのよぅ？」

不思議そうに首をかしげながらも、アルトは私の話を聞いてくれている。

「神様の愛がいっぱい詰まったお野菜は、神様の力が宿っているのよ。だから、好き嫌いなく食べないとアル坊も強くなれないわぁ？」

私の強くなれないという言葉に、アル坊の耳がピクリと動く。そして眉間に皺を寄せピーマンを見つめながら、何かを考えているようだった。

「ダリアさん。おやさい、は、かみさまのおくりもの？　おくりもの、だから、つよくなる？」

「そうね、おくりものねぇ」

「おやさい、たべると、ししょう、に、なれる？」

私は、強さとセツ君を真っ直ぐに結びつけるその発想にハッとした。感心してアル坊の頭を撫でながら頷く。

「セツ君はとても強いものねぇ……。アル坊もセツ君のように好き嫌いなくご飯を食べれば、きっとセツ君と同じように強くなれるわぁ」

セツ君の強さは、私にもひしひしと感じることができた。ネストルからの手紙に、あの月光のアギトがセツ君をチームに誘ったと書いてあったことからも、実力は本物なのだろう。学者嫌いのあのアギトが……と内心思いながらアル坊を見る。

「ししょう、は、つよい、おれ、も、なる」

アル坊が確固とした決意をその瞳《ひとみ》に宿し、私を見上げる。しかし、それからすぐに、その瞳が驚愕《きょうがく》で見開かれているのを見て、私はその理由を尋ねた。

「どうしたのぅ、アル坊?」

アル坊は私の顔をじっと見つめたまま……口を開いた……。

「……ひげ」

私は言葉を失い、アル坊は私の顎《あご》を不思議そうに見つめ続けている。昨日と同様に……気まずい沈黙《ちんもく》が支配するが、アル坊は全く気が付いていない……。

「ダリアさん、ひげ、どうかく?」

「……」

悪気がないのはわかっている。だから、アル坊に優しく笑いかけようとしたのだが……その笑みは自分でもわかるぐらい引きつっていた……。そんな私に気付くこともなく、アル坊が小枝を渡してきた。これでひげという字を書けということなのだろう……。アル坊の目に映る自分の目は虚《うつ》ろになっていた。仕方なく、私はその場にしゃがんで、ひげという文字を書くしかなかった。

アル坊は無邪気にお礼をいうと、拾った小枝で何度もひげと書いて練習している。私は、その光景を……静かに見守っていたのだった。

余計なことまで思い出してしまったが、一度首を振ることで忘れることにした。アル坊がキョトンとしていたから、さぁ、夕食の準備をしましょうといって台所に向かった。

　今日はスープの中にパスタを入れたものにした。アル坊はパスタを食べたことがなかったようでとても美味しそうに食べていた。すごく気に入ってくれたみたいだから、セツ君に作り方を教えておいたほうがいいかもしれない。ただ、これは本格的なものだから、野営でもできる簡単なのがいいわね。それでも、十分にお腹が満たされ、体も温まると思うし。

　今日は遅《おそ》くなるとセツ君がいっていたので、夕食が終わってもアル坊は私のそばにいた。アル坊は机の上にノートを広げて、さっき覚えた文字を声にだして練習している。私は紅茶を飲みながら小説を読んでくつろいでいた。その小説があまりにも悲しい物語だったので……自然と涙がこぼれてきた。鼻がぐすっと鳴る音に、アル坊が一瞬驚いた表情を浮かべたかと思うと、心配そうに声をかけてきた。

「ダリアさん、だいじょうぶ？」

　本から目を上げてお気に入りのレースのハンカチで目元を拭《ぬぐ》うと、そのまま鼻をかみ返事をした。

「大丈夫よ。本を読んで泣いていただけだからぁ」

「ほん？」

　アル坊は、不思議そうに私を見て首をかしげた。

「ええ、この本は悲恋ものなのよぅ……。報《むく》われない、愛の物語なの。まるで、私のよう……」

　アル坊に話していると、また悲しみがこみ上げてきて、おぃおぃと声を出して泣いてしまった。

　そんな私の背中を、アル坊は優しく撫でてくれた。

「ありがとう。昨日の手紙を思い出してしまったわぁ……」

私のその一言でアル坊の手が止まった。表情もこわばっている。私は自分の失言を悔《く》いながらアル坊にお茶を勧《すす》めた。

「もう大丈夫よぅ。アル坊もお茶を飲んで休憩《きゅうけい》しましょう」

アル坊は素直に頷き、目の前のカップに注《つ》がれる紅茶をお行儀よく見つめている。私のカップにはブランデーを少し入れ大人の女性を演出して楽しみ、アル坊のカップには紅茶だけだと苦みがあるから、砂糖とミルクを入れてあげることにした。二人で紅茶を飲んでいると、アル坊が机の上に置かれている本を見て興味深げに聞いてきた。

「そのほん、なにがかいて、あるん、ですか？」

「まぁ、アル坊ってばおませさんねぇ」

「おませさん？」

甘くなった紅茶を嬉しそうに飲むアル坊が、私の言葉を反芻《はんすう》した。

「おませさんというのは、大人びているってことよぉ。でも、そうねぇ。アル坊は恋《こい》ってわかるかしらぁ？」

「こい？　わからない」

「そうよねぇ、アル坊にはまだ少し早いわねぇ……」

まだ早いという言葉にアル坊がしょんぼりしてしまったので、わかりやすくかみ砕《くだ》いて説明してあげることにした。恋はいつどこで出会うかわからないものだし、心の準備をしておくのもいいかもしれないと思ったから。

「恋っていうのはね、相手のことが好きで好きで離れたくない、ずっと一緒にいたいって思う気持ちのことよぅ」

「おれ、ししょう、こいしてる?」

「そうねぇ、アル坊はセツ君のことが大好きだものねぇ」

そういわれればそうともとれるわねと思い、子供のアル坊に説明するなら、物語の登場人物をアル坊やセツ君に置き換《か》えれば、よりわかりやすいかもしれないと考えたの。

「この物語を、わかりやすく話すとねぇ」

私がそうきりだすと、アル坊は少し姿勢を正す。

「アル坊がセツ君のことが大好きで大好きで、セツ君もアル坊のことが大好きだったから、二人は一緒に旅にでようと約束するの」

「それで、それで?」

物語のつかみは上手くいったようだ。アル坊は、尻尾を機嫌良く振って嬉しそうに笑っている。

「アル坊とセツ君は旅にでるのだけど、アル坊が魔物に襲われてしまうの。怪我《けが》をしたアル坊は、途中の町で怪我を治すことになるのよ」

「おれ、けがするの?」

「アル坊、これは喩《たと》え話よぅ。アル坊にわかりやすく、本の内容を説明しているだけよぅ」

「……」

自分のことのように不安になってしまったようだ。アル坊の頭を優しく撫でてから続きを語った。

「セツ君は、治るのを待って旅を続けようとアル坊を励《はげ》ますわ。だけどね、なかなか怪我はよくならなかったの。だから、アル坊はとても不安になってしまうの。セツ君に置いていかれるかもしれない、捨てられるかもしれないってね。最初の方は、セツ君は毎日お見舞《みま》いに来てくれていたのだけど、それが段々2日おきになり、3日おきになるの。アル坊の不安は募《つの》るばかり。セツ君に聞いてもギルドの依頼が忙《いそが》しいとしかいわないの」

「……」

「そして、やっとアル坊は怪我が治って、大好きなセツ君の元に走っていくのよ」

「げんき、なって、よかった！」

話を静かに聞いていたアル坊は、自分がよくなったといわれて、大きな声ではしゃいでいる。

「えぇ、アル坊の怪我が治ったのはよかったことだわ」

「うん」

「怪我が治ったアル坊はセツ君を探して冒険者ギルドにいくのだけど、そこにセツ君はいなかったの」

「ししょう……いない……の？」

「そう、セツ君を探してアル坊はいろんな所を歩くのよ。探して探して探して、アル坊はやっと宿屋でセツ君を見つけるの」

「よかった」

まるで自分のことみたいに胸を撫で下ろすアル坊を見て、物語の面白さが伝わってきたのだろうと思い、私も話をするのが楽しくなってきた。

「だけど、その隣には……」

「となりには……？」

「ダリアという綺麗な女性がいたの！　セツ君はダリアの部屋の前で、仲良くお話をしていたのよ。セツ君はダリアと仲良くなり、彼女と一緒に旅にでることに決めたの」

ふりふりと動いていたアル坊の尻尾がぱたりと止まり、私を凝視する小さな瞳が物語の続きを欲しているように思えた。

「おれ、どうなる？」

「アル坊は捨てられちゃったのよぅ……」

「⁉」

アル坊の目がこぼれ落ちそうなほど見開かれている。物語はここから佳境《かきょう》に入っていくのだ。だから……私も、つい、話し方に熱がこもる。

「その様子を見たアル坊は、セツ君に向かってこういうのよ。『その女はだれ！』って。セツ君は『僕の新しい恋人だよ』と答えたの。『じゃぁ……俺はどうなるの⁉』と聞くアル坊に、『愛《いと》しい恋人ができたんだ、だから……アルトはもういらない』とセツ君は冷たく言い放ったの」

「……」

「必死でセツ君を繋ぎとめようとアル坊は叫んだの。『そんな……俺とは遊びだったの！』とね。セツ君は、アル坊を見ずに隣にいるダリアに微笑みながら答えたの。『あの時は本気だった。だけど、今はもっと愛しい人が出来た』といって、アル坊に別れを告げたの。『俺を、置いていかないで！』ってアル坊はお願いするけれど、セツ君の答えは変わらなかった。『もうお前はいらないんだ。今、僕の隣にはダリアがいてくれるから』と、アル坊をその場に残してセツ君はダリアと二人でお部屋へと入っていったの……」

アル坊は静かに聞き入ってくれるから、私もどんどん興が乗っていく。

「そして次の日。セツ君とダリアは二人で宿屋をあとにして旅にでようとするの。その様子を見ていたアル坊は悲しくなって、持っていた短剣を両手で握りながら『俺と一緒にいてくれないなら死んで!』と叫び、セツ君に向かって走っていく。驚いたセツ君は『落ち着いて! 話せばわかるから!』となだめたけれど、アル坊は『わからない! 俺と一緒にいてくれないなら……俺は、師匠を殺す!』と涙ながらにセツ君を見つめたのよ」

「……」

「セツ君はアル坊を必死で説得しようとするのよ。『僕を殺してどうするの? 僕を殺しても、僕はアルトのものにはならない。僕が愛しているのは、ダリアなんだ!』とダリアへの愛を叫ぶの。だけど、セツ君の気持ちが変わらないことを理解したアル坊は『……他の女に奪《うば》われるぐらいなら。師匠を殺して、俺も一緒に死ぬ』と短剣をしっかりと握り直したの」

「……」

「そして……『待つんだ、アルト!』というセツ君を、アル坊は儚《はかな》い笑みを浮かべながら『待たない……。師匠、一緒に死のう?』と優しく呟いてセツ君を刺してしまう。アル坊はセツ君が横たわり動かなくなったのを見届けたあと……『愛している』と告げ……あとを追うように自分も短剣で刺して、死んでしまったの」

「……」

「物語はここで終わり。アル坊?」

悲恋の物語を語り終え、ほっと息をつく。私の声で我に返ったアル坊の顔色は、少し青くなっていた。さすがに子供には刺激《しげき》が強かったかもしれない。

「どうして、おれ、は、ししょう、ころす？　どうして、ダリアさん、を、ころさない？」

アル坊の質問に私は何度も頷く。確かに相手を排除《はいじょ》する方法もあるけれど……。それは究極の愛の形ではない。

「それはねぇ、アル坊はこう思ったの。ここでダリアを殺しても、また新しい女ができたら自分は捨てられるかもしれない。だから、セツ君を殺して自分も死ねばずっと一緒にいられるって考えたのよ。これは究極の愛なのよぅ。大好きな人を殺して自分も死ぬという覚悟《かくご》。それはその人がいなければ、生きていけないっていうことなのよぅ」

いつか私も、命を懸《か》けても惜《お》しくない人に出会えればいいのにと考えたとき、ふと一人の人物が脳裏《のうり》に浮かんだ……私は視線を伏《ふ》せアル坊に気付かれないようにそっとため息を落としてから、その人物を消すように軽く首を振った。

「ししょう、が、いない、おれ、は、いきていけない」

アル坊の呟きが耳に届いたので顔を上げると、アル坊がノートを開いて真剣な顔で文字を教えて欲しいとねだってきた。気になる文字があったのかしらと、気軽に頷いたのだけど……。

アル坊がねだった文字は『ころす』と『しぬ』の二つの言葉だけだった……。私がお手本に書いた文字を、一心不乱に呟きながらなぞる姿に一抹《いちまつ》の不安を覚えながらも、私はアル坊を見守っていたのだった。

◇6 【セツナ】

ダリアさんの宿にお世話になり始めて、数日たった日の夜。僕はアルトの日記を読みながら思案していた。そのときの僕の頭の中は「どうしてこんなことに……」という疑問で一杯だった。アルトに真意を聞いてみたいけど、アルトは僕が帰ってくる前に寝てしまった。

その日は、午前中だけダリアさんがでかけると聞いていたので、午前中はアルトの勉強を見ながらゆっくりと過ごした。ダリアさんが戻ってきた午後は、アルトのことを頼んで予定通りギルドにいって依頼を受け、旅に必要なものを揃《そろ》えて宿屋に戻った。

やっと出国できる目途《めど》が立ちほっとしつつ、日課となっているアルトの日記を確認しようと手を伸ばし日記帳を開いた。だから、その分衝撃も大きかった。もう少し警戒して開くべきだったんだ。昨日までの日記の返信にも散々悩まされてきたというのに……。

そこに綴《つづ》られている文字が目に入った瞬間、僕はすぐに日記帳を閉じた。今見たことをすぐさま忘れたいと思ったのだ……。もしかしたら見間違いかもしれないとわずかばかりの希望を胸に、僕はもう一度日記帳を開いたが、間違いではなかったのか……と途方に暮れた。

『ししょう、ころす。おれ、しぬ』

今までで一番筆圧が強い文字にアルトの必死さを見た……。

「……どうしてこんなことに……」

思わずそう呟いてしまったけど、それも仕方がないと思うんだ。ギルドへいく前の様子を思い出してみるけれど、アルトの機嫌はとてもよかったはずだ。僕がでかけるときは少し寂しそうにしていたが、それでもそう思いつめた様子はなかった。それなのに……。なぜ、僕を殺して自分も死のうと思ったのだろうか？　わからない。いくら考えてもわからない。もう一度日記を閉じ、いったん頭を切り替《か》えようと思って、アルトの勉強ノートを開いた。そして、目に入ってきた文字を見て、今度は息が詰まった……。

そこには……1ページすべてを使って『ころす』という文字が綴られており、もう片方のページには『しぬ』という文字が、これまたびっしりと並んでいたからだ。

怖い……。

反射的にノートを閉じた僕の心臓は、激しく動悸《どうき》していた。魔物と対峙《たいじ》したときでもこんな恐怖を覚えたことはない。殺すと死ぬという文字がびっしりと並んだページが、こんなに怖いものだとは思わなかった。ある種の狂気《きょうき》を感じた……。

「これはダリアさんに聞かなければ……」

小声で自分に言い聞かせるように呟く。それから、アルトを起こさないように部屋を出て、ダリアさんの部屋の扉をノックする。

「はぁい？」

部屋の中から野太い声が聞こえ、ダリアさんが扉を開けてくれた。

「あらぁ？　セツ君どうしたのぅ？」

「夜分に申し訳ありません。アルトのことで、少し聞きたいことがありまして」

「なんだぁ。夜這《よば》いじゃなかったのねぇ……」

ダリアさんの冗談《じょうだん》に付き合う気分ではなかったので、僕は同じことをもう一度いった。

「それでぇ？　アル坊に何かあったのかしらぁ？」

「それがですね、今日の……」

ダリアさんにアルトの日記のことを尋ねようとしたが、後ろに気配を感じて振り返る。アルトが起きて僕を捜《さが》しにきたようだった。「起きちゃったの？」というつもりが、アルトの目を見て言葉に詰まる。とても尋常《じんじょう》ではなかった。目は完全に据《す》わっており、その手には短剣が握られていた……。

「アルト？」

「……ころす」

どこか決意をこめたアルトの言葉に僕は息をのんだ。アルトの視線は最初僕に向いていたが、微《かす》かに思案した表情を見せたあと、僕の後ろにいるダリアさんに向けられた。

「ダリアさん、ころす」

真剣なアルトの表情を見て、短剣を取り上げてから話を聞こうとした矢先、緊張感のないのんびりとした声がこの場に響いた。

「あらぁ？　アル坊、そこはセツ君を殺すんじゃなくてぇ？」

どうして？　そう思いダリアさんを見るが、彼女は微笑んだままアルトを見ている。

「だめ、ししょう、ころす、だめ」

「いや、アルト？　ダリアさんも殺しては駄目だよね？」

咄嗟《とっさ》に僕がそういうと、アルトはなぜか驚愕した表情を見せた。アルトの耳は横にぺたりと寝て

いて悲しげだ。どうしてアルトが落ち込んでいるのかが、僕にはわからない。

「ししょう……ダリアさん、かたもつ……」

「あらぁ。セツ君……私のことをそんなに想《おも》ってくれているなんてぇ」

「いえ、想っていませんから」

照れたように身をよじっているダリアさんに、きっぱりと違うと答える。

「まぁ。つれないわねぇ」

「ししょう、おれ、おれ」

アルトは悔《くや》しそうな様子で俯《うつむ》くやいなや、次に顔を上げたときには何かを決心したかのようだった。

「やっぱり、ダリアさん、しんで」

「アル坊……。私を殺してもセツ君はアル坊のものにはならないわ！」

僕は貴方《あなた》のものではありませんと口を挟みたいところだったが、二人の気迫《きはく》はそれを許さない。

「だいじょうぶ、おれ、がんばるから」

「セツ君は私のことが好きなのよぅ！」

「いや、好きとか嫌いとかそういう問題ではないと思うんですが！」

やっと口を挟むも、ダリアさんとアルトが同時に僕を睨《にら》む。

「ししょう、だまって」

「そうねぇ、セツ君は黙っていてちょうだいな」

「え？」

「おれ、と、ダリアさん、の、もんだい」

何が何だかわからない僕を置き去りにして、二人の口論が過熱していく。落ち着いて欲しいと声をかけても、僕の声は二人には届いていなかった。

「ダリアさん、しんだら、もんだい、ない」

「ふふ、アル坊に私が殺せるかしらぁ？」

「ていこうする、いたい、やめる」

真剣なアルトに対して、ダリアさんはどこか楽しげに会話していることに気が付いた。それならば、黙って見ていることにしようと思う。ダリアさんは元冒険者で、子供のアルトに間違っても殺されるような人ではないだろうから。

「セツ君には、私が必要なのよぅ？」

「しょう、おれ、いればいい！」

「そうかしらぁ？」

必死にいい募るアルトを、ダリアさんは少し意地悪そうな表情を浮かべて煽《あお》った。

「ダリアさん、いらないぃ‼」

苛立《いらだ》ったアルトが、片足をダンダンと踏み鳴らす。どう見ても、アルトがダリアさんに遊ばれている……。そして僕も彼女に遊ばれているのだろう……。

二人の会話を聞いていてわかったことは、この訳のわからない会話と例の日記は、関係があるのだろうということだ。そして、もう一つ付け加えるならば、ダリアさんにとっては完全な遊びだということだ。アルトのいうことを真に受けている様子ではないし、何かを演じているように見える。

そうわかると、僕の肩の力も自然に抜けてきた。

それを踏まえて、会話の内容を振り返ってみると、アルトとダリアさんで僕を取り合っていることは容易《ようい》に推測できた。また、セツ君を殺すのが正しいというダリアさんの指摘《してき》とアルトの日記から、本来ある流れは、次のようだったのだろう。

『師匠を殺す！』

『なんで、僕を⁉』

『師匠、抵抗すると痛いから……じっとしていて』

『アルト、落ち着いて』

『大丈夫。俺は落ち着いている。師匠を殺して、俺も死ぬから』

『待って、待つんだアルト！』

『待たない！　師匠、俺と一緒に死んで！』

そして僕は、アルトに刺されて終わり。……悪乗りして想像しなければよかった。こんなアルトを僕は望んではいない。いや、自分で想像しておいて、なんなんだけど……。

そんなことを考えている僕の前で、二人のやりとりはまだ続いていた。ダリアさんが遊んでいることがわかり油断していたのだと思う。ぼんやりといつ終わるのだろうと思いながら眺めていた僕に、二人が急に声をかけてきた。

「ししょう、おれ、と、ダリアさん、どっちすき？」

「セツ君、私が好きよねぇ？」

「……」

まさか……男である二人に、こんなことをいわれるとは夢にも思わなかった。どうせなら、女性からいわれたかった。そんなことを考え、ぐったりしながら僕は質問に答える。

「僕は、アルトのことを大切に想っているし、ダリアさんにも感謝しています」

我ながら無難な答えだと思い、内心ヒヤヒヤしていたが、アルトはとても嬉しそうに笑っていた。この答えでよかったようだ。ようは……安心できればよかったのだろう。俺だけ愛してくれないと嫌だといわれたらどうしようかと思ったけれど、杞憂《きゆう》で済んだ。本当によかった……。一方でダリアさんは「優柔不断《ゆうじゅうふだん》なお返事は感心しないわぁ」と口にしてから、楽しそうにアルトに話しかける。

「アル坊、どうしてセツ君じゃなくて私を殺そうとしたのぅ?」

「ししょう、が、しんだら、たび、が、できないし、さびしい」

先ほどまでの殺伐《さつばつ》とした雰囲気《ふんいき》が嘘《うそ》のように消え、アルトは、素直に受け答えをしていた。どうやらダリアさんを殺そうとしたのは、僕と一緒にいるための手段で、ダリアさんが嫌いになったとかではないようだ。

「あぁ、なるほどねぇ」

「うん」

結局、アルトとダリアさんはそういった会話をするほど仲良くなったということなのだろう。ダリアさんが寄り添《そ》ってくれているから、アルトも気兼《きが》ねなく話せるようになったのだと思う。ただ、ダリアさんと楽しそうに話している姿を喜ぶべきなのだけど、短剣まで持ち出すのはいただけないので、あとで注意しておこう。

そう考えながらも、何やら二人で和《なご》んでいるのを見ていたら、疲れが一気に押し寄せてきた……。ここ数日の二人の騒動に僕は否応《いやおう》なく巻き込まれているからだ。

ぐったりとしている僕を見てアルトが首をかしげ、ダリアさんはセツ君お疲れねぇとあっけらかんとしている。僕を疲れさせた張本人達なのに……。もう、何もいうまい……。

「ししょう、ねる？」

心配するアルトの言葉に、僕はただ頷きアルトと部屋に戻った。アルトの日記の内容は急を要することじゃなさそうだから、明日にでもダリアさんに聞けばいいだろう。さっきの茶番の原因を喜んで教えてくれるはずだ……。

実のところ、僕はここ数日あまり寝ていない。肉体的には疲れてはいないけど、精神的に疲れている状態での二人のやりとりは、さらに僕を疲弊《ひへい》させた……。もう……今日は早く寝てしまおう。子狼の姿になって穏《おだ》やかに寝ているアルトを見ながら、僕も眠りについた。アルトの日記にこの一文だけを書いて。

『アルトへ。

いのちは、たいせつにしましょう』

僕の親友は『自分の命を優先させろ。殺される前に殺せ。ここはもう、元の世界じゃない。日本ではないということを、心で受け入れろ』という言葉を遺《のこ》した。僕はそれを肝《きも》に銘《めい》じ、この数カ月生きてきた。だから、心情的に命を大切にとはいいづらかった。しかも獣人であるアルトは、ある意味、僕以上に命の危険に見舞われることだろう。だからせめて、自分と大事な人の命だけは大切にと伝えたかった。そう伝えようと思った……。

でも僕は、アルトに問答無用で敵を殺すような人にはなって欲しくなかったし、大事な人とそうでない人を線引きするなんて、まだ無理だろうとも思った。アルトは色々なことに興味を示す。今はまだ……人間が憎いという気持ちもあるのだろう。でも、アルトのことだからいつか人間に対しても興味を持つようになると思うんだ。

困っている誰かに……声をかけることができる優しい子になると思う。だから、僕の考えは甘いかもしれないけれど……あえてこの言葉を選んだんだ……。

第二章　クリスマスカクタス　《冒険心》

◇1【セツナ】

僕《ぼく》が朝の訓練を終えて朝食の準備をしている途中《とちゆう》で、アルトが目を覚ます。自分の身の回りを整えてから、すぐに手伝ってくれたので、思ったより早く朝食にすることができた。昨日作ったジャムをパンに塗《ぬ》り、大きな口を開けて美味《おい》しそうに食べるアルトを見て、自然と僕の心は和《なご》んだ。この様子ならば、そろそろ訓練を開始してもいいかなと思った。

「ガーディルの国境を越《こ》えるまでは、体力の温存のために先延ばしにしていたけれど、明日からアルトも一緒《いつしよ》に訓練しようか」

アルトは目を輝《かがや》かせて、僕を見つめた。

「ほんとうに？」

「うん。明日から始めようか」

「おねがいします！」

元気のいい返事を受けて、明日からのアルトの訓練が決まり、それをきっかけに、僕達《たち》は後片付けを始める。その最中に、アルトは相当気に入ったのか、もう一度、魚釣《さかなつ》りがしたいといってきたので、急ぐ旅でもないし1時間だけならばいいよと、僕は釣り竿《ざお》を持たせてあげた。そしてアルトが、見える場所にあった石に腰《こし》を下ろした。悪夢によってざわついた心が、今は嘘《うそ》のように穏《おだ》やかだ。

アルトは楽しそうに釣り竿を振《ふ》ってはリールを巻いている。こうしてみると、釣り竿の長さが不自然な気がしてきて、僕の中に眠《ねむ》るカイルの記憶《きおく》を探《さぐ》ってみた。結果、釣り竿には用途もさることながら身長や筋力によって人それぞれ最適なものがあることがわかった。

昨日、釣り竿を替《か》えてといったアルトの発想を子供らしいなと思ってしまったが、こうして調べてみると、何もわかっていなかったのは僕の方だったなと内心でアルトに謝《あやま》る。そして、あれだけ魚釣りを気に入っているのだから、アルトに適した釣り竿を渡《わた》してあげようと鞄《かばん》を探った。しかし、カイル専用のものだけだったので、想像具現で小さめの釣り竿を創《つく》る。これで、体が振り回されることはなくなるだろう。

アルトを呼びその釣り竿を渡す。アルトは本当に嬉《うれ》しそうで……。自分の胸にぎゅっと抱《かか》えてしばらく動かなかった。そんな姿を見て、釣り具を売る店を見つけたら、アルトに適した釣り竿を購《こう》入《にゅう》しようと心に決めた。

アルトが元いた場所に戻《もど》って釣りを再開したので、僕は明日からのアルトの訓練について考え始める。少しして、「ぎゃぁー‼」という静寂《せいじゃく》を引き裂《さ》く叫《さけ》び声が聞こえた。慌《あわ》ててそちらを見ると、アルトがもがいていたので、急いで駆《か》け寄る。

「アルト？　大丈夫《だいじょうぶ》？」

僕の言葉にアルトが、それはそれは情けない顔で僕を見上げた。

「し……ししょう……。しっぽにはり、ささった……」

アルトの説明を聞くまでもなく、尻尾《しっぽ》に釣り針が刺《さ》さっているのではないかと僕も思っていた。

それで、尻尾を手に取って見てみると、毛に絡《から》まっているだけだとわかった。

「暴れるとかえって危ないから、静かにしていてね」

僕の言葉にアルトは頷《うなず》き、息を止める。

「ふっ」

思わず噴《ふ》きだしてしまったが……。アルトの必死の表情を見て、それ以上笑うのを我慢《がまん》した。釣り竿を受け取ると、地面に突《つ》き立て、垂れ下がる釣り糸とアルトの間に体を入れる。

「息は止めなくていいから、じっとしててね」

「ししょう、とって、とって!」

笑いをこらえつつ身をかがめ、尻尾に手を伸《の》ばし釣り針を取ろうとした。


その瞬間《しゅんかん》、殺気を纏《まと》った剣閃《けんせん》が僕の背中へと振り下ろされる。アルトの悲鳴が上がったときに、獣道《けものみち》を走ってきている者達の気配を、僕は捉《とら》えていた。しかし、こんなにも早くこの場にたどり着き、かつ、その内の一人が川原を一足飛びに越えて、僕の背後をとることができるとは思っていなかった。しかも、剣を振るって攻撃《こうげき》してくるおまけまでつけて。

ただ警戒《けいかい》はしていたので、死角からの攻撃でも対処する余裕《よゆう》は十分にあった。その剣が釣り糸を切った瞬間に、釣り竿を掴《つか》みつつアルトを抱《だ》き上げ、襲《おそ》ってきた人物から距離《きょり》をとった。そして、同時に、危害を加えられないようにアルトに対し結界を張った。

安全を確保できたところで、アルトを下ろし釣り竿を渡す。そして、殺気を振りまきながら剣を構える人物と対峙《たいじ》した。その人物は、フードを深くかぶっているため表情を読むことができない。だが、間違《まちが》いなく僕を殺すつもりだった。

咄嗟《とっさ》になぜという思いが湧《わ》く。この世界でも殺人は重罪だけど、法を守らない人間が多いことは知っている。だから、考えるだけ無駄《むだ》かもしれない。ただそれでも、動機を知りたいと日本人である僕は思っていた。僕個人への恨《うら》みなのか？　いや、殺されるほどの恨みを買うようなことをした覚えはない。僕達の持ち物を狙《ねら》っているのか？　それが動機ならば許せない。

僕の持ち物のほとんどは、カイルの形見だ。それを……僕は何一つ手放す気はない。この世界に召喚《しょうかん》されて僕は様々なモノを奪《うば》われてきた……。これ以上……僕からナニも奪わせはしない。

そうだコイツラは僕から奪った。その理由が何であれ、許せるのか僕は……。なら、動機なんて知る必要なんかないじゃないか。法を破るというのなら、それが自分にも向けられることをオモイシルべきではないのか……。

そんな思いに囚《とら》われていると「ししょう」と怯《おび》えた声で、僕を呼ぶアルトの声が耳に届いた。後ろで釣り竿を握《にぎ》りしめ、立ちすくんでいるアルトが視界に入る。同時に僕は考え直す。アルトにはそんな人になって欲《ほ》しくはない。だから、僕はそんな姿をアルトに見せるべきではないんだと。

目の前の人物は、薄墨《うすずみ》色のフードで顔を覆《おお》っていた。おそらく、意図的に隠《かく》しているのだと思う。

相手は身構えたまま一言も発してこなかったので、こちらから声をかけた。

「僕達に何か御用《ごよう》でしょうか？」

僕の態度に苛立《いらだ》ったのか、それとも僕の言葉が気に入らなかったのか、相手が歯をかみしめた音が微《かす》かに耳に届いた。

「下衆《げす》に答える必要はない」

なぜ僕が下衆呼ばわりされなければいけないのかと、少し苛立った。

「初対面の相手を下衆呼ばわりする貴方《あなた》のほうが、酷《ひど》くないですか？」

僕の言い方が癇《かん》に障《さわ》ったのか、相手の殺気が一段と強くなった。

「獣人《じゆうじん》の子供を虐待《ぎやくたい》していた奴隷《どれい》商人には、下衆呼ばわりで十分だろう？　この国では獣人の誘拐《ゆうかい》、及《およ》び売買は禁止されている。ここで貴様が殺されても文句はいえまい」

目の前の人物は、僕に切っ先を向けながら、背後にいるアルトに向かって言い放った。

「助けてやるから、もう少しだけ頑張《がんば》れ」

相手の言動に、この人物は先ほどのアルトの叫び声を聞いてここにきたのだと思い至る。この人には僕がアルトに危害を加えているように見えたのだろう。今の段階で相手の話を鵜《う》呑みにすることはできないけれど、アルトに向けた言葉に嘘はないような気がした……。

だとすると、アルトを助けようとしている人と、命のやりとりをするようなことは避《さ》けた方がいい。これから先も、このような誤解を受けるかもしれない。その度《たび》にアルトをめぐって戦う姿を見せるのは正しくないような気がしたから。それが僕達の意思を無視するならば……実力行使も辞さないけれど、できる限り誤解を解いていく方向で動こうと決め、僕は「誤解です」と話しかけようとした。

しかし、その言葉が口から出始めた瞬間、問答無用で僕を排除《はいじょ》しようと、顔に向け剣が突き出される。当たりどころの広い胴体《どうたい》ではなく顔を選んだのは、おそらく、僕の背後にいるアルトに間違っても当たらないようにという配慮《はいりょ》なのだろう。そう感じながら、僕は風の魔法《まほう》を発動し突風《とっぷう》を起こしてその軌道《きどう》を逸《そ》らす。切っ先は頬《ほお》をかすめ、剣を握っている右手が僕の眼前まで伸びる。

「正義感があるのは結構なことだと思いますが、貴方の今の行動は、ただの民間人を問答無用で斬《き》り付ける盗賊《とうぞく》と変わらないと思い……」

僕がすべてをいい終わる前に、突然、目の前からその人は消えた。いや、急に視界に入らなくなっただけで、気配は僕の左側の足下《あしもと》にあった。下を見ようとする間に斬られると瞬時に判断し、下を向きながら軽く跳《と》ぶ。体が浮《う》く瞬間、視界の中にその人を捉えた。

地面に手をつき、そこを支点にして体を支え、僕の足を蹴《け》ろうとし、空振《からぶ》り、そのまま一回転をしている。と、思いきや、腹筋と回転力を利用し倒立《とうりつ》の状態に体を起こした。僕はまずいと思い、今度は突風を地面に向けて吹《ふ》き下ろした。その人は、腕《うで》の力で跳《は》ね上がろうとしていたところに風を受け、体勢を崩《くず》して地面に伏《ふ》せる。その隙《すき》に、僕は着地するとアルトを抱え、間合いを取り直した。

「会話の途中に斬り付けてくるのは、貴方の礼儀《れいぎ》ですか？」

僕の言葉に、相手が剣を構え直しながら吐《は》き捨てるように叫んだ。

「奴隷商人に礼儀を払《はら》う必要などない！」

「僕は、奴隷商人ではありませんが？」

「嘘をつくな！」

その声には、相手を萎縮《いしゅく》させるための威圧《いあつ》が込《こ》められていた。しかし、僕はそれを受け流しながら、また話しかけた。

「なぜ、僕の言葉が嘘だと断言できるんですか？」

「命惜《お》しさに、嘘を吐《つ》く輩《やから》が多いからな」

フードのせいで口元しか見えないが、僕に侮蔑《ぶべつ》の笑《え》みを向けているだろうことはわかった。

「では、僕が奴隷商人だという証拠《しょうこ》と、この子が奴隷だといわれる証拠を示してください」

「先ほどの叫び声だけで、十分だろう？」

全く十分ではないと思うのだが、考え直してくれる様子はない。僕への態度は最悪だけど、今までの言動からしても、本質的には優《やさ》しい人だと思うので、できれば誤解を解きたい。それならば、最初から木陰《こかげ》に隠れて様子を窺《うかが》っている人物のほうが、冷静にしている分、まだ話が通じるのだろうかと声をかける。

「そちらに隠れている貴方は、お仲間ですか？」

声をかけた相手は、気付かれているとは思っていなかったようで、僕の呼びかけに「嘘だろ〜」とぼやきながら、木の陰から姿を現した。

「カーラ、とりあえず剣を下ろせ」

「おい！　ルドル、子供の保護はどうした！」

ルドルと呼ばれた人が、カーラと呼ばれた人の言葉に肩《かた》をすくめながら口を開く。

「いやー。その子は奴隷じゃないみたいだし？」

「何を馬鹿《ばか》なことを！」

ルドルさんの言葉に、カーラさんが怒《いか》りを見せている。

「だって、首輪ついてないし？」

「首輪がついてなくても、脅《おど》されている可能性があるだろう！」

「仕方ないだろう？　この子には風の魔法がかかっていて僕の魔法が届かなかったし？」

「ふざけるなっ！」

「本当のことなんだけどなぁ〜？」

どこか軽そうな言葉とは裏腹に、ルドルさんは真面目《まじめ》な顔をしてカーラさんを見る。その表情でカーラさんの目が見開かれた。

「それに、その子が叫んでいた理由は、そこの青年の虐待じゃなく尻尾にあるようだし」

ルドルさんがそう告げたことで、初めてカーラさんがアルトを注視する。そしてアルトが手に握っている釣り竿と尻尾を目にし、何ともいえない微妙《びみょう》な表情になった。殺気が薄らいだことで、緊《きん》張《ちょう》が少し緩《ゆる》んだのか、アルトが体を震《ふる》わせてぎゅっと抱き着いてきた。僕はアルトの緊張をほぐすように頭を撫《な》でる。僕達の様子を見て、二人は息をのんでいた。

「アルト、尻尾を見せてくれる？」

安心させるように、優しく声をかける。アルトは恐《おそ》る恐る僕から離《はな》れると、後ろを向いた。僕はしゃがんで尻尾に絡まった釣り糸を外す。念のため尻尾を見てみたけど、怪我《けが》はなかった。

「もう、大丈夫だよ」

立ち上がりながら告げる僕に、アルトは、振り返ってから口を開く。

「ししょう。ありがとうございます」

「どういたしまして」

そういっている間にも、また、アルトは抱き着いてきた。そんなアルトの背をさすりながら、僕達を見ている二人組に顔を向ける。

「改めてお聞きしますが、僕達に何か御用ですか？」

自分の口からでた言葉に、内心、自分で驚《おどろ》く。この二人の目的が、僕からアルトを保護することだと気が付いていたのだから、誤解は解けましたかとだけ聞けばよかったはずだ。それなのに、なぜ、こんな挑発《ちょうはつ》気味な言葉を選んだのだろう。自身の言動に戸惑《とまど》ったけど、もう一人の人物が自己紹介《しょうかい》を始めたので、このくらいの物言いではけんか腰と取られないのだなと思い、とりあえず、考えないことにした。

「ごめんね～。僕はルドルっていうんだ。こっちの血の気が多いほうがカーラ」

「おい……」

紹介の仕方が不満だったのだろう。カーラさんが文句をいいかけるが、先にルドルさんが言葉を発したことで口を閉じ、ルドルさんから差し出された鞄をひったくると、ショルダーベルトの金具に取り付ける。

「歩いていたところ、子供の叫び声が聞こえて見にきたら、叫んでいたのが獣人の子供でしょう？てっきり、奴隷商人が虐待していると思ったんだよね～」

ルドルさんはすごく軽い調子で話しかけてきた。

「君達の名前を聞いてもいいかな～？」

「申し訳ありませんが、顔の見えない相手に名乗るつもりはありません」

僕の言葉にルドルさんが一瞬沈黙《ちんもく》し、そのあと、微かに笑う声が僕の耳に届いた。その声は愉快《ゆかい》だから笑ったという感じではなく、どこか暗い感じの音だ。

「そういえば、フードをかぶっていたんだった～」

そう告げ、ルドルさんはゆっくりとフードを外した。僕は、そのルドルさんを真《ま》っ直《す》ぐに見つめた。彼《かれ》は、豹《ひょう》の耳が頭上にある獣人族だった。アルトが同じ獣人族の子供だったから、あそこまで過剰《かじょう》な反応を示したのかもしれないと納得《なっとく》する。それでも、いきなり命を狙われたのだから謝るつもりはない。ただ、少しきついことを言い過ぎたかなとも思った。

「あれ～？　僕の姿を見ても驚かないなんて……僕がびっくりだ！」

彼は、少しおどけた感じでそう告げた。でも言葉とは裏腹に、さほど驚いていないことはその表情が物語っている。ルドルさんが同じ獣人族なのを知って、アルトは僕に抱き着きながらも、その視線は彼の耳の動きを追っていた。

「反対に、僕が驚くと思っていた理由が知りたいですね」

ガーディルでの獣人の奴隷政策は、獣人族の憎悪《ぞうお》の対象でもある。そのため、ガーディル近郊《きんこう》では獣人による人間への報復が散見され、旅をする人間にとって、この付近での獣人族との接触《せっしょく》は恐怖《きょうふ》の対象であった。

それでも、組織立って報復を行ってはいないため、盗賊に遭《あ》うよりもまれだ。さらに、獣人族を忌《い》み嫌《きら》う態度を見せなければ、そこまで酷いこともされないらしいので、一般人《いっぱんじん》やソロの冒険者《ぼうけんしゃ》は、特に対策をとって移動しているわけではない。僕は、別に獣人族が嫌いな訳でもないし、いざとなればどうとでも対処できる自信もあったので、気にしてはいなかった。

「いや～。君、本当に人間？」

彼の軽い口調はそのままなのだが、隠していた警戒心を表に出すように、その目つきが鋭《するど》いものへと変化した。

「人間ですが？」

「普通《ふつう》は僕達を見ると、悲鳴を上げるか逃《に》げ出すものなんだけどな～？」

「逃げる？　獣人族を見て逃げ出すぐらいなら、僕は獣人族の子を弟子《でし》にはしません」

一瞬で、ルドルさんの表情が警戒から驚愕《きょうがく》へと変化した。

「弟子？」

カーラさんが思わずといった様子でアルトに尋《たず》ねた。アルトは深く頷く。

「どうしてだ……？」

ルドルさんの言葉は、今までの作った感じではなく、彼の心情を吐露《とろ》しているように思えた。彼の視線は、僕を凝視《ぎょうし》していた。驚いた表情のままで……。

「理由ですか？　アルトが僕の弟子になりたいといってくれたからですが」

「本当か？」

ルドルさんの質問に、アルトは黙《だま》ったまま、もう一度深く頷いた。

「ルドル！　その子供が脅されていわされているかもしれないのに、何を簡単に信用しそうになっている！」

カーラさんが叱咤《しった》しながら、自分のフードを上げる。アルトに同じ獣人族だとわからせるためだ

ろう。カーラさんの頭上にも豹の耳があった。彼女《かのじょ》はかがんでアルトの目を真っ直ぐ見つめ、嘘をつかなくてもいいと話しかける。アルトは怯えながらも、しっかりと答えた。

「ししょう、おれの、ししょう」

その言葉で、僕の心に自然と優しい気持ちが戻ってきていた。


僕は、改めて二人を注視した。

カーラさんは目つきが鋭いためなのか、きつい印象を受ける。彼女の耳は、僕が想像する豹そのもので、髪《かみ》の色も目の色も金色だ。アルトと話しているために殺気が抑《おさ》えられているが、僕への警戒は解いていない。いつでも腰に収めた剣を抜《ぬ》けるという威圧を、僕にだけ向けている。

ルドルさんは、耳も髪も黒色だ。瞳《ひとみ》の色は少し鈍《にぶ》い感じの金色だった。髪や耳の毛の色から、黒豹のようだなと思う。彼の口調や容姿からどこか軽い感じの青年といった風貌《ふうぼう》に見え、愛嬌《あいきょう》があるように装《よそお》っているけど……こちらを警戒する様子には全く隙がなかった。

ルドルさんは護身用の短剣しか所持していないし、指輪を右手の中指にはめている点を見ても、魔導師だと思う。おそらく、あの指輪は魔法を発動するためのものだろう。『僕の魔法が届かなかった』とカーラさんに話していたし間違いないと思う。獣人という種族は、基本的にあまり魔力を持っていないとされているが、ガーディルの冒険者ギルドで見かけた魔導師達よりも、豊富な魔力をルドルさんからは感じる。

そのルドルさんも、僕が彼らにしていたように、僕に対して何か考えていたのだろう。僕の方に視線を向けていた。それに僕が気付くと、意図的に僕の視線と合わせ、低く笑いながら尋ねてきた。

「疑問なのだが、先ほどからどうしてそんな強気な態度でいられるのかな～？」

「強気ですか？」

「君は僕達が怖《こわ》くないの？　普通の人間ならば……僕達を見ただけで怯えるんだけど～？」

『怖がる』という言葉を聞いて、確かに怖がったふりをした方が彼らに警戒心を抱《いだ》かせることもなく、もう少し楽に話が進んだかもしれないとは思った。しかし、成り行きでこうなってしまった以上、仕方ないと諦《あきら》める。ただ、怖がる必要性を感じたのはその点だけだ。彼らには相当の自信があるみたいだけど、戦うとなれば、僕は負ける気はしなかった。それに、いざとなったら、いつでも風の魔法で逃げることもできるので、脅威《きょうい》に感じることは何もなかった。

「それとも……僕達はなめられているということかな～？」

彼の声音《こわね》に、不機嫌《ふきげん》な音が混ざった気がした。

「目の前に敵がいるのに、あまりにも飄々《ひょうひょう》としているのが不思議でならないんだよね～？　カーラはすぐに剣を抜けるし、僕はいつでも魔法を詠唱《えいしょう》できる。なのに君は、あまりにも無防備だ」

アルト以外の獣人族と会話をするのはこれが初めてだけど、獣人族は人間に対してこんなものなのだろうか？　気になってカイルの記憶を探ってみると、彼の知っていた獣人達は、陽気な人もいた。それならば、この態度は何だろうと考え、挑発なのだと思い当たる。おそらく、挑発に乗って僕が手をだしたならば、それを理由に僕を殺すつもりなのだろう。

彼らの徹底《てってい》した人間嫌いに辟易《へきえき》しながらも、アルトの獣人としての未来を思うと、話を打ち切ることはできなかった。獣人族と仲良くした方がいいのは、考えるまでもないからだ。

「お二方には言葉が通じているようですし、こちらの話している意味も理解されていますよね？共通語での意思疎通《そつう》が難しいならば、僕は獣人語も話すことができますよ」

色々いいたいことは沢山《たくさん》あるが、話をするのに必要なことだけを確認《かくにん》する。

「ははは。いやぁ〜……怖いもの知らずなのかな……青年。慇懃《いんぎん》無礼《ぶれい》にもほどがあるだろ〜」

僕を試《ため》しているような感じの殺気が肌《はだ》を撫でた。ルドルさんが殺気を放ち戦闘《せんとう》態勢に入ったことで、呼応してカーラさんが剣を抜き構えた。脅すことで、僕の気持ちが本気なのかと探っているのだろう。しかし、二人を脅威とは思えない僕には、効果は薄いのではないかと、他人事《ひとごと》のように思う。

その一方で、僕が全く予想していなかったことが起こった。アルトが殺気に反応したのだ。怯えて僕に抱き着いていたアルトが剣を抜き、真剣な眼差《まなざ》しで二人に対峙した。アルトのその反応に、また二人は驚愕の表情を浮かべている。

「アルト……」

「ししょうのてき、おれにとってもてき」

ルドルさん達の殺気に当てられて、アルトの体は小刻みに震えている。恐怖を感じているだろうに僕のために剣を抜いた。そう、僕のために……。そんなことのために、アルトに同族を傷つけさせるのは、避けなければならない。アルトの姿を見て、強く思った。

「アルト、剣をしまいなさい」

言葉の真意を測ろうと、アルトが僕の顔を凝視する。そんなアルトを安心させるように微笑《ほほえ》みかけ、背中をぽんぽんと軽く叩《たた》いた。

「青年のその余裕は、どこからきてるのかなぁ～？」

アルトを見て自分たちの行動が大人げないと思ったのか、ルドルさんが苦笑《くしょう》を浮かべながら殺気を抑えて僕達を見た。

「貴方が問答無用で僕を殺すといわれるのならば……。僕も殺されたくはないので抵抗《ていこう》はします」

「……」

「しかし、僕の弟子を守るために行動したといわれるのであれば、僕達はアルトを守るという点で目的は一致《いっち》しています。それならば、話をすれば誤解が解けるはずだと、僕は期待します」

未《いま》だに剣を鞘《さや》に収めていないカーラさんが、剣を揺《ゆ》らし僕を睨《にら》む。彼女の視線は「人間の言葉など信じる価値がない」といっているように思えた。

「あくまでも青年は、奴隷商人ではないと言い張るんだ～？」

「ええ、違いますから」

はっきりと否定した僕にカーラさんが口を開こうとするが、そんな彼女をルドルさんが制止した。ルドルさんが一度深くため息をついてから、アルトと目線を合わせるように膝《ひざ》をつき、そして、まだ怯えているアルトに真剣な表情で尋ねる。

「本当に、この人間は奴隷商人じゃないんだね？」

アルトはその質問に剣をぎゅっと握りしめ、ルドルさんを睨む。

「ししょうは、おれを、どれいしょうにんから、たすけてくれた」

そこまでいって、視線をルドルさんからカーラさんへ移すと、叫ぶように自分の気持ちを吐きだした。

「おれは、たすけてくれなんて、いってない！　かってなこと、するなよ！」

アルトの言葉にカーラさんが息をのみ、ルドルさんは軽く「あちゃー」と口にしてから、立ち上がった。アルトのこの言葉は、恐怖や苛立ちや不安などが混ざり合う、完全なる拒絶《きょぜつ》の意思だった。

そんなアルトに、今度は、僕が膝をついて話しかけた。

「アルト。アルトが自分の尻尾を釣り上げて叫んだから、ルドルさん達は心配してきてくれたんでしょう？」

「だけど、ししょうに、きりつけた！」

「確かにそうだけど、それは僕が怒《おこ》るべきことだよね」

「でも！」

アルトの気持ちは嬉しい。僕に危害を加えようとしたことに対する憤《いきどお》りや、僕が奴隷商人に間違われたことへの悔《くや》しさを、僕以上に重く受け止めてくれたのだと思う。アルトのその気持ちを心の中で大切に受け取ってから、続きを話す。

「アルトが僕のことを心配して怒ってくれたように、ルドルさん達はアルトを心配して怒ってくれたんだよ」

納得できないのか、アルトがきゅっと歯を食いしばって項垂《うなだ》れた。

「僕は怒っているわけじゃないんだよ。アルトが僕のためにルドルさん達に怒ってくれるのはとても嬉しい。ありがとう。だけどね、物事の本質は一つじゃないことを覚えておいて欲しいんだ」

「ほんしつ？」

「そう。今、ルドルさん達はアルトにとっては敵なんだろうね？　それは僕を殺そうとしている人達だから」

「うん」

真っ直ぐ僕を見て頷くアルトに、頷き返してから続きを語る。

「だけどね。見方を変えてみたら、今、アルトには二つの手が差し伸べられているんだよ」

「……」

「僕がアルトを守ろうとする手と、ルドルさん達がアルトを守ろうとする手。どちらを選ぶかはアルトの自由だ。でも、忘れないで欲しいのは、アルトのために差し伸べられた手があるということなんだ」

「だけどっ！」

アルトは僕の言葉をちゃんと理解している。それでも、心がついてこないのだろう……。僕はそんなアルトに笑いかける。

「アルト、思い出して。一度でも僕から、ルドルさん達に攻撃を仕掛《しか》けたかな？」

僕の言葉にアルトだけではなく、カーラさんも驚いた表情を見せた。

「もし、二人が僕達に理不尽《りふじん》な殺意を向けて攻撃してきたのなら、戦うよ。だけどね……。ルドルさん達の戦う理由がアルトのため、いや……獣人族のためだとわかったから、僕からは攻撃をしなかった」

「……」

「話してわかってもらえる可能性があるうちは、その努力をするべきだと思わない？」

「それにしては、挑発的な言葉もあった気がしないでもないんだけど〜？」

ルドルさんがぼそっと呟《つぶや》くが、僕はそれを無視する。ちょっと黙っていて欲しい。

「おもう」

アルトは少し考えてから、僕をじっと見て答えた。

「カーラさんがしたことは、アルトが怒っているように、僕も怒っている。状《じょう》況《きょう》を正しく見極《みきわ》めるのは難しいことだけど、今回のことは、周りをちゃんと観察すれば、アルトが虐待されていないことは、すぐにわかったはずだしね」

ルドルさんは苦笑し、カーラさんは苦虫を噛《か》み潰《つぶ》したような顔をしているが、アルトは神妙な顔で僕に頷いた。

「さて……。ここまで話をしたわけだけど、どういう答えをだすかはアルトが考えることだよ」

「こたえ?」

「うん。アルトはどうしたい?」

アルトは、僕の目を真っ直ぐに見て口を開いた。

「おれを、しんぱいしてくれて、うれしい。だけど、このひとは、ゆるせない」

そういいながら、アルトがカーラさんを見たので、彼女はその視線から逃げるように、僕を睨みつけた。居心地《いごこち》が悪かったのかもしれない。

「そう。アルトが考えてだした答えなら、僕は何もいわない」

「それでいいの～? 普通、弟子が師のいうことを聞かなかったら、怒るんじゃない～?」

僕は立ち上がりながら、反対に質問を返す。

「では、お聞きします。自分でだした答えを頭ごなしに否定され、師に考えを押《お》しつけられるのが、貴方は好きなんですか？」

ルドルさんがハッとして僕を見つめてから、一つため息をつき、少し重い口調で答えた。

「嫌《いや》だな……」

「アルトの答えは、自分の気持ちに正直なだけです。悪いわけじゃない。自分を心配してくれたカーラさんに感謝してはいるけれど、僕を攻撃したことは許せない。そう、自分の気持ちを伝えただけで、彼女に剣を向けるつもりはないはずです。そうだよね？」

アルトは大きく頷く。

「アルトが、ただ僕の意見を受け入れるのではなく、どのように考え、何を学びとり、そこからどう行動に移すのかが、大切なことではないかと、思っています。もちろん、それが道に外れた行いであるのなら注意しますが、それ以外は、アルトの意思を尊重します」

「ふーん～。じゃぁ君は弟子の行動に、すべての責任を負うっていうの？」

前髪を手でかきあげながら、ルドルさんが少し意地の悪い笑みを浮かべた。

「はい、それが師というものでしょう？」

彼の中で、なぜ話の力点がアルトのことから師弟《してい》関係に移ってしまったのかは、僕にはわからなかったし、詮索《せんさく》する気もなかった。だから、一瞬、ルドルさんの表情に陰がさしたことに気が付いたが、深く触《ふ》れようとは思わなかった。大事なのは、アルトが二人と仲良くするつもりがないのなら、話を切り上げてこの旅を続けることだ。

「それでは、僕達はそろそろ出発したいのですが……」

「私は、まだ貴様を信用していない！」

そんなカーラさんを見て、アルトは眉間《みけん》に皺《しわ》を寄せていた。逆に僕は、ここまで警戒されるという点から、獣人族を取り巻く環境《かんきょう》はかなり過酷《かこく》なのだろうと想像した。人間社会の中で生きていると思われる彼らは、獣人族ということで辛酸《しんさん》をなめさせられてきたのかもしれない。ただ、そんな想像は、今の状況には関係ないことだと思い、感傷的になる前に頭の中から振り払って、カーラさんに話しかけた。

「何度も話していますが、アルトは僕の弟子なので奴隷ではありません」

「私は信用していない！」

僕の言葉をかき消すように、カーラさんが叫んだ。堂々巡《どうどうめぐ》りのこの状況をどうすれば打破できるのだろうか……。思わずため息がこぼれそうになるのをぐっとこらえた。ここでため息をついたら、きっとアルトが気に病《や》んでしまう。

「まぁまぁ、カーラ抑えて〜。君達はどこにいくの〜？」

僕とカーラさんの間にルドルさんが入り、人好きのする笑みを浮かべながらそう聞いた。

「僕達はクットへいく途中です」

クットの国の王都の名前もクットというので、国名と紛《まぎ》らわしいかなと思ったが、意味は通じたようだ。

「ガーディルの国ではなくて〜？」

彼らのいいたいことはわかる。僕がガーディルの奴隷商人だとしたら、ガーディルに向かうのは当たり前のことなのだから。

「ガーディルからきたんです。戻ろうとは思いません」

「そうか～。僕とカーラもレグリアからクットに向かう途中だったんだ～。目的地は同じだし、一緒にいかない？」

レグリアはガーディルより南の国だ。確かこの国は、ガーディルとは仲が良くなかったはずだ。

「それは、僕を監視《かんし》するという意味でしょうか？」

「いやいや、いやいや……ただ、少し興味をもっただけ。君という人間に」

笑ってはいたけれど、最後の言葉は軽い調子ではなかった。そんなルドルさんを、カーラさんは不思議そうに見つめている。

「ルドル？」

「いいよね～？　カーラもこの子のことが気になるんでしょ？」

「それはそうだが、人間と一緒なんて……」

「僕達と共に旅をするのは、お勧《すす》めできません……」

「それは、やましいことがあるからじゃないのか！」

「君達の邪魔《じやま》はしないって誓《ちか》うよ～？　ここら辺りが妥協点《だきようてん》だと思うけど～？」

ルドルさんが苦笑を浮かべながら、そう告げる。多分、先ほどの言葉が彼らとの同行を嫌がってのことだと誤解しているようだった。訂正《ていせい》するのは面倒《めんどう》だったので、僕は好きにしてくださいとだけいった。本気で逃げ出そうかとも思ったけど、アルトの獣人族への感情がこのままだと悪影響《あくえいきよう》になるかもと、気になり思いとどまっていた。

嫌がるアルト、躊躇《ちゆうちよ》するカーラさん、そして、やけに楽しがっているルドルさんを見て、僕は肩を落として仕方がないと呟かざるを得なかった。

魚釣りができなくなったアルトを慰《なぐさ》めながら後片付けをし、出発の準備を終わらせた。成り行きとはいえ、僕達と共に行動することになったルドルさんとカーラさんに、名前を告げていなかったことを思い出し自己紹介をしておく。二人は僕と懇意《こんい》にするつもりなどないだろうけど。

「遅《おそ》くなりましたが、僕はセツナといいます。職業は学者、ギルドランクは青になります」

「おれは、アルトと、いいます。しょくぎょうは、けんし、ギルドランクは、きいろです」

アルトは不本意だという表情で訴《うった》えていたが、僕が促《うなが》すと、嫌々ながらも自分の名前を口にした。

「二人とも冒険者だったのか～。青年の職業は魔導師だろ～？」

僕の名前を聞いておきながら、僕の名前を呼ばないルドルさんは、いい性格をしていると思う。ただ、どんな場合でも、冒険者の名乗りがあった場合は名乗り返すのが冒険者ギルドの規則であり、そうしてこないところをみると、彼らは冒険者ではないのだろう。それと、僕のランクに興味を示さないところをみると、青くらい歯牙《しが》にもかけない実力者なのだろう。すべて演技の可能性はあるけれど。

「いいえ、学者です」

「は？　学者？」

お前、何をいっているんだというような視線を、ルドルさんから貰《もら》った。

「えらく若い学者様だな」

カーラさんが鼻で笑いながら、馬鹿にしたような感じで一言そう告げる。学者のわけがないと疑っているのが、ありありと読み取れたが、彼女らが信じてくれようがくれまいがどうでもいいことなので、それ以上構わず、アルトの背中を軽く押して、二人でのんびりと歩きだした。

2時間ほどして、僕達は林の中を進んでいた。アルトの意識は完全に二人から離れ、視線は周囲に向けられている。一方で、カーラさんはアルトを見守りつつ、僕を警戒しているようで、ずっと黙ったままだった。その結果、自然と僕の話し相手は、ルドルさんとなっていた。ただ、彼は様々な話題を僕に振ってくれるけど、目的は会話を楽しむというより、情報収集といったような感じだ。

「冒険者は、楽しそうだよな」

「ルドルさん達は、冒険者じゃないんですか？」

「僕達は傭兵《ようへい》だよ～」

「そうなんですね」

「あれ～？　それだけ？」

ルドルさんの言葉の意味がわからず首をかしげると、笑いながらもスッと目を細めた。

「やっぱり獣人は野蛮《やばん》だな～とか、殺し合いしか興味がないんですか～とかいわないの？」

彼がこういったことを告げるということは、散々いわれてきたことなのだろう。

「人間にも傭兵はいると思いますが……？」

「ふ～ん」

「それに……。強くなるには強い人と戦うのが近道なんでしょう？」

「なぜ、そう思うんだ？　僕達が強くなるために戦っているなんて、青年に話してないよな～？」

彼と話していて思ったことは、僕の存在が気に入らないと態度で示しているカーラさんよりも、ルドルさんの方が僕のことを嫌悪していそうだということだ。その理由は、彼の言動の端々《はしばし》にそういった感情が窺えたからだ。微かに殺気をちらつかせては消してを繰《く》り返して、僕を苛立つように仕向けたり、獣人の誇《ほこ》りを傷つけるような失言を僕から引き出そうとしたりと、彼のその態度や話し方にため息をつきたくなる。そんな軽い挑発に乗る気はないし、相手の思う通りに動く気もないため、彼の挑発を受け流していたけど……口を滑《すべ》らせたようだ。

「様々な選択肢《せんたくし》から……僕が推測した結果です」

「獣人だからといいたいのかな～？　戦闘狂《きょう》だろうと～？」

僕の返答に、彼がどこかほの暗い笑いを顔に浮かべた。

「いえ、そうではなく。戦う目的に何を持ってくるのかってことです」

「青年は僕達をみて、どんな推測をたてたんだ～？」

彼の楽しそうな顔を見て、どう答えようかと少し悩《なや》む。本当のことを伝えるか伝えないか……。すぐに答えない僕に対し、ルドルさんは、戦闘にしか能がない種族だと考えていたんだろうとか、推測した結果などないのだろうとか、僕の神経を逆撫《さかな》でする。彼のそんな挑発を受け流すことに疲《つか》れてきた僕は……彼らの事情を考慮することなく話すことに決めた。僕が何を話しても……きっと彼はそれなりに攻撃する理由を探すだろうから……。

「僕なりに傭兵をする目的を大雑把《おおざっぱ》に分類してみました。例えば……お金、名声、強さ、あとはさきほどからルドルさんが仰《おっしゃ》っている戦いが好きだからといったところでしょうか」

「それで～」

「僕から見てルドルさん達は、お金には興味がなさそうだと感じたので除外しました」

「その理由は～？」

「僕の偏見《へんけん》も入っていますが……お二人とも今までお金の要求をしてこなかった。理由としては、これだけで十分ですね」

「次は～？」

「名声は、強さを極めた際に副次的に得られる名声を除けば、自己顕示《けんじ》のための名声と、権力を得るための手段とに分けられると思います。まぁ、どちらでも名前を売らなければいけないのに、失礼ですが、僕はお二人の名前を聞いたことがありませんので、名声を求めている線もないと思いました」

もちろん、傭兵として二人の名前も、カイルの記憶で調べたうえで、ルドルさんには話している。

「それで僕達が戦闘狂ではないというなら、強さを求める理由を青年は知っているってことかな～」

「強さを求める理由は人それぞれなので、この推測が正しいかはわかりませんが、復讐《ふくしゅう》とか？」

「それで？」

彼の話し方に気軽さが抜けた。カーラさんもこちらを気にして、耳を僕達の方へと向けた。

「誰《だれ》かに、復讐するために自分の腕を磨《みが》いている。その復讐対象者は同じ獣人族ではなく人間。それも、今のお二人では戦えないほどの、強い人間でしょうか？　また、強さを磨くためならば冒険者になるという手段もありますが、それを選ばないのは、その相手も傭兵だからではないですか？」

淡々《たんたん》と話している僕を見るルドルさんの目が、段々鋭さを増していった。

「お前……何者だ」

「僕の話は、的を射ていましたか？」

二人が立ち止まり、警戒し僕から距離をとった。その気配に気付いたアルトが、走って僕のそばにきた。ルドルさんが視線だけで続きを話せと告げている。

「復讐というのもただの勘《かん》だといいたいところですが、カーラさんの持っている剣の紋章《もんしょう》は、確か今は滅《ほろ》びた国のものですね」

「……っ」

二人が同時に睨みつけてきたのを、僕は無視する。

「そこで少し……仮説を立ててみました。最初に獣人族は、サガーナという国を建国しました。さらに複数の種族が、いくつかの小規模の国家を建国して独立しました。しかし現在では、最初に建国されたサガーナという国しか残っていない。それらの国は人間に滅ぼされてしまったから。その紋章は、そういった国々の内の一つ、今から数十年前に滅ぼされた、エルンの国のものですね」

自国の紋章を、それも今は滅びた国の紋章を知っている人間がいるとは、夢にも思わなかったのだろう。彼らの動揺《どうよう》が僕にまで伝わる。

「そのときに活躍《かつやく》した人間の傭兵の名前は……スレディア」

僕が傭兵の名前を告げたことで、カーラさんは武器に手をかけ、ルドルさんはカーラさんの後ろに立ち、魔法の詠唱を中断されない位置取りをする。

「少し知りすぎじゃないか……青年」

「貴様……。私達のことを知っていて近づいたのか！」

彼女の言葉に、僕はため息をつく。

「何をいっているんですか。お二人から近づいてきましたよね。そして、僕達と同行することを選んだのも、お二人ですよ」

僕にとっては迷惑《めいわく》でしかないのに、無理矢理《むりやり》ついてきて何をいっているのだろう。

「青年……なぜこの紋章を知っている?」

返答を拒否《きょひ》することを許さないという、ルドルさんの声と表情。偽《いつわ》ったら殺すという明確な殺意。

僕の後ろに立っているアルトは、二人の殺気に引きずられて臨戦態勢をとっていた。

「僕は学者だといったじゃないですか。歴史は僕の専攻《せんこう》分野なので」

本当はカーラさんの剣の紋章を見たときに、カイルの知識から紋章に関する情報を引き出したからで、僕が知っていたわけではない。

「なぜ……スレディアの名前まで知っている……」

「有名な傭兵じゃないですか。残虐《ざんぎゃく》の限りを尽《つ》くし……血に魅《み》せられた傭兵。彼の初陣《ういじん》を記載《きさい》している書物は少ないですが、僕の調べた歴史書にはエルンの国の戦争からだと書いてありました」

カイルの情報の中にある歴史は……とても凄惨《せいさん》なものだった。エルンの国は一面火の海と化し、エルンの獣人族は皆殺《みなごろ》しにされたらしい。その戦争で、一番残虐な方法をとり、一番多く獣人を殺したのが、スレディアだといわれていた。逃げ惑《まど》う女性や子供までも、苦しみながら死ぬように斬り付けたということだ。

「なので……エルンの国の紋章を見たときに、お二人がエルンの国の末裔《まつえい》ならば復讐を考えたとしても不思議ではないと思いました。復讐を果たすために傭兵となり力をつけているのだと」

「青年、君の旅の目的は何だ?」

「僕は、世界を見るため、そして世界を知るために旅をしています」

「スレディアと何か関《かか》わりがあるんじゃないのか？」

ルドルさんの疑心に、僕は彼の目を真っ直ぐに見て答える。彼も真偽《しんぎ》を確かめるためだろう。僕から視線を外そうとはしなかった。

「よく考えてください。仮にそうだとしたら、お二人に喋《しゃべ》ると思いますか？」

そこまで話すと、アルトを促し歩き出す。アルトは二人を気にしながらも、剣をしまって歩き出した。背中を向けた僕達に、ルドルさんが疲れたような声で問いかけてきた。

「それならば、なぜ我々にそのことを話した？」

「疲れてしまっただけですよ、貴方の挑発に。僕の持っている知識を、僕の考察を踏《ふ》まえて話せば、こうなることはわかっていました。祖国復興という話にからめてもよかったのですが、どうせ貴方は納得しないだろうと想像できた。だから、貴方が納得するように僕の考えをすべて話した。それだけです」

「……」

「僕は奴隷商人でもなければ、スレディアの関係者でもない。故意にお二人に近づいたわけでもない。人間を信じられない、信用できないと思われるのは……仕方のないことかもしれない。ですが、お二人の事情で僕の立ち位置を勝手に決めつけるのは、やめていただきたいですね」

「はは……ははははは」

ルドルさんが笑いだした。そして、殺気を消し警戒を解いたあと、軽い口調で言葉を紡《つむ》いだ。

「負けたなぁ～。人間だと思って甘《あま》く見ていたよ～。挑発に乗せて殺す自信があったのになぁ」

「……アルトが挑発に乗っていましたから、その分、僕が冷静になれたのでしょう」

「まぁ……。君を信用したわけでもないけれど～。挑発するのはやめにするよ～」

「そうしてください」

僕はそれだけ告げるとアルトと共に歩き出す。ルドルさんとカーラさんは何かを話しているようだ。どうせ、あとから追いつくだろうと、僕は気にせず進むことにしたのだった。

◇2 【ルドル】

俺《おれ》は人当たりのよさを演出するために、表向きは『僕』を使い、軽い印象を与《あた》えるような話し方をしている。人好きのする笑みを浮かべるのも、同じように相手に警戒心を抱かせないようにするためだ。俺も相棒のカーラも好戦的なのだが、二人ともそういう感じを押し出すと警戒されてしまい、情報が引き出せなかったりするため、便宜《べんぎ》上始めた役割分担だった。その役割分担が、前を歩く青年には機能しなかった。この青年から情報を引き出すのはかなり難しそうだ……。

「ルドル……殺さなくていいのか？」

青年の背中を見ながら、カーラが俺に声をかける。役割上、いつも俺は彼女のこういった感情に歯止めをかける。かくいう俺も、祖国を失ってから、誰も彼も……特に人間は……見境なく殺してしまいたい衝動《しょうどう》に駆られるが、自分を演じることで抑えることができている。

「ことごとく失敗しているからね～。さすがに、人間だという理由で殺すのは気が引けるし～？」

俺の言葉に、カーラが軽くため息をついた。青年は戦闘狂とはいわなかったが、それよりもたちの悪いものを、俺達は飼い慣らしている。その激情を押しとどめるために、ため息をついたのだろう。

「それに～。青年を殺すとアルトに恨まれそうだ」

「あいつを殺せば、洗脳が解けるのではないか？」

「あれは、洗脳じゃないでしょう～」

ずっとアルトの表情を見ていたカーラも、それはわかっているはずだ。わかっていても信じられなかったのだろう。

「まぁ……しばらくは、共に行動してみることにしようよ～」

「珍《めずら》しいな……。お前が人間と一緒にいようなんていうのは」

「ん～。興味があるのは本当。今までの人間と青年とでは一々違うからね～」

「胡散臭《うさんくさ》い男なのは確かだな」

カーラは諦めたように微かに笑ったが……その笑いが続くことはなかった。

「まさか……紋章を知っている人間がいるとは驚いたな」

「獣人族の中でも、覚えている奴《やつ》は少ないのにな」

俺の返答にカーラは何も答えなかったので、そのことに触れるのを止《や》めた。

「さぁ、いこうか。追いつけなくなってしまうよ～」

「それはないんじゃないか……？」

カーラがそう告げ、向けた視線の先を見ると、さほど進んでいない所に二人が見えた。かといって、俺達を待って、歩みを遅くしているわけではなさそうだ。

「まぁ～。とりあえずいきますか～」
俺は、もう完全にいつも演じている自分に戻り、青年達の元へと向かった。

数時間後、遅々《ちち》として進まない師弟の後ろをついて歩きながら、俺はこの二人について、考えを巡《めぐ》らせていた。青年は最初から一風変わっていた。いや、変わっているというより、おかしいに近いかもしれない。これが俺の青年に対する第一印象だった。

不意を突いたカーラの攻撃を避《よ》け、手加減していたとはいえ……癒《い》やしが基本である風の魔法でカーラの攻撃をいなし、青年からすれば襲われたというのに、反撃に転じず淡々と彼女に話しかけていた。攻撃を仕掛けてきた相手に、悠長《ゆうちょう》に話しかけようとする人間など見たことがない。話しかけるとしても、それは相手を制圧してからだ。

次に印象が変わったのは、俺に語りかけてきたときだ。俺とカーラは最初から気配を消して、あの場に挑《いど》んだ。だから青年が奇襲《きしゅう》を捌《さば》いた時点で、俺の存在も知っていたのは明らかだ。しかし、青年は俺を放置した。それは、青年にとって俺達は取るに足らない存在だったということだ。そう思い至ったとき、印象は脅威に変わった。

さらに獣人の子供を弟子だといったとき、青年の印象は得体の知れない何かに変化した。俺達をみくびっているのかとも思い、純度の高い殺気を向けても、青年は穏やかなままでいた。それらに反応したのは青年ではなく、彼の弟子だと言い張る獣人の子供だった。俺達の殺気に体を震わせながらも、人間を守るために剣を抜いたアルトのその行動に、心底驚かされた……。

ぎこちない話し方の理由は俺達《獣人》には容易に想像がついた。まともに会話ができる環境にいなかったからだと。そこまでの経験をしていながらも、アルトが人間に傾倒《けいとう》する理由がわからなかった。獣人と人間が仲間や相棒として、認め合っている奴らはいる。だが、人間が獣人を弟子にする、あるいは獣人が人間を弟子にするなんてことは、見たことも聞いたこともなかった。種族によって多少の違いはあるが、俺達《獣人》は上下関係をよく思わない気質で、自立心が強い。そのため、一族の長《おさ》の命令に服さないこともある。そんな獣人が人間に弟子入りすることなど、あり得ない。

　だから正直、俺もカーラも青年とアルトのいうことは信じていない。さらに付け加えるならば、獣人に物を与えるそんな酔狂《すいきょう》な人間がいるとは思えない。弟子にするということは……自分が得た物を弟子に与えるということだ。自分が研鑽《けんさん》し培《つちか》ってきたものを継承《けいしょう》する資格を与えたということだ……。人間が獣人の子供にそれを与えた？　冗談《じょうだん》にもならない。師弟の皮を被《かぶ》った何か……。だが、それが何かはわからない。

　そして、最終的にこの青年を危険分子だと決めた。なぜなら、俺達の国の名前と旅の目的を当てたからだ。俺は会話の中に、素性《すじょう》を突き止められるような情報を、何一つ混ぜていなかった。今まで、何十回、何百回と繰り返してきた会話で、ここまで正確に素性を言い当てられたのは、初めての経験だった。本人は学者だといったが、とても信用できない。仮に学者だとしても、その知識量と洞察《どうさつ》力は敵に回せば、命取りになりかねない。

　俺はクットに着くまでに、青年の化けの皮を剥《は》がし殺そうと考えていた。問答無用で殺したい衝動に駆られるが、何とか抑え込む。あれだけ青年に懐《なつ》いているアルトを前に、疑わしいという理由だけで殺すのはさすがにためらわれたのだ。下手をすれば、アルトの心に大きな傷を残しかねない。

それを避けるには、殺す動機がもっと必要だった。青年から戦いに持っていくように仕向けることができれば、こちらは正当防衛だったんだとアルトにも言い訳ができるものを……。

声を弾《はず》ませながら青年に話しかけるアルトに……青年は優しい眼差しを向けていた。その眼差しには、獣人に対する負の感情は一切含《いっさいふく》まれていないように見えた。

「ししょう」

アルトが青年の袖《そで》を引いて呼ぶ。もう何度も目にした光景だ。その姿は師と弟子というよりは……仲の良い兄と弟のようだった。そんなことはあり得ないと、彼らから視線を外す。行き場を失った視線でカーラを見ると、彼女は眉間に皺を寄せ、今まさに、怒りを爆発《ばくはつ》させる寸前だった。

「お前らいいか……」

カーラの機嫌は下降の一途だ……。いつもよりは忍耐力《にんたいりょく》を見せていたのだが限界がきたのだろう、彼らに口を挟《はさ》もうとするのを俺が止めた。まぁ……彼女の気持ちもわからなくはない……。この数時間、クットまでの道程が全く進んでいなかったからだ。

「邪魔しちゃだめでしょ～？」

「なぜとめる！　このままではいつまでたっても、クットに着かないだろうが！」

「それは～。あんな所で朝からのんびり釣りなんてしてたんだから、想像はしていたんじゃないの～？」

がっくりと肩を落として、カーラが呟くように肯定《こうてい》を口にする。

「……そうだが」

「それに……。アルトの目的が勉強なら、それを邪魔するのは駄目《だめ》だと思うな～」

カーラは俺の言い分に渋々《しぶしぶ》だが納得し、ため息をつきながら二人を見た。どうやら、青年の説明が終わったところだったのか、アルトが本を開き、目の前の草と本の絵を見比べているようだった。その本はかなり高価な物だったと覚えていたので、それを自由にさせていることに驚いた……。それで、アルトの身なりをよくよく見てみると……正気を疑うほど高価な物ばかりだった。一瞬、もしかすると……師弟というのは本当のことかもしれないと、考えてしまうほどに……。

二人が楽しそうに笑うたびに……どうしようもないほどの焦燥《しょうそう》と怒りが俺の胸を焼いた……。気持ちを落ち着かせるため、魔物がいるかもしれない道中で悠長に本を読んでいるアルトと、アルトを好きにさせている青年に、これ見よがしにため息をつく。

それを意に介《かい》さず、アルトから離れたところにいる青年は、視線を周りに向け、小枝を拾い鞄に入れていた。青年はアルトから離れるときは、風の魔法で結界を張り、アルトを守っているようだった。俺は小枝を集めている青年のそばへいき、何に使うのかを聞いてみた。

「青年。小枝を鞄に入れてどうするんだ～？」

俺の問いに青年は嫌な顔をすることなく素直《すなお》に答えながら、アルトがいる方へと戻り始める。

「これは、今日の夜の薪《まき》にします。アルトが何かをしている間に集めているんです」

なるほど、薪か。そういえば俺達も駆け出しの頃《ころ》は、野営のために集めていた。それなりに戦えるようになってからは、野営地で火をつけることはあまりなくなったが……。魔物や動物よけに火をおこすより、火に引き寄せられてやってくる人間のほうが煩《わずら》わしかったからだ。だから、魔物よけの結界を張り、野生の動物に気付かれたら狩《か》り、食事はそれらを食べるか携帯食《けいたい》でしのぎ、目的地へ向かう。そんな生活がもう体に染《し》みついている。

「いつもこんな感じなのかい～？」

「大体こんな感じですね。あぁ、暇《ひま》でしたら先にいってもらっても構いませんよ」

アルトのそばにいたカーラが、青年を睨み、噛みつくように言葉を投げつけた。

「そうして、私達から逃げるつもりなのだろう！」

「僕達は、クットに向かっているんですけどね……」

青年はカーラの言葉に、もう諦めたような感じで呟いていた。

「ししょう」

「うん？」

アルトが青年を呼ぶのを聞き、カーラがまたかというような目になった。

「あのとり、なんですか？」

アルトが呼びかけるたびに、笑いかけながら青年は返事をする。アルトに対する態度はずっと同じで、面倒そうな表情を見せたことは、一度もない。俺ならとっくに嫌になっている……。青年はアルトの指さす方向を見て、質問に詰《つ》まることなく答えていた。

「あれは啄木鳥《きつつき》……いや、アプティという鳥だね」

「アプティ？」

鳥の種類を間違えたのか、青年が言い直す。

「そうだよ」

「とりは、なにしてるの？」

「餌《えさ》をとっているんだよ」

「えさ？」

アルトが首をかしげている姿を見て、青年が鳥の説明を始めた。アルトは何かに興味を持つと、躊躇することなく疑問を口にする。その疑問に、青年は丁寧《ていねい》に答えていく。案外その説明が、俺の知らないことばかりで面白《おもしろ》い。

カーラと共に……戦闘に明け暮れていた人生だ。何かに興味を持ち、教えを請《こ》うことなどここ数十年考えたこともなかった。そうだ……俺もアルトと同じで新しいことを知るのが好きだった……。村の物知りじいさんに……と昔のことを思い出しかけ、ザラリとした感情が心の中に入り込む。

暗い思考に落ちそうなギリギリのところで、踏みとどまった。そうでないと……背中を向けている青年を、人間だというだけで殺したくなるから。自分の心に蓋《ふた》をして、俺は説明に集中する。カーラも興味がなさそうな態度をとっているが気になるのだろう、しっかり聞いているようだ。耳が青年とアルトの方を向いていた。

「きに、えさが、ついているの？」

「木の中に、幼虫がいるんだよ」

「あの、おおきいき、から、どうやって、みつけるの？」

「見ててごらん？」

アルトは真剣な表情で、アプティという鳥を見つめている。俺も思わずアルトの視線を追い、その鳥を見た。俺達が視線を向けると同時に『コンコン』と木をつつく音が響《ひび》いた。アプティは嘴《くちばし》で木をつつき、少し位置を変えてはまたつつく。それを繰り返し、ある位置で激しくつつきだし、そして、つついていた箇所《かしょ》に嘴を入れたかと思うと、すぐに飛び立ってしまった。

「ししょう?」

アルトが困惑《こんわく》したように、視線を飛び立った鳥から青年へと移す。

「アプティは、最初に数回、木をつついていたでしょう?」

「うん」

「あれは、木の中にある空洞《くうどう》を探していたんだ。嘴でつつき音の変化で、木の中に空洞があるかどうかを判断していたんだよ」

「どうして、くうどうを、みつけるの?」

「幼虫が成長するために木を食べていくと、食べ進めたところに空洞ができる」

青年がそう告げて、小枝を拾い地面に図を描《か》いた。

「空洞があるところには?」

「ようちゅうが、いる?」

「そう、正解」

青年に褒《ほ》められたからか、アルトが嬉しそうに笑った。

「でも、ししょう、くちばしは、みじかい」

「うん。アプティは嘴で餌の幼虫を捕《と》るのではなく、嘴より長い舌を使って幼虫を捕って食べる」

「すごいね!」

アルトの驚きに付き合って、青年も同じように「すごいね」といって笑う……。アルトは真剣に聞いて、聞き終えたら考え、わからない箇所があればさらに聞き、また考えるということを繰り返していた。青年の説明に、俺も思わず「なるほど」といいそうになったのは、秘密だ。

「青年は物知りだな～」

俺からふとでた言葉に、青年が苦笑する。

「偶々《たまたま》ですよ」

そうではないだろうと思ったが、それは口にはださなかった。いや、だせなかった。口にしてしまえば、何かを認めるような気がして嫌だったのだ……。


アルトが満足して歩きだした。ゆっくりだが、少しずつ進んでいる。こんな風に歩くなど……いったいいつ以来だろうかと考えながら青年を見ると、青年は何かを採りながら歩いていた。手元を注視してみると、それは茸《きのこ》だった。青年のそんな行動を見て、アルトも周りを見渡して、同じように茸を採っていた。俺達は携帯食を食べるつもりだが、青年達は何かを作って食べるのだろう。

薪の次は茸か、青年は働き者だなと思いつつ、俺達は街道《かいどう》を進んでは、脇《わき》にそれたりを繰り返す。機嫌良さそうなアルトとは逆に、カーラは不機嫌そのものだった。それでも、我慢できているのは、おそらく、わずかながらも町へと進んでいるという事実があったからだろう。

しかし、それも限界がきた。青年が俺達を振り返り「僕達は、今日はここで野営をしますが……」といきなり告げてきたからだ。いや、アルトが立ち止まり、尻尾を大きく振り目をキラキラと輝かせながら青年に話しかけたときに、嫌な予感はあった。日が暮れるにはまだ時間がかなりあるし、今日はほとんど距離を稼《かせ》いでいない。青年の理解できない言動にカーラがついに切れた……。

「お前はふざけているのか⁉」

カーラが青年に食ってかかっている。

「ふざけていません」

「まだ十分歩けるだろう！　それに今日は、ほとんど歩いてないじゃないかっ！」

「まぁまぁ、カーラ落ち着いて～」

カーラの言い分に内心頷く。一応、カーラをなだめはするが、俺も納得したわけではない。

「青年、ここで野営する理由を教えてくれないか～？」

アルトが理由だということはわかる。わかるのだが、ここで野営をする理由が思いつかなかった。

そんな俺達の質問に、青年は答えることはせず、走りだしたアルトに声をかけた。

「アルト、釣りをするときは魔物がいないか確認して、結界針を立ててからするんだよ」

「はい！」

アルトが元気に返事をして川に向かって走っていくのを見て、ここで野営をする理由を知り、俺とカーラは絶句した。

「お前は……アルトに甘すぎるんじゃないのか？」

カーラが思わずといった感じで、青年に話しかける。

「この調子では、いつクットに着くかわからないではないか」

「確かに、いつ着くんでしょうね……」

別段どれほど遅《おく》れても構わないという態度に、カーラが器用に片眉《まゆ》を上げ、不機嫌だと告げるように尻尾を揺らす。

「お前……クットにいくつもりがないのか？」

「いえ、いきますが」

「ではなぜだ！　私達に対する嫌がらせか！」

カーラの吠《ほ》えるような追及《ついきゅう》に、青年が軽くため息をついてから口を開いた。

「だから、同行するのはお勧めしませんといったじゃないですか」

「ぐっ……」

「こんなにのんびりとは、さすがに思わなかったのさ～」

黙り込んだカーラと苦笑する俺の顔を見て、青年が鞄に手を入れ釣り竿を２本取り出した。どう考えても釣り竿がでてくるのはおかしいのだが、時折、こういった不思議な道具を持っている人間を見かけることがあるので、追及しようとは思わなかった。

「クットまでの食料が足りないんじゃないですか？　釣り道具をお貸ししますので、アルトと一緒に釣ってきたらいかがですか」

「……」

本当に意味がわからない人間だ。カーラも俺と同じことを思っているのだろう。彼女の表情がそう物語っていた。

俺達に嫌な思いをさせられながら、俺達の食料の心配か……。釣り竿を折って殺してしまいたくなる、目の前の人間を……。こいつを見ていると、自分自身が酷く滑稽《こっけい》に思えてくるから……。自分の感情よりも先にアルトのことを想《おも》い、俺達とアルトの関係をできる限り取り持とうとしていることも知っている。多分、こいつの優しさは正しいのだろう。

だが……その正しさは、俺達みたいな捻《ひね》くれた者には心をえぐる正しさだ。すべての人間が敵ではないことを知ってはいても、そのことに蓋をし憎《にく》しみを糧《かて》に生きている俺達みたいな輩は……その光を屠《ほふ》ってしまいたい衝動に駆られる……。

「ルドルさん、殺気がだだ漏《も》れですよ」

「青年、面白い返しだな～」

挑発をあからさまに指摘《してき》されてしまえば、引くしかない。この青年は本当に常人離《ばな》れしている。つけいる隙を全く与えてくれない。

「僕は、野営の準備をして本でも読んでいます」

青年の告げた予定に、内心ため息をつきながら軽口を叩いた。

「弟子に夕食を任せっきりか～?」

「いえ、釣った魚は釣った人のものなので、アルトが釣った魚はアルトが食べることになります」

「んじゃ～。釣り竿と釣り餌を借りるわ～」

「どうぞ」

青年に背中を向け、カーラと一緒に歩き出す。カーラが真っ直ぐ前を向きながら、口を開いた。

「よく抑えたな……殺すかと思った」

カーラがそう思うほど、俺の殺気は激しかった。なのに、青年は微動《びどう》だにしなかった。

「俺も抑えられたことにびっくりだ」

「……久しぶりだな」

「なにがだ」

「ルドルが、自分のことを俺というのは」

「……」

「あの人間は、調子が狂《くる》う」

カーラがぽつりと呟くように告げた言葉に、俺も同意しながら想っていることを口にした。

「あまり、長く一緒にいたくない人間だ」

苦々しい想いを吐き出すように告げた俺に、カーラも深く頷いた。青年のそばにいたくない理由を、俺はとっくに気付いていた。ただ、認めたくなかった。認めるわけにはいかなかった……。

◇3 【カーラ】

何ともいえない感情を持て余しながら、人間から借りた釣り竿を使って釣りをしていた。こんな場所で悠長に釣りなんてと苛々している私に、すぐ近くにいるアルトが不機嫌そうにこちらを見ながら、口を開いた。

「カーラさん、さっきだす、の、やめて」

アルトが傾倒する人間を、排除しようとしたのが気に入らなかったようで、私との関係は最悪な状況になっている。私達がそばにいても逃げないのは、おそらく人間が私達のことを認めたので、安心しているからだろう。

「私が殺気をだそうと、お前に向けているわけではないのだから、関係ないだろう?」

鼻で笑いながらそう告げると、アルトは眉間に皺を寄せ軽く尻尾を膨《ふく》らませながら怒った。

「さかなが、にげる！」

アルトの言葉に驚いた表情を見せたのは、私の相棒のルドルだった。

「ルドル、何を驚いている？」

「あぁ、いや～」

歯切れの悪い返事だったので、何がいいたいのかとルドルに視線を向けるが、ルドルは魚を釣っているアルトを観察しているようで、私に応《こた》える気はなさそうだ。そんな彼を見て、内心ため息をついた。先ほどルドルは、本気で人間を殺そうと殺気を放っていた。それなのに……、今は、その様子を微塵《みじん》も感じさせてはいない。その感情の制御《せいぎょ》に感心しながらも、己《おのれ》の未熟さを思い知る。そんなことを考えていると、アルトが、また睨みつけてきた……。

「何なんだ……」

微かに殺気立っただけで、アルトに睨まれる理由がわからない。そんな私に、ルドルが軽く笑いながらその答えを教えてくれた。

「魚は、カーラの殺気を察知して逃げているんだよ～。だから、魚を釣っているのに、魚が釣れない～」

「あぁ……なるほど」

ルドルの説明で、やっとアルトが私を睨んでいる意味を理解した。

「あの青年は、どこまで考えているんだろうね～」

「何か気になることがあったのか？」

私の疑問に、ルドルが真剣に釣りをしているアルトを見て答える。

「アルトの気配の消し方は未熟だけど～、ちゃんと訓練になっているようだ～」

そういわれてアルトを見てみると、自分の気配を極力消す努力をしていた。

「俺達が気配の消し方を教えてもらったときは、こんな悠長な方法じゃなかっただろ～？　少し驚きだよね～」

「確かにな」

訓練と称《しょう》して１週間、野獣の潜《ひそ》む森の中に閉じ込められ、体で覚えさせられたことを、私は思い出した。

「きっとさ～。あの青年が最初に釣りをしたときに、気配を消して釣りをしていたんだろうね～」

「遊びの中に、訓練を混ぜているのか……？」

私の言葉にルドルが頷いた。アルトからしてみれば、この魚釣りは楽しい遊びなのだろうが、実のところ、自分の気配を消し魚の気配を探る訓練なのだと、ルドルが告げた。これでもアルトにとっては、訓練なのか……。それなら邪魔をするのはよくないと考え、少し腑《ふ》に落ちないが、私もルドルと同様に気配を消した。正直こんな釣り竿と釣り餌で魚を捕るよりも、爪《つめ》で捕った方が早いと思うのだがと、私は呟いた。

「人間は、爪では魚が捕れないからねぇ～」

一見、楽しそうに笑っているが、ルドルの目は笑っていない。それは、私達が人間とアルトの関係をいまいち納得できないために生じる、不快感からなのだろう。なので、アルトの本音がどうしても知りたかった。人間のいない今ならば、それが聞けるのではないかと話しかけてみる。

「アルト、お前は何歳《さい》だ？」

会話の糸口を探るには、まず答えやすい質問から切り出すのが無難だ。心証がよくないため、子供相手とはいえ、情報収集の基本を忠実に実行することにした。

「……」

いきなり話しかけた私に、アルトは不機嫌だと告げるように尻尾の揺れをピタリと止めて、チラリと視線を向けた。私の問いに、答えるかどうかを考えているようだ。私は釣り針に釣り餌をつけると、川へと釣り竿を振った。アルトと話をするには、釣りをしていたほうが良さそうだと感じたからだ。

「12さい」

少しの沈黙のあとに、アルトがそう告げた。その答えは私にとって意外だった。ルドルも首を横に振る。きっと同じ思いなのだろう。年の割に小さすぎると……。人間に虐《しいた》げられてきたせいだろうと思わずにはいられなかった。

「アルト、お前は人間が好きなのか？」

そんな状態に追い込まれたのだ。好きなはずなどない。アルトへの仕打ちで感じた人間への憎悪を表しながら、共感へ訴えるために簡単な質問をする。本音を引き出すには共感を見せるのが、一番有効だからだ。

「にんげんは、きらい」

想定通りの答えだった。これで、私達とアルトの中で一体感が生まれた。そこで、次の質問をぶつける。これが本命だ。

「それじゃぁ、なぜ人間といる。偶然《ぐうぜん》、奴隷商人に殺されるところを助けてもらったからといって、そこまで恩に感じることはないんじゃないのか？」

「……」

アルトはここでいいよどんだ。答えを引き出すため、さらに私の共感を質問にして告げる。

「人間を殺したいとは思わないのか？」

「カーラ～。子供にそれはどうかと思うよ～」

ルドルが苦笑しながら、私に注意を促した。だが、そういうルドルが12歳の頃には、人間を殺したいと思っていたのを、私は知っている。本音ではない。これも私達の常套《じょうとう》手段だ。人は誰しも味方がいれば、余裕が生まれ、自分の気持ちを話しやすくなる。それは獣人でも人間でも同じことだ。それを利用しアルトの本音を引き出すために、ルドルはアルトの理解者の仮面を被ったのだ。

「いつも、ころしたいと、おもっていた」

仕掛けが上手《うま》く働いたのか、アルトがこちらを見ることなく、私の問いに静かに答えた。こうなれば、あとは本音でしか話さないだろうと、あの人間に対する何かしらの失点を、アルトの口から引き出すためだけに、私は質問を続けた。

「あの人間に脅されているのか？」

「ちがう！」

人間のことを口にすると、アルトが勢いよく私を睨み、叫ぶように否定した。

「今は、あの人間はいない。ここから助けることだってできるぞ？」

その叫びを無視して、私達はアルトを助けると真剣に告げる。アルトは落ち込んだように俯《うつむ》いて、ぽつりと言葉をこぼした。

「ししょうは、おれが、ついていくと、きめたなら、なにもいわない。きっと」

「どうして、そう思う?」

「やくそく、だから」

「約束?」

アルトは視線を足下《あしもと》から自分の腕へと移した。アルトの視線の先には銀色の腕輪がついていた。

「うでわを、はずして、ししょうのもとを、はなれる。それが、おれのみち、みつけたあいず」

アルトは銀色の腕輪を見つめたまま、どこか自分に言い聞かせるように呟いた。

「それなら、気にすることはないだろう? 人間といるより、両親の元に帰ったらどうだ?」

両親という言葉に反応して、アルトが肩を揺らした。親が恋《こい》しいのかもしれないと思い、私は畳《たた》みかけるようにいう。

「お前にも親がいるだろう?」

「いる」

ならば、親元に連れていってやってもいいと私が告げる前に、アルトが顔を上げ目を合わせた。アルトの目の色を見て、私だけではなくルドルも息をのんだ。アルトの目の中には、今までの無邪気《むじゃき》さはなく、その目には憎悪の光が宿っていた。今、幼い少年が見せている感情は……故郷を奪われた私達と同様のものだった。

「おれから、にげた。おれを、かちくにした。おれを、うった。おやのもとへか?」

アルトの告白に、私もルドルも絶句する。獣人の親が人間の奴隷商人に我《わ》が子を売ったという話など聞いたこともなく、だからこそ、私達には衝撃《しょうげき》だったのだ。

「おれをバケモノとよぶ、おやのもとへか？」

なぜ、アルトの両親がアルトを嫌ったのかは私にはわからないが、親元へ帰れといったことを少し悔《く》いた。

「おれは、おやも、にんげんも、だいきらいだ」

アルトには、帰る場所がないのだと知る。だから……人間と一緒に行動しているのだと考えた。ならば、両親のいない場所で獣人の住みやすい場所を教えてやろうと思い、私はアルトに聞く。

「両親が、住んでいたところはどこだ？」

「……しらない。こやのそとでたことない。こやからみえたのは、ひとと、はたけだけ」

「それなら、サガーナの国にいけばいい。獣人族が暮らす国だ。きっとアルトなら、優しく迎《むか》え入れてもらえる。獣人しかいない国だから、お前の故郷じゃない。よって、両親もいない。嫌いな人間についていって危険な冒険などしなくても、不自由なく暮らせるようにしてくれる」

アルトは興味をなくしたような目で、私を真っ直ぐに見た。

「……おれをつれだそうとしているのは、カーラさんたちなのに、カーラさんたちは、おれをすてるんだね」

そうではない。だが、アルトのこの言葉に、思わず視線をそらしそうになる。私達のように自分から望むのならともかく、復讐の旅に、凄惨な殺し合いの場に、子供を引きずり込みたくはない。だから、人間から助け出したあとのアルトの生活は、私達の生活の中には組み込まれていない。サガーナまでは共にいき、親のいない子供が生活する場所へ、預けようと思っていたのだ。

「そうじゃないよ～。アルトが傭兵に興味があるかわからなかったから、ついてくるかっていわなかっただけ～。傭兵になりたいというなら、僕達が連れていってあげるよ～？」

何もいえなくなった私の代わりに、ルドルが会話を引き継《つ》ぐ。

「ようへい、なにするの？」

「簡単にいうと2つあるんだ～。1つ目は魔物が大量に発生したときに募集《ぼしゅう》がかかって、これに参加して魔物を討伐《とうばつ》すること～。2つ目は国とか地域のいざこざがあると募集がかかって、敵対勢力の相手を殺すことだよ～」

ルドルが本気で誘《さそ》っていないのは、わかる。子供に説明するとはいえ、大雑把すぎるからだ。魔物の討伐には、魔物の強さによって危険度が異なるとか、戦争の時は人間だけでなく、獣人だって殺さなければならないなど、触れなければいけないところが、全く触れられていない……。私は、ルドルの真意を掴みかねていた。

「……」

アルトは無言で考え始め、結論をだした。

「ししょうもダリアさんも、すき。おれは、ころしたくない。だから、ようへいにならない。おれは、ししょうといっしょがいい」

おそらく、ダリアというのは人間なのだろう。私達にもそういった人間がいたことを思い出す。

「そうだろうね～。でもさぁ～。どうして、青年がアルトを捨てないといい切れる～？」

アルトが、目を細めてルドルを睨んでいる。釣り竿を持つ手が震えているところを見ると、アルト自身もそうなる日が来るかもしれないと、思っているのだろう。そんなアルトを追い詰めるように、ルドルは言葉を重ねていった。そこでようやく、ルドルの真意がわかった。私達と一緒にいけない事実を、私達から捨てられるということではなく、自分で選んだことにした上で、アルトが人間に裏切られ傷つく前に、サガーナへと連れていきたいということなのだろう。

「アルトの本性《ほんしょう》を見たら、嫌われるかもしれないよ～？」

本性……。獣人族は獣に変わることができる。大半の人間は、その姿を受け入れられないことが多い。肉食獣と全く同じ姿の獣になることから、怯えられても仕方のないことだが、人間のその態度は、獣人を少なからず傷つける。私達は獣ではないのだ、人を襲う獣ではないのだと……。

「ししょうは、かわいいって、いってくれた」

「は？」

目を丸くして、反射的に言葉を返している。まさか、そんな返答がくるとは考えてもいなかったのだろう。

「ししょうは、おれのすがたをみても、すきだといってくれた。だっこしてくれた。いっしょにねてくれた」

ルドルの顔を見ながらも、アルトは何かを思い出したかのように、少し笑みを浮かべる。その笑みは……幸せな想いが詰まっているように見えた。アルトに告げるべき言葉が見つからず、私もルドルも、ただ黙ってその姿を見ていた。……だが、一瞬でその笑みを消し、心の中の感情を吐き出すようにアルトは声を張り上げた。

「ししょうは、おれになまえをくれた。ししょうは、おれをせおってくれた。ししょうは！　おれをだきしめてくれた‼」

微かに瞳を揺らしながら、一度歯を食いしばり、ぎゅっと拳《こぶし》を握りしめたあとで、アルトはルドルを真っ直ぐに見つめた。

「ぜんぶ……。だれからも、もらえなかったものだ。ししょうだけが、おれに、くれたんだ」

アルトの静かな心の叫びに、アルトの悲しみや憤りを見る。その感情は、アルトを捨てた両親や奴隷商人、アルトを気にかけることなく通り過ぎていった人間、そして、アルトが慕《した》う人間を奪おうとしている私達に向けられているような気がした。心に血を流しているようなアルトの独白に、なんと答えていいのかわからなくなっていった。

「アルト、魚は釣れたの？　そろそろご飯の準備をしないと、遅くなるよ？」

人間の穏やかな声が辺りに響き、解き放たれたと思った。正直なところ、アルトのような獣人とは何度か会ってきた。今までとの違いは、その子らを助けた者は獣人で、アルトの場合は人間だという点だけだ。助けたあとの反応も、その子らの怨嗟《えんさ》の声は私達に向けられることはなかったし、サガーナに連れていくことになっても、望まれることはあれ、拒《こば》まれることはなかった。それが、人間に助けられたというだけで、こうも変わるとは、想定していなかった。多分、それは私だけではなくルドルも同じだと思う。だから、次の言葉を発することができなかった。

「ししょう！」

人間に呼ばれて釣り道具を自分の鞄にしまうと、今まで纏っていた負の感情をすべて消し去り、一目散に人間の元へと駆けていく。名前を呼ばれて嬉しいと体全体で表しながら、横を通り過ぎるのを、私達は目だけで見送っていた。飛びつくように抱き着いたアルトを、人間は危なげなく受け止め、優しい眼差しを向けたままアルトの頭を撫でる。アルトは嬉しそうに目を細め、満たされた笑みを向けていた……。

「ししょう、カーラさんのせいで、さかなつれなかった」

「えー。人のせいにするのは、駄目だよね？」

「ほんとうの、ことだもん」

確かに、いっていることは正しい。前半は殺気立ち、後半は話をして釣りの邪魔をしたのだから、当然といえば当然だ……。

「すまない。アルトのいったことは、正しい。お詫《わ》びに何匹《びき》か魚を捕っていくから、先に戻っていてくれ」

私がそういうと、人間は苦笑する。

「そうですか。それでは、お願いします。一応、シチューも準備しますので、無理をせずに遅くならないうちに戻ってきてくださいい」

そう言い残し、アルトの手を引いて戻っていった。私は釣り竿を持ち直しながら、ルドルに話しかける。

「見張りにいかなくていいのか。逃げられてしまうぞ」

「必要ないだろ。青年は風の魔導師だ。逃げようと思えば、いつでも逃げられた。それをしなかったのだから、今になって逃げるとは、考えられない」

私達は、任務の切れ目切れ目で、お互《たが》いの認識をすり合わせるための作業として、状況を伝え合うことを習慣づけている。今回もいわれるまでもなく、私もそう考えていたのだが、いつものようにルドルに伝えただけだ。もっとも緊迫《きんぱく》した状況下で行うときなどは、ルドルの心話で行うのだが、その点からいっても、人間に逃げられるような状況ではないということだ。

「それでカーラは、魚を捕《つか》まえるのに、まだ釣り竿で挑むのかな～」

そういわれて、手に握った釣り竿を見る。さっき自分で爪の方が早いといっていたのにと思い、私は苦笑する。

「釣り竿なんて持ったのは、何十年ぶりかね～」

「そうだな……」

「釣りは、ゼストが始めたんだったよね～」

久しぶりに私の耳に届いたその名前に、一度目を閉じてから私は口を開く。

「あぁ。ゼストは釣りが好きだったからな」

「釣りが好きなのに、釣りの腕はいまいちで……よく服に釣り針を引っかけてたな～」

「そうだったな」

当時のことを思い出しながら、声を殺して笑う。前に友人の話をしたのはいつだっただろうかと考え、そう簡単には思い出せないほどのときが過ぎていたことを知る。私達とゼストは友人だった。特に、ルドルとゼストは親友だった。いつも穏やかに笑っていた友人の顔を、朧《おぼろ》げながら思い出し……私は剣の柄《つか》を軽く撫でた。

「……お前との付き合いも長いな」

「今更《いまさら》でしょう～？」

低い声で笑いながら、ルドルは手を胸元《むなもと》へと持っていく。服の裏側に隠されたポケットには親友の形見が収まっているはずだ。私はそれ以上何もいわず、ルドルも何もいわなかった。静寂の中、

４匹の魚を捕まえ、夜の訪《おとず》れを近くに感じながら、アルト達のいる野営地へと向かった……。

「ししょう、けむりが！　けむりが！」

私達が戻ると、ちょうど、アルトが煙《けむり》まみれになって涙《なみだ》を浮かべ、咳《せ》き込んでいる最中だった。

「アルト、小枝を拾うときに乾《かわ》いたものを拾わないから、煙がでるんだよ」

友人のことを思い出し、少し感慨《かんがい》に浸《ひた》りながら野営地に戻ってきたが、右往左往しているアルトと人間を見て力が抜ける。……こいつらは本当に緊張感がない。煙と格闘しているアルトを見かねて、人間が風の魔法を使い煙がいかないように調整している。アルトはまだケホケホと咳《せき》をしていたが、その手は夕食の準備をするために動いていた。

「あれ～？　アルトが夕食をつくるのか～？」

「そうみたいです。僕の分も作ってくれるというので任せました」

一瞬「無理矢理作らせているんじゃないのか！」と口からでかけたが……。機嫌良く尻尾を振りながら料理をしているアルトと、おぼつかない手つきをハラハラしながら見ている人間を目にして、口を閉じた。人間が丁寧に教えているが……それでもアルトの手つきは危《あや》うい。

「青年……。アルトは料理をしたことがあるのか？」

肉を切っているアルトを見守りつつ、ルドルが人間に向かって問う。

「一人でやるのは、今日が初めてだと思います……」

アルトの手元から、一瞬たりとも視線を離そうとしない男達を見て、なぜかわからないが笑いがこみ上げそうになった。怪我をしてから心配すればいいと思うのは私だけのようで、ルドルはアルトが肉を切り終えたところで視線を外し、深くため息をつきながら精神的な拷問《ごうもん》だと呟いていた。

私はそんな彼らを尻目《しりめ》に、荷物の中から塩と鉄の串《くし》を4本取り出す。魚に串打ちをするためだ。すでに内臓は川原で取り出してあるので、そのまま口から串を突き刺し、魚を捻《ねじ》りながら、尻尾の先まで串を貫《つらぬ》き通す。

4匹の魚に串を通し、塩を振りかけ終わった頃、周囲をハラハラ……いや……正確にいえば男二人をハラハラさせながら、茸のシチューが完成したようだ。アルトは満面の笑みを浮かべ、その反対に人間は少しぐったりしながらも、お湯を沸《わ》かし薬草茶をいれていた。私はたき火の周りの地面に、魚の背びれを火に向けながら、串を突き刺していった。

人間はアルトにその薬草茶を渡したあと、気持ちを落ち着かせる効能がありますと説明しながら、私達にも配ろうとした。自分で用意しているのでいらないと拒むと、魚のお礼だというので、とりあえず受けとっておく。その間にアルトはシチューを器《うつわ》に入れて、人間の前に置いてから自分の分を入れていた。私達は焼き上がった魚を食べ、人間がいれたお茶には口をつけず自分の水を飲んだ。

私達の態度に人間は別段文句をいうこともなく、自分のいれた薬草茶を飲みながら一息ついている。アルトが自分の前にシチューを置いてから人間に話しかけた。

「ししょう、たべて?」

「先にアルトが食べるといいよ」

人間の少し硬《かた》い声に首をかしげるが、人間の表情に変化はない。気のせいかと思いアルトを見ると、口をつけようとしない人間の態度に少しがっかりしたような顔をして、シチューをスプーンですくって食べる。初めて作った料理なのだから、最初に食べてやってもいいじゃないかと思ったが、口にはしなかった。

アルトが残念そうにシチューを食べているが、人間は黙ったままアルトを見つめ、シチューに手を付けようとしない。私は違和《いわ》感を覚えてルドルをみると、ルドルは暗い表情でアルトを見ていた。

それで私もアルトを見ると、人間がシチューを食べようとしないので、首をかしげていた。そして、何かをいおうとして口を開いた瞬間……苦しみだし、手に持っていた器を落とした。

「うぅぅ……」

苦しんでいるアルトを、じっと見つめて動かない人間の態度に、一気に血が頭に上る。わかっていたのだ。こいつはわかっていたのだ！　このシチューを食べると危険なことを！　わかっていて自分は食べなかった。危険だと知っていたのにアルトを止めなかったんだ！

「ルドル、お前はアルトを見ろ！　何をした、貴様っ！」

腹の底から叫ぶように声を出し、私は人間の襟元《えりもと》を掴んで締《し》め上げる。その手に絞《し》め殺すための力を込めるが、ルドルが私を止めた。

「カーラ！　カーラ、駄目だ！　落ち着け！」

手を緩めない私と、人間の視線が交差する。人間の目には光が宿っていなかった。それを見て、私は余計に頭に血が上る。

「どれだけ！　どれだけこいつがお前のことを慕っているのか、わかっているのか！」

人間からアルトを引き離そうとしていた私が、いうべき言葉ではない。人間を憎んでいる私からでた言葉とも思えない。だが、止まらなかった。アルトの幸せそうな笑みを見たから。こいつのアルトに対する態度を見たから！　それをこいつは裏切った。

「わかって……います」

苦しそうに顔を歪《ゆが》めながら答える人間の返答が、私の怒りに油を注ぐ。

「わかっていたらなぜ止めない！　普段は優しく手なずけ離れられないようにしてから、苦しめるのがお前のやり方なのか！」

ルドルが私を羽交《はがい》い締めにして、無理矢理、人間から引き離した。

「ルドル！　なぜ邪魔をする！　こいつをここで殺したほうが、アルトのためだろうが！」

引き剥がされたことで怒りの矛先《ほこさき》を彼に向けるが、私の目を見て落ち着くようにと、ルドルは再びいった。

「カーラ、落ち着いて。アルトを見ろ」

そうだ、アルトだ。あの苦しみ方は毒の可能性が高い。なぜルドルは解毒《げどく》薬を飲まさないのだと焦《あせ》りアルトを見ると、耳を寝《ね》かせしょんぼりとした顔で立っていた。その耳も動かない尻尾も、落ち込んでいることを物語っている。

「いつ、解毒薬を飲ませたんだ、ルドル⁉」

アルトの顔色は悪いが、命に別状はなさそうだ。

「いや、俺は何もしてない」

それでは、なぜアルトは回復しているんだ？　訝《いぶか》しがっているとアルトが口を開く。

「ししょう……。ごめんなさい」

「なぜお前が謝る！　悪いのはこの人間だろうが！」

アルトは辛《つら》そうにしながらも、首を横に振った。

「おれが、わるい」

アルトの言葉に反応して、さらなる怒りが湧《わ》き上がり、また手が人間へと伸びる。

「少し落ち着け」

ルドルが私をなだめようと声を掛けてくる。その間も、人間はずっとアルトを見ていた。そして軽くため息をついてから膝をつき、アルトと目線を合わせてから口を開く。

「アルトが今日採っていた茸はこれ。僕が採っていた茸はこれだよ」

人間がそういって、鞄から2種類の茸をだしてアルトに見せる。採取する段階から気付いていたのか……。そのことを追及するために、アルト達の会話に口を挟もうとするが、ルドルが腕を引いて邪魔をする。

「初めて口に入れるものを見つけたら、僕に聞くか、調べるかしなさいと教えたよね？　そしてこの2種類とも、アルトは食べたことのない茸だ」

項垂《うなだ》れながらも、アルトは頷く。

「僕のすることを真似《まね》して学ぶのは大切だし、いいことだと思う。だけど、確認することも忘れてはいけない。今回のことも、アルトが茸を採ったときに僕に確認していたら、こんなことにはならなかった」

「ごめんなさい」

それを受けても、なお人間の叱責《しっせき》は止まらなかった。

「注意深く見ていたなら、僕がその茸を避けていたことに気が付いたはずだよ」

ハッとしたように俯いていた顔を上げる。アルトには思い当たる節があるのだろう。

「そう。アルトが採ったのは、僕が採らずに残しておいた茸だ。どうして僕が、その茸を採らずに残したのか、その理由を考えた？」

人間の問いに、アルトが首を横に振る。

「それは、アルトが身をもって知ったように、毒があるから。花の蜜《みつ》の時も注意したよね。植物の中には、毒を持っているものがあるよって」

「はい……」

「僕が気が付かず、この料理をカーラさんやルドルさんに渡していたらどうなっていたのかな？」

人間の言葉に、アルトは顔色を変えた。同時に、人間が私達に料理を勧めなかったことに、今、気が付いた。この人間は、自分のいれた薬草茶を私達に配ったのだ。それなのに、アルトが作った料理を私達には渡さなかった。この人間の性格ならば、食べられるものであれば、きっと勧めたはずだ。

「アルト、食事は大切なものだよね。食べることができなければ死んでしまうんだ。だから、食材を集めたり、料理をするときは、仲間の命を預かっているんだと、心に留めておかなくてはいけないよ」

人間の諭《さと》す言葉に、アルトは涙を落とした。まだ幼いアルトに、そこまでいわなくてもいいんじゃないかと思う。それを察してか、ルドルが小声でいう。

「俺は、青年の言い分が正しいと思う」

珍しくルドルが、仮面を外した口調で人間に同意している。

「何も、料理を作ってからいうことはないだろう？　茸を採る前に教えてやればいい」

「確かに荒《あら》っぽいとは思うが、俺達に比べれば、まだ、ましだろう？　前にも同じことをしているようだし、聞いただけでは忘れることが多い」

「だが……」

不満を隠さない私に、泣いているアルトを見ながら、ルドルが続きを話す。

「俺達……獣人が料理を作り、それを食べた人間が体の不調を訴える。それがどういう状況を招く？　何度、人間にボコボコにされた？」

「……」

「俺達が悪くなくても、俺達のせいにされることなんて日常茶飯事《さはんじ》だっただろう？　ましてや、長旅になると、食料は現地調達が多いんだ。注意してもしすぎるなんてことはない」

確かに……そうだ。私達が人間の中で生きるのは、かなり神経を使う。

「あいつは……アルトに生き方を教えているんだ。それに、自分で確認することの大切さを、わからせたいのだろう」

「なぜ？」

「一つはアルトのため。自分で確認することを怠《おこた》ると、こういう目にあう」

アルトを見たまま、感情を殺して話す。それで、ルドルはこうなることを予想していたのだと、私は悟《さと》った。

「そして、もう一つは、青年の間違いを止めるのが、アルトの役目だからだ。もしかしたら、青年の判断が間違ったせいで、アルトが死ぬかもしれない。その逆もあり得る。そうならないように、相手の判断にかかわらず、自分でも物事に対して確認し、正しく判断できることが必要だ。それができれば、どちらかが間違っていても、その誤りに気が付く可能性が高くなり、命を繋《つな》ぐことになる。俺達もそうやって生きてきただろ？　冒険者も命を代価にその日の糧を稼ぐという意味では、俺達と同じだ」

私が間違ったらルドルが止め、ルドルが間違っているときは私が止めている。時々、二人して間違うこともあるが……。大抵《たいてい》どちらかが気付くことが多い。

「だが、まだ子供じゃないか……」

「俺達が訓練を受けたのは、アルトより幼かったと思うがな」

ルドルが深くため息をついた。私も子供の頃の訓練を思い出し、軽く頭を振って追い払う。あまり思い出したくない記憶だ。

「青年の教え方は優しいほうだ。俺達はもっともがき苦しんだだろ？　アルトは、俺達みたいに半日ほど放置されて苦しんだりはしていない。毒も自分でちゃんと対処できるように持たされていた」

「そうなのか？」

私は見逃《みのが》していたが、解毒されたときの状況を、ルドルは説明する。

「自分の鞄から解毒薬をだして飲んでいた。青年が用意しておいたものだろう。俺達のように解毒作用のある薬草だけを教えられて、吐きながら探し回ったりはしていない。青年は、ギリギリのところを見定めながら、アルトに生き方……いや生き残り方を教えているのだと思う」

「生き残り方？」

「獣人の国にいるならまだしも……他の国は俺達には甘くない。獣人が過ごしやすい国もあるが……

そんな国はごくわずかだ。もしかするとこれから先、アルトは一人で生きていくことになるかもしれないし」

「人間に捨てられるってことか？」

そうではないというように、私を見てから視線を人間へと向けた。

「青年がもしどこかで命を落としたら、アルトは一人で生きていかなければならないだろう？　帰る場所がないんだ」

「……」

「青年はきっと……俺達を取り巻く環境を理解して、アルトに教えているのだと思う」

ルドルが人間を理解し認めるような発言をすることは、本当に珍しい。

「……どういう心境だ」

いつもは、人間を拒絶するルドルが私をなだめている状況に、なかば納得し、なかばおかしくなり、ルドルを揶揄《やゆ》する。ルドルは、疲れたような表情を見せながら呟いた。

「認めたくないけどな……。本当に認めたくね～けどな」

人間に優しく抱きしめられグスグスと泣いているアルトを、ルドルと共に見る。……見返りなく無条件で優しさを与える人間と、それを享受《きょうじゅ》するアルト。私もルドルもその光景を、ただ黙って見つめていた……。私は剣の柄に手をのせ、ルドルは胸元に手を置いた。遠い……遠い……昔の風景を思い出しながら。その光景が、今はもう、自分達にそれを与えてくれる人がいないことを思い出させ、焦《こ》げ付くような衝動に駆り立てる。私達はそれを抑えることに必死だった……。

この世界で、私とルドルしかエルンの民《たみ》はいない。サガーナから独立した際に、手を差し伸べようとしてくれた獣人族は、両の手の指で数えきれるほどだ。その者達ですら、人間に国が滅ぼされたとき、復讐はやめろといった。

私達を匿《かくま》い助けてくれた人間の友人ゼストも、復讐はやめろと話していた。だが、彼は人間なのに、人間に殺された。ゼストは死にぎわにいった。『今は、君達の復讐が君達を生かす唯一《ゆいいつ》の道だ。だから、その道を進むのは仕方ない』と。

その後、彼は何かを言い遺《のこ》そうとしたが、こと切れてしまった。その失われた言葉が何であるかは永久にわからないが、彼の遺言《ゆいごん》が後押しとなり、私達は、誰からも認めてもらえず、誰からも助けてもらえず、誰からも見向きもされない道を進んだ。

私とルドルがこの数十年……人間に抱く感情は憎悪、それしかなかった。復讐を成し遂《と》げるために、この怒りを持続させるために……。私達は憎悪を燃やし走り続けてきた……。憎まれることに慣れ、嫌われることに慣れていった。復讐を心に決めたその日から、人間は私達の敵だった。

それでも、好かれることはないと知ってはいても、慣れたとはいっても、憎むことに疲れることもある。気の迷いから、心を許しそうになったこともある。だが戦いのさなか、血ぬれた私達を見て、心を許しかけた人間に裏切られたこともある。

それなのに……。この人間は違った。私達の目的を知っていながら……肯定も否定もしなかった。自分の正義を語らなかった……。私達のありのままを、ただ受け入れた。軽くため息をつき、横にいるルドルに視線を向けると、ルドルは遠い目をしながらアルト達の会話を聞いていた。今、ルドルの目に映っているのは、きっとアルト達ではないのだろう。

この人間が纏う空気は、あまりにも友人に似ていた。私よりも、ルドルの方が堪《こら》えていたに違いない……。この人間を殺そうとしていたのは、アルトのためという理由もあったが、自分のためでもあったのだ。アルトのために何をいわれても耐《た》えながら……私達にも優しさを与えようとする人間に……気を抜けば復讐心まで溶《と》かされそうで、ある種の恐怖を抱いていたのかもしれない。

私達は旅に行き詰まっていた。手がかりが全く手に入らず、ただ時間だけが過ぎていた。そんな苛立ちの中で出会ったのが彼らだった。アルトを虐待していると思い込み、それが私達の間違いだったと気が付いていても……認めることができなかった。人間への憎しみを糧にして生きている私達に……眩《まぶ》しすぎたのだ……。その光を消してしまわないと、自分達が終わってしまうと思うほどに。だから、殺したくなった。ゼストと同じような空気を纏う人間……セツナを。

一通り叱《しか》り終えると、毒で消耗《しょうもう》しきっていたアルトを、セツナはそのまま寝かしつける。風の魔法でアルトを癒《い》やし終えてから、食べることができないシチューを片付け始める。それが済んだあとも、アルトに薄い毛布を掛け直しつつ、セツナはその隣《となり》に座《すわ》り、静かにたき火を見つめていた。たき火の前でぼんやりしているセツナを眺《なが》めていると、その顔色が悪いことに気付く。ルドルが笑顔の仮面を外し、話し方も素のままで、そんなセツナに声をかけた。

「そんなに苦しそうな顔をするなら、やらなければよかったな」

セツナは自分の右手で左腕を握りしめ、何かに耐えるように言葉を紡いだ。

「アルトを弟子にしたときに、命に関わる危険性がない限り、極力、アルトのすることを止めないと決めました」

ここで初めて顔を上げて、ルドルと視線を合わせる。

「それに、今日の茸は一度は食べてもらいたかったものです」

「なぜだ？」

「獣人族の特性として、一度、毒を口にすれば、その毒を有しているものを感じ取れるようになるんですよね？」

「正確には、匂《にお》いを嗅《か》ぎ取れるようになるのだ。体調が悪く鼻の効きが悪ければ、わからないこともあるから、確実ではないので、過信は禁物だけどな」

獣人族の間では常識だが、人間にはあまり知られていないため、正確には伝わっていなかったのだろう。

「どうして、そんなことを知っているんだ？」

「獣人の殺し方という本に、書いてありました」

「獣人の殺し方？　なぜ、そんな本を読む必要があったんだ？」

セツナを信用しているのか、ルドルから緊張は伝わってこなかった。

「殺し方がわかれば……生かし方もわかるでしょう？　ガーディルには、そういった本しかなかったんです。でも、情報が歪んでいたんですね。ありがとうございます」

簡単に話しているが、その発想に感心する。普通は殺し方の本ならば、殺し方にしか目がいかないだろう。そこから逆の発想に持っていくのは、なかなか難しいことだ。

「旅の途中で獣人を暗殺する方法は、毒殺が一番多いと書いてありました」

「そうだな」

「そして……獣人を殺すために、ガーディルからクットへの道中で多く使用されるのが、先ほどアルトが食べた茸です」

「見せてくれないか？」

ルドルに頼《たの》まれ、セツナは鞄から茸を取りだして渡す。

「この茸は人間が食べても死にませんが、獣人が食べた場合は死に至ります。飲み込まなければ死にはしないのですが……」

「当然といえば当然だが、見たことのない茸だな。新種……いや、ガーディルのことだ。品種改良して作り出したのか？　しかし、ガーディル地域限定とはどういうことだ。この近辺でしか生息していなかったとしても、持ち歩けばどこでも使えるだろ？」

「この茸の毒性は、採取されてから数時間ほどで消えてしまうので」

「なるほど……」

ルドルは、服から解毒薬を取り出す。その茸をかじると吐きだし、すぐに解毒薬を飲み込んだ。

そして、私にその茸を放《ほう》る。

「無理をしますね」

「そのために、くれたんだろう？」

「いえ、もう少し準備をしてから、慎重《しんちょう》に食されるかと思っていました」

そう話しているセツナを横目に、私もルドルと同様に茸を口にして吐きだし解毒薬を飲む。

「俺達の毒に対する耐性《たいせい》は、アルトとは比べ物にならない。わざわざ弱毒化する薬草を使うまでもない」

「シチューの中へ薬草を入れていたことに、気が付いていたんですね」

「いや。薬草を入れていたのには気付いていたが、確信はしていなかった。あの薬草は、胃腸の調子を整える効能もあるから、腹の調子を中心に考えていて、毒のことは頭の片隅《かたすみ》にある程度だった。それにしても、人間にとって毒でないのなら、シチューは食ってやってもよかったんじゃないか？　アルトにしてみれば初めての料理だったんだろ」

「……それも考えたのですが。僕にとっては無害でも毒入りの料理に変わりはなく、それを僕に食べさせたとわかったら、アルトが気に病《や》むと思い、食べられませんでした。アルトの初めての料理を不意にしたくはなかったんですが……」

「それなら、別の機会にすればよかったんじゃないか？　青年なら、アルトが料理をするときに、あの茸を分けておくことも可能だっただろう」

セツナは、辛そうに首を振った。

「……それは、なかなか難しいんです。茸採りのときは、魚釣りがしたいという欲求が強く、料理を作っているときは、初めてのことで緊張していたりで、茸についての質問を忘れてしまったんだと思います。本来、アルトが確認を怠ることはほとんどありませんので、違う日にこの茸をだせば、必ずアルトは『これは、なんですか？』と聞いてくると思います。そうなると、茸の確認を怠ったことを叱ることができなくなります」

疲れた声で、そう告げた。

「まぁ、それでもアルトにとってはためになったのだから、よしとするべきなんだろうな。普通だったら、毒について学ぶ前に、死んでいた。それにしても、青年は薬にも詳《くわ》しかったんだな」

ルドルが人間を気遣《きづか》うとは、槍《やり》でも降るんじゃないかと思いながらも、私も同感ではあった。

「僕は薬草学も得意分野なので、ギルドの依頼《いらい》は大半が薬関係でした」

「でした？」

「これから受ける依頼は、色々こなしていこうと思っているので」

「アルトに経験を積ませるためにか？」

「はい。そうです」

「……なぜだ。アルトが懐いた理由はわかるが、青年がアルトにそこまでしてやる理由はなんなんだ？」

私達の中でもっとも謎《なぞ》だった疑問を、ルドルは口にした。セツナは少し考えてから答えた。

「僕はアルトが弟子になるまでは一人でした。不遜《ふそん》な言い方ですが、何でもできたので自分一人で生きていました。だけど、アルトが弟子になって、誰かと一緒にいることで得られる充足《じゅうそく》感というものを、教えられました。ですから、それに報《むく》いているだけなんですよ。獣人とか人間とかそんなことは、僕にとってはどうでもいいことなんです」

アルトに毒を食べさせたことで負った心の傷が、アルトの大切さを口にしたことで、さらにセツナを追い込んだようだ。回復しつつあった血の気が、また失われていった。逆にそのことが、彼の本心だろうと私達を納得させてもいた。

「青年の言い分はわかった。色々思うところもあるが、顔に疲れがでてきているようだし、明日に備えて、今日は休もうか」

ルドルが話を打ち切ろうとしたが、セツナは首を振って、再度、語りだした。

「実はもう一つ、お二人に話しておかなければならないことがあります」

ルドルは、少しこちらを見る。これ以上、セツナに驚かされることもないだろうという感じで合図を送ると、ルドルはセツナに何の話だといった。

「おそらく誤解していると思って。川原でアルトが自分の両親のことを話していたと思うのですが、アルトの両親は人間です。獣人の親から虐げられてきたわけではありません」

私達は、嘘だろうという言葉をのみ込んだ。どちらかの親が獣人ならば、子供が獣人だということもあるが、人間同士で獣人が生まれるということを、私達は聞いたことがなかった。

「祖先が獣人だったら、両親が共に人間だとしても、獣人が生まれることがあるということか？」

「そうなります。アルトを弟子に取ったあとに調べてみたのですが、調べた限りではここ10年で2例ばかりあったみたいです」

アルトの両親が人間だったということがわかり、人間への憎しみがまたぶり返してきた。だが、それを聞いたところで、もはやアルトをどうこうしようという気持ちは……。

「青年、なぜそのことを俺達に教えた。人間にとっては都合のいい勘違《かんちが》いだったはずだ」

「僕にとって、人間か獣人かというのは重要なことではないので。それより、僕達のせいで間違った情報を得て、それを基に誤った判断をしてしまわれたら、そちらの方が問題です。少なくとも、手段はどうあれ、アルトのためにお二人は時間を割《さ》いてくれましたからね」

最後の言葉さえなければ、素直に感謝の言葉を述べるというものを……。おそらくルドルも同じ気持ちだったのだろう。

「……そうか」

ルドルは苦笑しつつ、それだけをいった。

「それでは申し訳ありませんが、僕も少し疲れましたので、そろそろ休ませてもらいます。結界を張っているので見張りは必要ありません」

ルドルのそんな顔を気にせず、これ以上話すのは辛いとばかりに、セツナは背を向けて横になった。そして、私達を警戒することなく眠りについた。少し無防備じゃないかと思わなくもなかったが……、私もルドルも、もう、この人間を殺そうとは思っていなかった。


私達も特にすることもなかったので、ルドルと交代で仮眠《かみん》をとることにした。今日一日の出来事をすべて遮断《しゃだん》し、気持ちを切り替えて寝る。傭兵として必要な技術ではあるが、こんな夜には重宝する。そうしてしばらく寝ていたのだが、誰かが起きる気配がして目が覚めた。いつもの癖《くせ》でルドルを探し、火の前で番をしているのを見つける。

そのルドルがこちらに気付き、首を振った。静かにしていろという合図だ。どういうことだと思いつつ、目を閉じ耳だけを澄《す》ましていると、微かな話し声が聞こえてくる。

「アルト？　どうしたの、眠れないの？」

セツナが優しい声でアルトに話しかけている。どうやら、アルトが起きたらしい。

「ししょう、いっしょにねていい？」

アルトの望みに笑いながら、セツナは「いいよ」と答えた。パタパタと尻尾を振る音が聞こえ、そのすぐあとに、ぐぅぅと低い音が響く。それが、アルトの腹が鳴った音だとわかったのは、「お腹《なか》がすいたの?」とセツナの声が聞こえたからだ。アルトが小さな声で「うん」と肯定すると、セツナは体を起こし鞄から何かを取り出していた。

アルトの体は、毒の影響から完全に抜け出したのだろう。解毒剤を飲んだ直後は、何も食べることもできず憔悴《しょうすい》しきっていたのを思い返し、回復したことに安堵《あんど》する。

「今、切ってあげるからね」

「ありがとうございます。ししょう、それはなんですか?」

「これは、エルガの実だよ」

エルガの実だと告げたセツナに、正気かと問いたくなった。エルガの実は栄養価の高い果物だ。裕福《ゆうふく》な者達が病気などで食事をとれなくなったときに、食べる果物だといわれている。高価な果物で、最低でも一つ銀貨2枚はするはずだ……。

静寂の中でセツナが、エルガの実と思われるものを切る音と、アルトの尻尾を振る音が重なる。切り終えるとそれをアルトに勧め、アルトは勧められるままに口にしたようだ。セツナに「美味しい?」と聞かれ、間髪《かんはつ》をいれずに「おいしい!」と答えていた。

思わずでたのであろう大きな声に、「カーラさんが起きるから静かに食べてね」とセツナが注意している。私が起きていることなど、もう気が付いているだろうに。疑うことを知らないアルトは、素直に頷いているようだった。

「どうしたの? 食べないの?」

アルトの手が止まったのか、セツナが不思議そうに尋ねた。

「ししょうは?」

「僕？　僕はお腹はすいていないから、アルトが全部食べていいよ」

「ほんとう？」

「うん。本当」

セツナの言葉は嘘だ。セツナもアルトと一緒で、何も食べていないはずだ。だが、それを表にださず、アルトにだけ食べさせようとする姿は、身をもって毒を体験させた師としてのそれではなく、親のような姿だと思った。同時に、このエルガの実はこの日のために、衰弱《すいじゃく》するであろうアルトのために、用意されたものかもしれないと思い至る。

「たべていいの？」

「いいよ」

アルトに食べさせようとするセツナの声は、どこまでも優しく響く。人を安心させるような声音だ。思わず弱音を吐いてしまいたくなるような……そんな声だ。ああ……そうか。セツナは私達の友人を思い出させただけではなく、幼少時代の幸せな時間をも思い出させる存在だったのだ。セツナとアルトの関係を見て、家族に囲まれて幸せに笑っていたあの頃の自分を、私は思い出したくはなかったのだろう……。

腹がいっぱいになったアルトは、セツナと共に寝転びながら小さな声で話をしている。どうやら、話をねだっているようだ。そんなアルトの願いをセツナは簡単に受け入れ、サガーナの英雄《えいゆう》といわれる獣人の物語を話し始める。セツナが話し出して間もなく、穏やかにアルトは寝息を立てていた。疲れ切っている体ではすぐに寝てしまうことを、わかっていたに違いない。だから、冒頭が短いこの物語を選んだのだろう。物語の続きを気にせず、眠れるように。

見張りの交代時間になった。私は気配もなく立ち上がる。ルドルも合わせるように立ち上がると、荷物を肩に担《かつ》いだ。

「いきましょうかね～」

いつものように笑顔の仮面をつけ、自分を偽る話し方で私に旅立ちを促す。ルドルの言葉にただ頷き、軽く人間とアルトが寝ている方へと視線を向けた。多分、人間は気が付いているだろうが、こちらを振り向く様子はない。私達は二人に背を向けて歩き出した。そんな私達の背中にポソリと呟くような声が届く。

「お気をつけて」

ただ一言。私達を気遣う人間の言葉に、ルドルと顔を見合わせ苦笑した。変な人間だ。もうそれで良かった。獣人族の子供を弟子にし、大切に育てる妙な人間がいた。……それでいいような気がした。

太陽が昇《のぼ》る頃、携帯食を取り出そうと鞄を開けると、そこに一通の封筒《ふうとう》が入っていることに気が付いた。私達に気付かれずにこんなことをした人間に、改めて舌を巻く。開けてみると、人間からの手紙だった。

『僕の方でもスレディアの情報を集めてみようと思います。

結果はどうなるかわかりませんが、
お二人のどちらかの名前で、冒険者ギルドに問い合わせていただけたら、
その時点での情報をお知らせしたいと思います。

念のために問い合わせの際は、アルトのことでとしてください。　セツナ』
あまりのお人好《ひとよ》し加減に、あの人間は馬鹿だなと、ルドルと共に軽口を叩きあった。これからも人間を好きになることはないだろうが……。セツナとアルトとならまた会ってもいいかと思った。

◇4　【セツナ】

早朝にルドルさんとカーラさんが、何も告げずに旅立っていった。僕が目を覚ましていることに気が付いていながら、あえて何も告げなかったことが答えなのだと理解した。彼らは僕とアルトの関係を認めてくれたようだ。

二人が探しているスレディアに関しての情報は、僕の中にある記憶を探ってもあまりでてこなかった。だけど……冒険者として旅をする中で、もしかしたらスレディアの情報に触れる機会があるかもしれないと思い、手紙を入れておいた。

なぜ、二人の復讐に協力しようという気になったのかといえば、アルトの未来を考えてくれたからということ以外に理由はない。ただ復讐をそのまま支援《しえん》するつもりはなく、僕の情報でスレディアと接触がとれたならば、二人がスレディアに対して無理なことをしないように、どうにかしようと思っている。そのどうにかをどうするかは、今はまだ考えつかないが。

ただ、僕の関与《かんよ》できないところで、二人が復讐を果たそうとした場合は、どうしようもない。そうならないように、復讐など止めるべきだったのかもしれない。だけど、出会ったばかりの僕にどうにかできるほど、彼らの復讐にかける執念《しゅうねん》は軽くはないと思ったので、口にはださなかった。

「ししょう？」

大きなあくびをしながら、アルトが目を覚ました。僕は考えることを止めて、アルトを見る。共に旅をするはずだったカーラさんとルドルさんが、急にいなくなったので、アルトは首をかしげていた。誤解が解けたから先にクットへ向かったよと教えると、ほっとしたのか息をつき、それ以上は、特に何も聞いてくることはなかった。

本当は今日から訓練を始めるつもりだったのだけど、毒を飲んだアルトの体で無理をさせることはできないと考え、中止にした。朝食も体に優しいものにしようと、温めたミルクでパンをふやかしてパン粥《がゆ》を作り、蜂蜜《はちみつ》を加えて一緒に食べる。嫌がるかと思いきや、アルトの好みの味だったようで、おかわりをねだられるが、今日は止めるようにと諭した。食事のあとも、大事を取ってアルトを少し休ませ、しばらくしてからここを旅立とうと、ゆっくりと後片付けを始めた。

僕とアルトがクットへと向かう道を歩いていると、所々に戦ったあとらしきものを見つける。カーラさんやルドルさんと別れてから僕達は誰とも会っていない。だから、二人が後ろを歩く僕達のために、魔物を討伐しながら進んでくれていることは明らかだった。最後まで僕を名前で呼んではくれなかったけれど、二人なりに僕達の道中を心配してくれたのだと思う。

魔物に会うことがなかったためか僕達の旅は安全に進み、あと数日でクットの王都に着くかもしれないというところまできた。機嫌良く歩いているアルトの背中を視線で追いながら、今、向かっているクットという国のことを簡単に思い出していた。

クットではガーディルとは違い、獣人が歩いていても蔑《さげす》むような視線を向けられることはあまりないそうだ。ただ、子供の獣人は珍しいから目を離さないほうがいいと、ガーディルのギルドマスターであるネストルさんに忠告されていた。

僕がついていれば大丈夫だろうとはいわれていたので、ガーディルではできなかったことを、アルトと一緒にやってみてもいいかもしれない。共に歩いて街並みを見てみたり、買い物をしたり……。

そこまで考えて、ふと、買い物の仕方をアルトに教えなければと考えていたことを思いだした。

以前、アルトの過去を調べた範囲《はんい》では、アルトが買い物をしている姿はなかった。すべての過去を調べたわけではないが、アルトは買い物の仕方を知らないだろうと確信している。念のためにアルトに確認して、もし知らなかったら教えておこうと決めた。何かの理由で僕が動けなくなったときに、一人で買い物ができないと困るだろうから。

「アルト」

僕の呼びかけに、アルトが耳を軽く動かしながら振り返った。

「ししょう、なんですか？」

「アルトは、お金で物が買えることは知っているよね？」

僕の問いかけに、アルトはキョトンとした顔をしてから少し考え、それから頷いた。

「しってる。きんか10まい」

「……」

金貨10枚……。自分が父親に売られた値段のことを、アルトはいっているらしい。悲しい気持ちを見せないように、僕は話を続けた。アルトが買い物のことを本当に理解しているのか、簡単な質問をしてみた。

「アルト、僕の質問に答えてくれる？」

「はい！」

どことなく楽しそうに返事をするアルトに、僕も軽く笑いかけてから口を開いた。

「クットの国で、アルトはとてもお腹がすきました。なので、大きいお肉を食べたいと思いました。クットの国でどうやってお肉を手に入れたらいいでしょう？」

「ころして、うばいとる」

どうしてだ……。一切迷うことなく告げられた返答に、頭を抱え込みそうになる。

「いやいや……殺しては駄目だよね⁉」

胸を張って自信満々に答えたアルトが、目を見開いて信じられないという顔をしている。信じられないのは僕の方だよ……。

「ダリアさんが、たいせつなものは、ころしてでも、うばえっていってた」

また、ダリアさんか……。

「そこは、お肉を売っている場所を見つけて買う、じゃないの？」

「にくは、たいせつ。ほんとうにたいせつなもの、うってない」

アルトは教わったことを覚え、自分の中で消化して答えているのだろう。極端《きょくたん》すぎるだろうと嘆《なげ》きたくなると同時に、アルトの肉に対する執着《しゅうちゃく》につい笑ってしまいそうになる。でも、アルトの間違いを直さなければと思い、僕は質問を続けた。

「それじゃ、僕がお肉を持っていたらアルトはどうする？　殺して奪う？」

「ししょう、ころさない！　にく、いらない！」

アルトは即答《そくとう》する。とても嬉しい言葉だったんだけど、アルトの顔が真っ青だったので、申し訳なくなって頭を撫でながら、話しかける。

「諦めなくていいんだよ。欲しいものは欲しいって教えてくれる方が、嬉しいから」

アルトが落ち着くのを待って、続ける。

「それでね、アルト。僕が殺されるのは嫌でしょ」

アルトは、必死になって頷いた。

「じゃぁ、お肉を持っている人はいいのかな？　お肉を持っている人には、アルトのような弟子がいるかもしれない。その弟子の子はどんな思いをするかな？」

「いやだって、おもう」

アルトは自分の思ったことを、相手に置き換《か》えることができたみたいで、シュンとしている。アルトは、僕のいいたいことがわかったのだろう。自分の答えを言い直した。

「ころさない。おかねでかう。かえなかったら、あきらめる」

僕の伝えたかったことをわかってくれたみたいで、胸を撫で下ろしながら微笑むと、アルトも嬉しそうに笑った。そのあと、色々と質問をしていくと……お金で物が買えることは知っているけど、買い物の方法は知らないという、思っていた通りの返事だったので、買い物の仕方を教えることにした。

文字と一緒に数字と簡単な計算も、アルトには教えている。お金で物を買うということは知っているから、お金の単位と使い方を覚えたら問題ないと思う……多分。さて、アルトにどうやって買い物の方法を教えよう……。お店で実際に僕が買い物をしながら教えようかと考えていると、鏡花《きょうか》が幼い頃に、僕の目の前でおもちゃを色々並べて、お店屋さんの真似事をしていたことを思い出した。

可愛《かわい》らしいイラストが描《か》かれた財布《さいふ》から、子供銀行のお金を取り出して、小さいぬいぐるみ、首だけの人形、キラキラ輝くビー玉、ペットボトルの蓋などを並べていた……。ぬいぐるみやビー玉はわかるけど、人形の首やペットボトルの蓋が一緒に並べられた理由が、未だにわからない。僕がお客さん役になっていたが……なぜかいつも勧められるのは人形の首だった。

「……」

元気にしているだろうか……。鏡花の成長と共に並べられるものは変化していったけれど……。僕に勧めてくれるのは、やはり微妙なものが多かった気がする。

「ししょう」

「うん？」

アルトが僕を呼んだことで、楽しそうに笑っていた鏡花の顔が、滲《にじ》んで消えていった。切り裂かれるような寂《さび》しさを覚えながらも、今は、アルトに買い物のことを教えなければと切り替える。ちょうど野営するのにいい場所を見つけたので、少し早いけどここで野営することに決める。近くに川がないことでアルトはがっかりしていたが、「今日は、それより大事なことがあるよ」と伝える。なんだろうと不思議がっているアルトに、夕食後のお楽しみといって、野営の準備を始めた。

夕食が終わりアルトを呼ぶと、待ってましたとばかりによってくる。ずっとそわそわしている姿をおかしくも愛らしく感じながら、財布を取りだして硬貨《こうか》を並べる。僕の手元を興味深く見ているアルトに、硬貨を手にとってそれが何かを説明していく。すべての種類の硬貨を見せ終えると、僕はそこから銅貨を1枚とって渡した。

「この銅貨は、アルトに上げる」

「ありがとうございます」

不思議そうにしながら、銅貨を受け取る。アルトは僕から何かを貰えたことに喜んではいるが、銅貨についてはさほど興味がなさそうだった。自分に与えられたものだけがすべてだったアルトには、お金で何かが買えることを知ってはいても、自分がお金を使って買い物をするという意識はないのだろう。

手のひらの上にのせた銅貨をアルトが眺めている間に、僕は鞄からアルトの好きな果物の果汁《かじゅう》の入った水筒《すいとう》とコップ、そして林檎《りんご》を取り出した。アルトの興味は簡単に銅貨から食べ物へと移った。体を揺らして尻尾を振りながら見ている様子は可愛らしいが、今回はすぐに渡すことはできない。果汁をコップに入れ、その横に林檎を一つ並べる。いつもとは違う僕の様子に、アルトは首をかしげて、僕を見た。

「さて……。さっき、アルトに渡した銅貨を使って買い物の練習をしてみようか」

僕の言葉にアルトが、きょとんとした表情で僕を見つめる。

「れんしゅう?」

「そう」

アルトの顔に意味がわからないと書いてあるが、説明するよりも実際に体験してみるほうがわかりやすいと考えたんだ。

「林檎も果物の果汁も十分銅貨5枚と交換《こうかん》するよ。アルトはどっちが欲しい？」

「くだものの、かじゅうがいい！」

「では、アルトの持っている銅貨を僕に渡してください」

アルトは手の中にある銅貨を僕に渡す。僕は銅貨を受け取り果物の果汁をアルトに渡す。アルトは喜んでそれを受け取ってお礼をいう。僕は想定通りの反応に、少し苦笑して尋ねる。

「それで満足？」

アルトは嬉しそうに頷いているので「本当に？」といって、やり直すことにする。渋々と果物の果汁を返してくるアルトに、僕は笑いながら銅貨を渡す。

「じゃぁ、今度はさっきとは違うのにしようか。アルト、僕の持っている十分銅貨10枚とアルトの銅貨を交換してくれないかな？」

「どうぞ、ししょう」

さっき、十分銅貨10枚で銅貨1枚になると教えておいたので、アルトは何も気にすることなく交換してくれる。

「それじゃぁ、もう一度、買い物をしようか？　アルトは果物の果汁だよね。十分銅貨5枚と交換するよ。よくお金を確認して僕に渡してね」

アルトは手元の十分銅貨を5枚分だけ数えて、僕に渡してくる。僕はそれを受け取り、果物の果汁を渡す。

「どうかな。違いがわかった？」

「おれ、かじゅうと、じゅうぶどうか、5まいもってる」

目をぱちくりさせながら喜ぶアルトに、ちょっと気が引けるけれども、おさらいといって、銅貨を返して、果物の果汁と残りの十分銅貨を返してもらう。

「さぁ、アルト。林檎も果物の果汁も十分銅貨５枚と交換するよ。どうする？」

アルトは恐る恐る銅貨を渡してくるので、僕はそしらぬふりをして、果物の果汁だけ渡す。

「アルトは満足？」

するとアルトは、少し首をかしげながら考え始め、すぐに答えを出して叫んだ。

「ししょう！　かじゅうは、５まい。じゅうぶどうか、５まいたりない」

尻尾でパタパタと地面を叩きながら、アルトは自信満々にいう。

「正解。自分の出したお金が、交換するものの金額と差があるときは、その差額の分だけお金を渡してもらえるんだ。そのお金のことをお釣りというんだよ。覚えておいてね」

僕は十分銅貨５枚を渡した。「おつり、おつり……」とアルトは何度も呟きながら受け取った。

それから、僕から返された十分銅貨をじっと見たあとに、視線を林檎に向ける。残りのお金で林檎も買えることに気が付いたようだ。

「ししょう、この、のこりのおかねで、りんごかえる？」

「林檎も十分銅貨５枚だよ。買う？」

「かう！」

目を輝かせながら元気よく答えるアルトに、僕は笑いながら頷いた。

「それじゃあ、十分銅貨５枚を僕にください」

アルトは握っていた十分銅貨５枚を僕に渡し、林檎を受け取った。果物の果汁と林檎の両方を手にいれることができて嬉しそうだ。その顔を見ながら、僕は鞄から飴《あめ》が5個ほど入った小さな袋《ふくろ》をアルトの前に置く。

「この飴の値段は、十分銅貨3枚になります」

僕がだした飴に、アルトの視線は釘付《くぎづ》けになっている。飴と蜂蜜は一、二を争うアルトの好物だ。

僕が告げた言葉に、アルトは驚愕の表情を浮かべ……そして叫んだ。

「3枚⁉」

「そう、3枚」

「おれ、おかねない！　あめかえない！」

耳を寝かせて悲しんでいるアルトの姿に……笑ってしまいそうになるが、堪える。

「うんうん。アルトは銅貨1枚で果物の果汁と林檎を買ったから、飴を買うだけのお金を持っていないものね」

自分の手の中にあるものを見て、しょんぼりと肩を落とした。

「普通のお店では、一度買ったものは返品できないからね。お金を使うときはちゃんと考えないと、本当に欲しいものを見つけたときに、買えなくなるかもしれない」

「……」

「欲しいからといって、何でも買うのはやめた方がいいということだね」

最後に無駄遣いはやめようねと注意を促してから、僕は飴を鞄の中にしまった。アルトは耳をぺたりと寝かせながら、林檎をかじり始める。可哀想《かわいそう》なんだけど……哀愁《あいしゅう》を漂《ただよ》わせている姿に笑ってしまいそうになるのを我慢した。

「アルト」

僕の呼びかけに、アルトは林檎を食べるのを止めた。耳はまだ寝ているままだ。

「これから僕とアルトは、冒険者ギルドで依頼を受けてお金を貰うことになる」

「うん」

「アルトが依頼をして稼いだお金のうち、3分の2……いや、10分の9は生活費として僕が貰うよ。残りのお金はアルトのお小遣いになるから、ちゃんと考えてお金を使うように」

僕と依頼を共にするということは、その都度、アルトにもお金が入るということだ。その額は、おそらくアルトくらいの年齢《ねんれい》には過分なほどに。だから、その金額を抑えて管理しようと考えていた。アルトには、年相応のお金の使い方を学んで欲しかったから。

そして、制限をかけるためにアルトから貰ったお金は、生活費としてではなく、アルトの将来のために貯《た》めておこうと思っている。アルトに夢ができ大金が必要になったときのために、気兼《きが》ねなく使えるお金として。僕がすべてだしてあげるといっても、きっとアルトは嫌がると思うから。

アルトが疑問に感じたことを僕に質問し、納得してから頷く。ただ、アルトを弟子にしたときに、生活に必要なものはすべて僕が用意すると伝えたことがあるのだけど、そのことの矛盾《むじゅん》には気付かず質問されなかった。その程度の金銭感覚なのだから、やっぱり僕の考えは正しかったかなと思った。

「最後に報酬《ほうしゅう》を受け取るお財布を、確認しようか?　アルトの鞄の中にあるからだしてみて?」

僕は自分の財布を見せながら、アルトの鞄に視線を向ける。アルトは鞄をごそごそして財布をだし、その中を見て目を丸くする。銅貨が1枚入っていることに気付いたのだろう。アルトのくるくる変わる表情や元気に動いている尻尾を、僕は眺めていた。

「ししょう！」

財布から銅貨を取り出し、僕を呼んで嬉しそうに笑うアルトの姿に、今日一日の疲れがとれていくような気がする。

「さっきの飴を買う？」

「かう！」

元気よく返事をするアルトを見て、苦笑しながら飴を取り出し、銅貨と交換で渡した。飴が手に入って満足しているアルトの名前を呼んで、こちらに注意を向けさせる。

「アルト。飴の値段は十分銅貨３枚。アルトが僕に支払ったお金は銅貨１枚。お釣りをちゃんと返してもらわないと損するよ？」

「あ！　ししょう、おつりください！」

「お釣りは、十分銅貨４枚でよかったかな？」

僕の言葉にアルトは少し考えて、首を大きく横に振ってから口を開く。

「ちがう！　７まい！」

「正解。はい、お釣りをどうぞ」

アルトに十分銅貨７枚を渡したあと、鞄から飴の入った袋を一つ取りだす。

「間違えなかったご褒美《ほうび》に、飴をもう一袋おまけだよ。よくできました」

目を輝かせながらアルトは飴を受け取り、一つは服のポケットに、もう一つは財布と一緒に鞄の中へとしまった。その様子を微笑ましく見ていると、買い物に興味を持ったのか、薄手の毛布にくるまりながら、今までどんなものを買ったことがあるのかと、僕に聞いてきた。一緒に横になりながら、アルトが眠りにつくまで、僕は質問に答えていたのだった。

それから数日かけて、僕達はクットの王都にたどり着いた。あれから何度か買い物の練習を行い、アルトはお金にも買い物にも慣れたようだ。お釣りを間違えることもないし、一人でも買い物ができるようになっていると思う。この町を旅立つまでに、アルトに買い物をさせようと心に決めた。

クットはガーディルと違い、明るい感じがする町のように思える。その街並みに気分が高揚《こうよう》する。それはアルトも同じようでキョロキョロと周りを見渡していた。今のアルトはフードをかぶってはいなかったが、ガーディルのように冷たい視線が向くことはあまりない。ただ、獣人の子供が珍しいのか、違う意味で注目を浴びているような気がするので、町の中ではやはりフードをかぶっていた方がいいかもしれない。

新しい町を色々と見て歩きたいとは思うけれど、今日はまず、宿屋を決めてゆっくりくつろぎたい。そして何よりも、しっかりしたベッドの上でアルトを休ませたかった。元気なように見えるけれど、初めての長旅だったし、確実に疲れがたまっているはずだ。

大通りの宿屋にアルトと一緒に入って受付をするが、特に何もいわれることなく鍵《かぎ》を渡された。ガーディルの獣人に対する偏見と差別が改めて浮き彫《ぼ》りになった。クットでも獣人族に対するそういった感情が完全にないとは言い切れないが、今までのところ、ガーディルよりは遥《はる》かにましに思える。

アルトが部屋の鍵を開けたいというので、開けてもらってから部屋へと入ると、綺麗《きれい》に整えられた居心地が良さそうな部屋で安心する。少し値は張ったが、お風呂《ふろ》がついている部屋を選んだので一緒に入り、旅の汚《よご》れを流してからベッドに横たわった。久しぶりの柔《やわ》らかなベッドの感触《かんしょく》に気が緩むのがわかる……。

念のため部屋に結界を張っていると、僕の横でアルトは子狼《ころう》の姿になって眠りに落ちていた。

「泣き言一ついわず……。ここまで歩いてきたんだものね……」

大人でも大変な距離を、子供の足で旅をするのは、さらに大変だと思う。いつも楽しそうに過ごしているように見えるけれど、無理していないか心配になってしまう。アルトはまだ僕に弱音を吐けないから……。労《ねぎら》うように子狼の柔らかい毛を撫で、アルトの穏やかな呼吸を感じているうちに、僕も心地よい眠気に包まれる。ベッドに寝転がるとアルトを抱きしめて、薄手の毛布をかぶったのだった。

第三章　カルセオラリア　《我が伴侶》

◇1【セツナ】

　まぶたに感じる日の光に、ぼんやりと目を開ける。……朝かと思いながらベッドの中でしばらく過ごして……寝過《ねす》ごしたことに気付いた……。アルトと一緒《いっしょ》に、夕飯も食べずに寝てしまった。初めての長旅で、アルトだけではなく僕《ぼく》も疲《つか》れていたのだなと背伸《せの》びをしながら思った。横を見ると、アルトもまだ丸まって寝ていることから、食欲よりも睡眠《すいみん》欲が勝《まさ》ったのだろう。気持ちよさそうに寝ているアルトをこのままにしておこうかどうか迷ったが、起こすことに決める。昨日の昼食からほとんど何も食べていないため、食事と水分をとらせたい。

「アルト、朝だよ」

　僕の声に応《こた》えて、アルトは耳を数度動かしてから、体を揺《ゆ》らして起き上がった。ベッドの上で前ノビをしてから、後ろノビをして体を伸ばしている。そして最後に、ふぁあぁと口を開けて大きなあくびをしたあとに、しっかりと目を開いた。その様子を見て犬っぽいと思ったが、すぐに同じ仲間だしなと納得《なっとく》する。そんなどうでもいいことを考えながら、鍛錬《たんれん》をするための準備を始めた。アルトも寝ぼけた様子もなく、服を着替《きが》えて準備をする。

旅の間は、何も気にすることなく体を動かしていたが、宿屋の部屋の中ではそうもいかないので、アルトと適当なところへ転移し、一通り鍛錬をしてから戻《もど》ってきた。サルキスということもあり、汗《あせ》だくになったため、水浴びをして新しい服に着替えていると、アルトのお腹《なか》が食事を催促《さいそく》するように鳴った。

「お腹すいたね」

「おなかすいた！」

アルトが同意して、お腹を押《お》さえながら耳を横にして答える。宿屋の1階は食堂になっていて食事ができたはずだ。アルトにせかされて食堂へいき、僕はパンと野菜を煮込《にこ》んだスープを頼《たの》み、アルトはソーセージと卵の焼いたもの、それからパンと野菜スープを頼んだ。料理を待っている間に、今日一日の予定を決める。

「今日は、ギルドへいこうか」

「おかねを、かせぐの？」

「そうだね。お金を稼《かせ》がないと、アルトの財布《さいふ》の中身が寂《さび》しいしね」

「うん」

お金で自分の好きなものが買えるというのは、アルトにとってはとても新鮮《しんせん》で嬉《うれ》しいことだったようだ。ゆっくり朝食をとりながら、どんな依頼《いらい》を受けたいかと聞くと、アルトは魚釣《さかなつ》りと叫《さけ》んでいた。あったらいいねと笑いながら食事を終え、ギルドに向かった。

クットの冒険者《ぼうけんしゃ》ギルドは、町の入り口から離《はな》れた場所にあり、町の入り口近くにあったガーディルの冒険者ギルドより見つけづらかった。扉《とびら》を開けて中に入ると、人間と獣人《じゅうじん》の子供という組み合わせが珍《めずら》しいのだろう。刺《さ》さるような視線が、僕に向けられた。アルトは不躾《ぶしつけ》な視線に全く気が付かず、ギルドの内部を興味深げに見渡《みわた》していた。

「獣人の奴隷《どれい》を連れた貴族様が、こんなところに何の用だ？　依頼申請《しんせい》か？　この国では奴隷の所持は、禁止されているのを知らねぇのか。お前から依頼を受ける奴《やつ》は、いねぇからでていけよ」

ギルドの椅子《いす》に座《すわ》っていた男が、立ち上がりながらいってくる。この場の全員の意見を代弁しているかのように、話しかけてきた。ギルド内の者達《たち》、特に、獣人からの視線がとても厳しく突《つ》き刺さってくる。

「僕は、貴族ではなく冒険者です。この子は奴隷ではなく、僕の弟子《でし》です」

この一言で、男の人は言葉に詰《つ》まり、獣人達は騒然《そうぜん》として僕とアルトを見比べていた。彼《かれ》らが次の言葉を発する前に、急いでギルドの受付へと向かい、そこにいた女性に声をかけた。

「初めまして、ガーディルから移動してきた、セツナといいます。しばらく、ここのギルドで活動する予定です。隣《となり》にいるのは、弟子のアルトです」

ギルドの規則では、冒険者は国や町を移動した場合、活動を開始する前に近くのギルドに立ち寄って、所在を明らかにすることが、義務づけられている。その理由はいくつかあるが、例えば、魔《ま》物《もの》が大量に発生した際に、ギルドから発せられる町の人々を守るための要請《ようせい》を、円滑《えんかつ》に受け取れるようにするためなどだ。

「初めましてセツナ。私は、ここのギルドマスターをしているレイナです」

レイナさんは僕から視線を外し、彼女《かのじょ》を見ているアルトにも優《やさ》しく微笑《ほほえ》んで挨拶《あいさつ》をした。

「アルト、初めまして」

「はじめまして、アルトといいます」

アルトの挨拶に、また、レイナさんが微笑みを返してから、僕の方を向いた。

「獣人の子供を弟子にした冒険者がこちらへ向かっていると、ガーディルのマスターから連絡《れんらく》を貰《もら》っていたわ。3カ月ほどでランクを青まで上げたのだと聞いて、どんな人が来るのか楽しみにしていたの」

レイナさんの言葉に、周りの冒険者達が、また、ざわついた。ギルドがアルトを正式に僕の弟子だと認めているという点もさることながら、僕がランクを短期間で青まで上げたという事実が驚《おどろ》きの対象になったのだ。おそらく、僕への蔑視《べっし》や猜疑心《さいぎしん》を取り払《はら》うために、あえて、情報をだしたのだろう。

「運が良かっただけだと思います」

「その謙遜《けんそん》は他の冒険者に失礼よ。時間をかけても、なれない人もいるのだから。青ともなるとね」

僕の返答に、彼女は首を横に振《ふ》ってそう答えた。

「そうですね、失礼しました。それでは、僕達は掲示板《けいじばん》で依頼を探したいと思います」

これ以上は特に話すこともないので、アルトと一緒に依頼を探すために移動しようとする。それを、レイナさんが呼び止めた。

「セツナ。貴方《あなた》に個人依頼がきているのよ」

「僕にですか？」

この世界の僕の知り合いは、数える程《ほど》しかいない。ランクもさほど高くない僕に、個人依頼が届く可能性は低いと思うのだけど……。訝《いぶか》しがる僕に、レイナさんが悪戯《いたずら》っぽい笑みを向けて、依頼主《ぬし》の名を告げた。

「月光のリーダーをしているアギトからの依頼なんだけど、どうする？」

彼女が告げた言葉に、僕達を興味深げに見ていた冒険者達だけでなく、関心がなかった冒険者達もこちらに注目を向け始めた。もっとも、今回は僕も驚いたのだけど。

「どのような依頼でしょうか？　今、僕は一人で行動しているわけではありませんので、内容次第《しだい》ではお断りしなければならないかもしれません」

アギトさんからの依頼なら無理してでも受けたいけれど……。僕一人ならできることでも、アルトを危険に巻き込む可能性があるのなら……断るしかない。

「薬に関する依頼とだけ聞いているわね。詳《くわ》しいことはわからないの」

そういって、レイナさんは片目をつぶって笑う。冒険者ギルドを通して普通《ふつう》の掲示板募集《ぼしゅう》ではなく、個人宛《あ》ての冒険者への依頼は、それがどんな依頼元であれ、受ける側の冒険者がどんなランクであれ、冒険者ギルドは不介入《ふかいにゅう》で、自己責任とされている。政治的に中立を宣言している冒険者ギルドが、依頼の内容を検閲《けんえつ》するのは、名目が立たないからだ。

例えば、ガーディルの奴隷商人がクットにいる冒険者に、獣人の奴隷を連れてくるようにと依頼をだしたとする。この依頼は、心情的には許せなくてもガーディルでは合法だし、クットでは違法《いほう》だ。その依頼に対し、冒険者ギルドが依頼を検閲し、この依頼を取り次がなければ、ガーディルに対して中立ではないし、逆であれば、クットに対して中立ではない。こういったことが、検閲をしていれば起こりうるので、冒険者個人への依頼は、検閲をしていないということだ。

「とりあえず、内容を見てから決めても遅《おそ》くはないと思うけど？」

そう告げると、僕にアギトさんからの封筒《ふうとう》を渡してくれた。その封筒を開けて目を通す。アルトも手紙を見るためか背伸びをしていたけれど、知らない文字が多くて読むのを断念したようだ。そんなアルトの姿を見てレイナさんが「可愛《かわい》らしい」といって笑った。

「どのような依頼だったのかしら？」

すごく興味津々《しんしん》という顔で、僕の返事を待っている。

「依頼の内容は、知らないほうがいいんじゃないんですか？」

僕の言葉に、少し拗《す》ねたような面持《おもも》ちでレイナさんが抗議《こうぎ》してくる。

「月光のアギトが個人依頼をだすなんて、ほとんどないから興味があったのよ！　他の黒ならともかくね」

その様子に少し笑ってしまう。周りの冒険者達も、こちらの会話を窺《うかが》っているようだ。

「薬の調合依頼でした」

特に隠《かく》す内容ではなかったので、レイナさんにそう伝えると、彼女が微《かす》かに首をかしげる。

「薬の調合依頼？　いつもギルドの医療《いりよう》院で薬を購入《こうにゆう》していたと思うけど」

「僕の調合する薬を、一揃《ひとそろ》え、12組の依頼ですね」

「一揃え？」

服の内ポケットに入れている、革《かわ》財布のような入れ物を、僕は取り出した。

「こういった入れ物に、解熱剤《げねつざい》、化膿《かのう》止め、解毒《げどく》薬、頭痛薬、腹痛薬の5種類を各5個ずつまとめ一揃えにしたものを作っているんです。アギトさんからは、この一揃えを12組欲しいと依頼いただきました」

この一揃えは、アルトにも同じものを持たせてある。薬の包装に使っている紙の色は使い方を間《ま》違《ちが》えないように変えてある。アルトに渡してある革の入れ物には、どの色の包装紙が何の薬かの注《ちゅう》釈《しゃく》も入れておいた。説明のために薬の入れ物を、レイナさんへ渡した。真《しん》剣《けん》な顔をして革の入れ物から薬を取りだし、検分している。

「セツナが、これを考えたの？」

「そうですが、何か問題でも？」

「普通は、化膿止めと解毒薬ぐらいしか持ち歩かないわ。解熱剤、頭痛薬、腹痛薬の３つは高額過ぎて手が出ないから、セツナがどうやって作ってるのか気になっただけ。私の知っている粉末でもないみたいだし」

「そうですね。確かに薬草からそれらを作ると値が張りますが、安価に作る方法もあるので……」

言葉を濁《にご》したのは、それが僕だけの技術だからだ。この世界では、飯の種になる技術は、隠すことが推《すい》奨《しょう》されている。例えば、魔導師が魔法の技術を隠《いん》匿《とく》したり、剣士が自分の技《わざ》を迂《う》闊《かつ》に見せなかったり、学者が簡単には知識を教えなかったりなどだ。

だから僕がそういうと「そういうことね」とレイナさんは難しい顔をした。そして、ちょっとだけ考えさせてといってきたので、薬をしまいながら、彼女が話しかけてくるのを待った。

「セツナ、この薬……一揃えをギルドでも売ることができるかしら？」

考えがまとまったのか、レイナさんが顔を上げてにっこりしながら口を開いた。

「それは、どういう意味ででしょうか？」

「冒険者がこれを持ち歩くことができたら、生存率が上がると思うのよ」

とても真剣な目を向けて、レイナさんが丁寧《ていねい》に話し始める。彼女の言葉に、周りの冒険者達も耳を傾《かたむ》けていた。

「解熱剤、化膿止め、解毒薬。この3種類だけでも常備薬として持ち歩くことができたら……。冒険者達は町に帰ってくるまで、持ちこたえることができるかもしれない。今の薬は高額なため、ある程度稼ぐことができるようになるまでは、薬を持たずに依頼にいく冒険者も多いのよ……」

薬があれば……助かった命は沢山《たくさん》あったと……レイナさんが悲しそうに目を伏《ふ》せた。レイナさんの話を聞きながら、ジゲルさんに教えてもらったことが脳裏《のうり》に浮《う》かんだ。駆《か》け出しの冒険者は余裕《よゆう》のない生活を送っているのだと話してもらったことを。

「それは薬を調合して、僕がギルドに卸《おろ》すということですか？」

「ええ」

「申し訳ありませんが、それは無理です。冒険者ギルドに登録されている人が、どれほどの人数になるのか想像がつきませんが、その人達に売るだけの薬草を、僕は手に入れることができません。それに……それだけの薬を調合するとなると、僕は冒険者をやめなければなりません」

それは職業を変えることになる。薬師《くすし》としての道を歩むのもいいかもしれないけれど……。僕はこの世界を見て歩きたい。だから……先のことはわからないが、今は冒険者として旅をしていたい。旅することを諦《あきら》めたくはない。それが、カイルとの約束でもあったから。

「そういうと思っていたわ。だから、代替案《だいたいあん》を考えていたのだけど、ギルドの医療院に薬のために必要な材料と調合方法を教えてもらえないかしら」

医療院というのは、簡単にいうと病院のことだ。基本的にこの世界での医療院は、国が運営している医療院と、民間で運営している医療院とに分かれる。国の医療院は高い技術を誇《ほこ》り、王族や貴族などは無料でかかることができる。その他の人々が利用できるかどうかは、国によってまちまちだけど、利用できたとしても例外なく医療費が高く設定されていて、一部の富裕層《ふゆうそう》しか治療を受けることができないのが実態だ。

それに対し民間の医療院は、普通の人々に利用され医療費もそれなりに低い。そのため、魔法による治療や投薬などの受けられる医療行為《こうい》の質は、国の医療院に比べて低い。医療に関する研究も国の医療院では熱心に行われているが、民間の医療院では特に行われることはない。

そこで、医療行為が一定の水準にある民間の医療院に対し、冒険者ギルドから医療に関する研究内容を無償で提供しているのが、レイナさんのいっているギルドの医療院だ。そのかわり、認可《にんか》された医療院は、冒険者ギルドに対し安く薬を提供し、流行病《はやりやまい》などが発生したときは、冒険者ギルドを中心に各医療院と連携《れんけい》して、医療の提供を行う義務が発生する。

話はそれるけど、冒険者ギルドの医療に関する研究はどのように行われているかというと、リシアの国の首都にある医療院すべての協力の下に行われる。というのも、その町の医療院は、すべてギルドが運営している医療院だからで、狭義《きょうぎ》でギルドの医療院といえば、これらの医療院群をさす。もっとも今回の場合は、僕の教える調合方法はギルドを通して各地の医療院に広がるわけだから、どちらの意味でとっても同じことだったので、そのことについて僕は確認はしなかった。

「いいですよ」

「そうよね、虫のいいお願いだけど……え、いいの⁉」

レイナさんがあっけにとられたように僕の顔を見たあと、かなり深くため息をついた。

「ネストルからの手紙に、貴方のことが書いてあったけど……。確かに心配になるわね……」

いったい、何が書いてあったんだろうか……。

「セツナ、貴方もさっき渋《しぶ》っていたじゃない。それなのにどういうこと？ 薬の作り方を医療院に教えようとする人は、ほぼいないといっていいわ。もっと自分の技術を大切にしないと！」

どこか諭《さと》すようにそう伝えるレイナさんを見て、苦く笑う。

「確かにそうですね。それでは、この話はなかったことにしましょうか」

「それは、困るわ」

「え？ 今……僕に忠告してくれましたよね？」

「それはそれ？ これはこれ？ 手に入るなら入れないとね」

僕を諭してすぐに、そんな理論を持ちだすのは間違っているのではないだろうか？ しかし、周りの反応は……レイナさんらしいと所々で笑っている。どうやら、彼女はちゃっかりした性格なのかもしれない。

「僕の作る薬とは、若干異《じゃっかん》なりますが、それでよければ」

「どうして別のものなの？」

「僕が作る薬は魔法も行使しての調合なので、そう簡単には教えることはできません。その辺りはきちんと考えているつもりです」

「それなら安心だけど……ちょっと残念でもあるわね」

本当に残念そうな表情を浮かべてレイナさんが笑うものだから、僕も思わず笑ってしまう。でもすぐにレイナさんは真顔になって、話を続けた。

「薬草の種類と調合方法……さすがに無料でってことはないわよね？」

「無料でいいですよ」

「え⁉」

レイナさんが声を張り上げたことで、周りの冒険者が驚いている。正直、僕も驚いた……。アルトはと思って下を見ると、耳を両手で押さえ、眉間《みけん》には皺《しわ》を寄せていた……。

「セツナ！　貴方、本当に大丈夫《だいじょうぶ》？　普通、そこは吹《ふ》っかけるところでしょ！」

「では、レイナさんのお望み通り……」

吹っかけようとしたところで、彼女が無理矢理《むりやり》割り込み、僕の声を封《ふう》じてしまった。

「いえ！　無料でお願いします」

「どっちなんですか……」

呆《あき》れて問いかけると、じっとりとした目を向けて僕が悪いと断言する。僕の答えが想像の斜《なな》め上をいくのがおかしいのだと……。

「私は値段交渉《こうしょう》をして、ギリギリまで粘《ねば》る予定だったの」

彼女のこの言葉にどこからか「怖《こわ》い」という声が届き、レイナさんが目を細めながら声のした方へ顔を向けたが……ほとんどの人が目をそらしていた。

「ネストルが変わった人間だと話していたけど……その意味が理解できたわ」

「何を話されているのか、気になるんですが……」

僕の疑問にレイナさんは、内緒《ないしょ》っと軽く笑って流した。

「確認するけど本当に無料でいいの？　大儲《おおもう》けの機会だったのよ？」

だったという過去形になってる時点で、確認する意味はないのではないだろうか。もっとも僕も前言を翻《ひるがえ》す気はなかった。

「そうだけど……欲のない人ね」

彼女の言葉に……僕は曖昧《あいまい》に笑い返した。……無料にした理由は、ただ、自分の昔の夢を思い出したから。彼女の冒険者を思う気持ちに……。命が助かったかもしれないと悲しむその表情に……。僕は父と母のような、命を大切にする医師になりたかったのだと……。

この世界での僕は冒険者だ。これからも今回のように、人の命を救うことに関《かか》わることもあるかもしれない。でも、僕はきっと、それだけに専念して生きていくことはないだろう。だから、僕は医者にはなれない。昔の夢とは違う道を選んだ……。そのことを後悔《こうかい》しているわけではないけれど……ただ単に……杉本刹那《すぎもとせつな》としての夢を思い出したに過ぎないのだけど、今はこの気持ちを大切にしたかった……。

それに……病気や怪我《けが》で自由が利《き》かない……死を待つしかないというのは本当に辛《つら》いことだ……。本当に……辛いことなんだ。

「……僕がお金を要求すれば、薬が高くなってしまう。……薬が高くなれば、国の医療院と変わらなくなってしまう。薬が高くなってしまえば、ギルドの医療院の理念とかけ離れたものとなってしまう」

レイナさんが、目を大きく見開いて僕を眺《なが》める。

「冒険者ギルドの理念は、人々の命を平等に守るため。ギルドの医療院の理念は、人々の命を平等に救うため。……僕は、この二つの理念を気に入っているんです」

人を守り救うために力を振るえと告げている、この理念が僕は好きだった。理想と現実の壁《かべ》は高そうだけど、それでもその理念をギルドは守ろうとしているのだと、ネストルさんとレイナさん……二人のギルドマスターを見てそう感じた。

「驚いたわ……。ギルドの理念を覚えている人がいるなんて……本当に久しぶり」

そう告げてレイナさんが、満面の笑みを僕に向けてくれる。

「セツナ。貴方が冒険者になってくれて、私は嬉しいわ」

彼女の言葉に……少し照れてしまい、苦笑いを返すことしかできなかった。

「そんなセツナにせめて、私からの贈り物よ。まだ公開していないギルドで集めた情報を、先に貴方に上げておくわね」

そういってレイナさんは、薬草が自生する場所を記載した周辺の地図を、僕にくれた。

レイナさんとの話を終え、アルトと共にギルドをあとにする。薬の調合については後日教えることになり、アギトさんからの依頼は受けることにした。僕の手元に残っている薬の材料だけでは足りないため、ここでの最初の仕事はそれらを集めることになりそうだ。アギトさんの依頼を受ける前に、彼からの依頼書にもう一度目を通した。その依頼書には依頼内容だけではなく、僕を気遣《きづか》う手紙も重ねられていた。

『セツナ君、元気かい？

セツナ君から貰った薬がいい出来だったので、月光のメンバー達に同じものが欲《ほ》しいとねだられた。

セツナ君がよければ、追加で12組ほど回してくれないだろうか？

私からの依頼ということで受けてもらえると助かる。

数が多くなるためゆっくりで構わない。常備してある薬から使えと告げてはいるが……。

くれぐれも無理しないようにして欲しい。

私とビートの薬をよこせとうるさいぐらいで、切羽詰《せっぱつ》まっているわけではない。

セツナ君のことだから一人で頑張《がんば》っているのだろうと思い、あえて書くことにする。

何か困ったことがあれば躊躇《ちゅうちょ》することなく、私を……チーム月光を頼《たよ》って欲しい。　アギト』

薬が欲しいというのは、本当のことなんだろうと思う。だけど……僕を気にかけてくれている気持ちの方が大きいのかもしれない……。遠くにいても気にかけてくれる人がいる……。それはすごくありがたいことのように思えた。

アギトさんからの依頼書と手紙を鞄《かばん》にしまい、アルトに話しかける。

「話が長くなったね。城下町を観光しながら宿屋に戻ろうか？」

「いらいは？」

「依頼は薬の材料集めかな。釣りじゃなくてごめんね」

「へいき」

「これから依頼に必要なものを買いにいって、明日に備えよう。アルトに買い物してもらおうかな？」

アルトが、耳をピシッと立てて尻尾《しっぽ》を数回揺らしたあと、ぎゅっと拳《こぶし》を握《にぎ》った。

「おれ、がんばる！」

初めての買い物に、アルトが気合いを込めて返事をしてくれた。少し緊張《きんちょう》しているようだけど、それ以上にわくわくもしているようだ。この買い物がアルトにとって楽しくなればいいなと、僕は思ったのだった。


部屋の窓から連なる山を見て、どうしようかと考える。アギトさんからの依頼をこなすには、山の頂近くに自生している薬草と鉱石が必要だ。だけど、山頂付近は年中道が凍《こお》っているらしく、それに加え、険しい山に分け入る者などいないため、道といっても獣道《けものみち》がせいぜいなようだ。そのため、自分で通れそうなところを探して登るしかないと、僕に渡してくれた地図を指し示しながらレイナさんが教えてくれた。

「アルト」

「はい」

「次の採取場所はかなり危険だから、アルトは宿屋で待っている？」

どう考えても、今のアルトには危険だ。

「おれもいく」

アルトは間髪《かんはつ》をいれずに、口を開く。その様子を見て、ここに置いていけば、こっそりついてきそうだと感じた。それに……クットとはいえ、獣人の子供を宿屋に一人で残すのは心配だ……。僕があれこれと悩《なや》んでいるのを見て、置いていかれると思ったのか、耳を寝かせながら、アルトがポソリと呟《つぶや》いた。

「ししょうと、いっしょに、いきたい」

「……」

それならば、アルトの意思を尊重しようと決めた。それに……一人で残していくよりも、僕が連れていったほうが、安全かもしれないと考えた。

「山登りは大変だけど……一緒にいく?」

「いく!」

アルトが喜びと共に返事をしたことで、僕は心を決めたのだった。


数日前から山を登り始め、アルトの質問に時折答えながら、ゆっくりと登っていく。アルトが前を歩き、僕が後ろについていた。魔法での索敵範囲《さくてきはんい》を広げ、魔物の不意打ちを受けないように注意を払って歩く。

目的地である、山の標高がどれぐらいあるのか見当もつかない。数日はなだらかな道を歩き、本格的な山道に入る前に一泊《ぱく》して体調を整え、登山に必要な準備を整えてから、山へと足を踏《ふ》み入れた。こまめに休憩《きゅうけい》を挟《はさ》み栄養と水分を補給し、野営できそうな場所があれば無理をすることなく早めに休息をとる。大小の山々が連なっている場所を登ったり下ったりしながら、山頂を目指して歩いていた。

今、僕達が進んでいる場所は、人が一人しか通ることができない断崖絶壁《だんがいぜっぺき》だ。体力を温存するために、黙々《もくもく》と歩いていたが、アルトの様子がおかしいことに気が付いた。頭を押さえているところをみると頭痛のようだ。

「アルト大丈夫?」

「だい、じょうぶ」

振り返って気丈《きじょう》に答えていたが、その顔色はどう見ても大丈夫ではない。

「アルト、少し下りよう」

「え!? おれ、だいじょうぶ」

「我慢《がまん》して登っても、その症状《しょうじょう》は治まらないから、いったん下りて体を慣らそう」

アルトは素直《すなお》に頷《うなず》くことはせず、耳を寝かせ、尻尾も不機嫌《ふきげん》そうに揺らしている。

「急ぐ依頼でもないから。ね?」

「……はい」

一度引き返し、辛《かろ》うじて座れるぐらいの場所で休息をとることにした。横になるほうが楽だろうと思い、山の側面に土魔法で穴を開け、空間を作ろうかと考えた。だけど、その前に、体が辛かったのかアルトは子狼《ころう》の姿になり座っていたので、その必要もないかと思ってやめた。子狼の姿ならば、さほど場所をとらないため、ゆっくり休めるのではないだろうか。

見上げているアルトに微かに笑いかけながら、その場に腰《こし》を下ろす。僕が膝《ひざ》の辺りをぽんぽんと叩《たた》くと、嬉しそうに尻尾を振って膝の上に乗った。居心地《いごこち》のいい場所を見つけるように動いたあと、体を丸くしてすぐに寝息を立てていた。

眠《ねむ》っているアルトの背を撫《な》でながら、今日、何度目かの体力を回復する魔法をかける。この状態では気休めでしかない。それでも、かけないよりはましだろう。膝の上で丸くなっている姿に、そっとため息をつく。

初めての登山でこの標高は、かなり辛いはずだ。ましてや、大人でもほとんど登ることのない険しい山を、子供であるアルトが登るのだからなおさらだ。魔法を使って地上と変わらない状態を作りだし、山登りをすることもできた。実際、そう提案してみたが、アルトが独力でと望んだので、その意思を尊重した。

だけど、体調を崩《くず》してまで頑張る必要はない。もう十分すぎるほど頑張った。ここまでの過程で、アルトは一言も辛いとも苦しいとも言葉にしなかった。でも、ここからは体に負担がかからないように魔法を使いながらの登山に切り替《か》えることに決めた。

アルトに心の中で謝《あやま》り、顔を上げる。そのとき、ふと目の前の景色に気が付いた。なぜ、今まで気付かなかったのだろう。眼下に広がる、この鮮《あざ》やかな景色に。そうか、僕も緊張していたのか。アルトだけではなく、僕にとっても初めての登山だったんだと思い至る。その美しい風景に呼吸もできずに目を奪《うば》われていた……。

なんて……、なんて綺麗《きれい》な……。僕の語彙《ごい》では例えようのない景色が広がっていた。自然一色の大地。遠くを見ようと目をこらしても変わることのない様々な緑……。雄大《ゆうだい》という言葉の意味が心に迫《せま》る。その言葉の意味を、今、初めて理解した。

『おにーちゃん』

僕を呼ぶ鏡《きよう》花《か》の声が……頭の中に響《ひび》く……。

『おにーちゃんの病気が治ったら、鏡花、見せたい景色があるんだ』

『どこだろう？』

『スイスの大自然！　雄大という言葉がすごく似合う場所なんだよ！』

『そうか。それはいってみたいな』

僕は……いけるとは思っていなかった。一生そういった体験をすることはないと知っていた。それでも……僕を連れていきたいと願う鏡花の気持ちは本当だと思ったから、僕のいきたいという想《おも》いは心からのものだった。

世界は違うけれど……。ここは地球ではないけれど……。鏡花……。僕も『雄大』という言葉の意味が今わかったよ。

「……」

一番に語り合いたい人達がいないこの異世界で……理解した。僕はこれから先も……地球とは違うこの世界で様々な言葉の意味を知り……そして……。なんだろう。思い浮かんだ何かが形になる前に消えてしまう。……僕の意識が頬《ほお》に当たる何かに持っていかれた。

景色から視線を外し、下を見てみるとアルトが一生懸命《いっしょうけんめい》僕の頬をなめていた。どうしたのだろうと思い、アルトを呼ぼうとしたところで、自分が涙《なみだ》を落としていたことに気付く。それと同時に、アルトの声が心に響いた。

（師匠《ししょう》、師匠……）

ずっと僕を呼んでいたらしい。僕の心はここにはなかったから……アルトが呼んでいることに気付かなかったようだ。よく見るとアルトも泣いている？　色々な意味で切なくなり……アルトをぎゆっと抱《だ》きしめた。子狼の柔《やわ》らかなぬくもりが僕を癒《い》やしてくれる。

(師匠、どこか痛い?)

「痛くないよ。大丈夫」

(……辛い?)

「辛くないよ」

アルトの心配そうな顔を見て笑いかけると、ほっとしたように体から力を抜《ぬ》いた。僕の心が揺れたから……精神的な負担をかけてしまったようだ。

「アルト。周りを見てごらん」

子狼の姿のままでアルトは、僕と同じように山からの景色を初めて見渡した。そして……。

(……すごい……)

僕の心に、アルトのその言葉が響く。僕に語られた言葉ではなく、自然と心からあふれでた言葉に、僕は返事をすることなく黙《だま》って見ていた。雄大な風景に魅了《みりょう》されているアルトを……。

(師匠、すごい。すごいね!)

「すごいね」

アルトが振り返り目をキラキラさせながら、僕を見る。

(ここまで頑張って歩いたから、この景色が見れたんだ!)

満足しきったその様子に……、僕は、魔法を使わなくて良かったと思った。自分の足でここまで登ったという自信が、今、見ているこの風景をより輝《かがや》かせているのだから。アルトと出会ってまだ少しの時間しか経ってないけれど、その前向きな姿に、度々《たびたび》、僕は感銘《かんめい》を受けていた。

「アルト、もう大丈夫かな？」

（うん、大丈夫）

僕の問いかけにアルトが元気よく答えると、同時に子狼から人間の姿へと戻った。

「そろそろ歩こうか」

「はい！」

アルトの体に負担がかからないように、こっそりと魔法をかけてから歩き出す。機嫌良く尻尾を振りながら前を歩くアルトを見て、先ほどのことを思い出していた。僕の感情を驚くほど的確に、アルトは察知してくる……。

僕の心が揺れれば、アルトの心も揺れ、不安にさせるのだと知った。気を付けなければと強く想う。改めてそう固く心に誓《ちか》うと同時に、僕は二度と涙を見せないことを誓った……。


頂に近づくにつれて、段々と道が細くなっていく。足を一歩でも踏み外せば崖《がけ》の下だ。そんな場所にいても、僕は恐怖《きょうふ》を感じはしない。しかし……僕の前をいくアルトは、今まさにその恐怖と闘《たたか》っていた。アルトの歩みが止まり、岩壁に張り付く。体を震《ふる》わせながら目を閉じて、恐怖が通り過ぎるまでじっと堪《こら》えていた。何度も引き返そうと告げたのだが、頑《かたく》なに頷かなかった。

アルトがそう決めたのなら……僕は止めないことに決めている。葛藤《かっとう》がないかといえば嘘《うそ》になるが……。引き返そうと思えば、いつでも転移で戻ることができる。そう、自分自身に言い聞かせながら、僕は何もいわず、アルトが歩けるようになるまで見守ることに決めた。

しばらくして、アルトがそっと目を開き、岩壁に向けていた顔を進行先へ戻した。そして、ゆっくりと慎重《しんちょう》に足を踏みだす。

「……」

この勇気をいつもどこから絞《しぼ》り出すのだろう……。震えて怯《おび》えながらも、最初の一歩を踏み出せるアルトが、僕の目には眩《まぶ》しく映るんだ……。進む速度は本当にゆっくりだけど、確実に目的地へと近づいている。難所を抜けて普通の獣道に戻ったとき、僕はアルトの両肩《かた》を掴《つか》んで「頑張ったね」と心から褒《ほ》めていた。

ただ、アルトの体力が心配なため、日が落ちるまではまだかなり時間があったけど、早めに休むことに決める。野営する場所がなかったので、先ほど考えたように、土魔法で山の側面に穴を開けて、そこで一夜を過ごすことにした。ただでさえ過酷《かこく》な状況《じょうきょう》の中にいるのだから、睡眠と食事はしっかりとらせたかった。

疲れが少しでもとれるように、結界内を居心地良く整え、夕食は体が温まるものを作った。食事が終わってホットミルクを飲むと、一時的に気力が戻ったのか、アルトは本を読もうとした。しかし、本を読むことなく、眠りについてしまった。アルトの周りにあるものを簡単に片付け毛布を掛《か》けると、アルトはぬくもりが気持ちよかったのか、毛布の中に潜《もぐ》り込んでいった。アルトの気持ちよさそうな寝息が耳に届く。僕も本を読もうと鞄から取りだしていたけれど……。連続であくびがでたことから、僕も諦めて寝ることにしたのだった。

翌日「今日も慎重に進んでいこうね」と伝え、アルトが頷いたのを確認してから出発する。昨日よりは道幅《みちはば》に余裕はあるが、足を踏み外せば谷底に真っ逆さまという場所を、注意しながら歩いていた。そして、稜線《りょうせん》から見える山の風景が目に入った瞬間《しゅんかん》……。

僕は、体の制御《せいぎょ》が狂《くる》ったような感覚に襲《おそ》われる。心臓が大きく鼓動《こどう》し、自分の意識が遠くなり……僕の思考が切れる。

哀惜《あいせき》、悲痛、驚愕《きょうがく》、憤怒《ふんぬ》、嫌悪《けんお》、憎悪《ぞうお》、後悔、壊《こわ》れた心に渦巻《うずま》いた気がした。

なんだろう。よくわからない……その一瞬、アルトから注意がそれた。その刹那、自分の足下《あしもと》に手を伸ばして何かを掴んだまま、アルトは足を踏み外し、崖から落ちていた。

「アルト！」

声に出したのか心の中で叫んだのかはわからない。わからないけど、叫びつつ、風の魔法でアルトの元へと転移する。次の瞬間、落下の圧力を受けながら、目の前にいるアルトを引き寄せ抱きしめる。

「アルト！」

返事はないが、息はしている。怪我もない。ないようだ。ないに違いない。心臓の鼓動がうるさいほど鳴っている。僕はどうして目を離したのか。わからない。わからないが、背中に気持ち悪い汗が流れているのを感じる。

いや、そんなことを考えている場合ではない。視線を下に向けると、樹海まで３００メル程度か。

岸壁は垂直にそびえ、立つ場所もない。また転移するか。落ちきるか。二択《たく》だ。いや、さっきの場所に戻るほうが確実の一択だ。それしかない。僕は転移を……。

どうしてだろう、自分の気持ちがわからない。なぜか下に呼び寄せられる……。拭《ぬぐ》いがたい感情に戸惑《とまど》う。いや、そんな場合ではない。下りるなら、下りるべく、下りるために、魔法を使うのみだ。

頭の中で必死に風の魔法を構築し展開する。風の層を作り落下速度を抑《おさ》えていく。真下に樹々《きぎ》の合間を見つけ、その合間を抜け、地面に着地を試みる。僕とアルトの体にかかる負荷《ふか》と怪我を防ぐために、結界を張り落下の衝撃《しょうげき》を殺した。結界が壊れるとともに大地を穿《うが》ち、僕はむきだしとなった土の上に足を下ろした。

着地してすぐに、アルトを寝かせる。無理矢理、自分に言い聞かせていたけれど、本当に怪我はないのかと不安に押し殺されそうになる。注意深く体中を調べ、怪我がないことが確認できると、一気に力が抜け、僕は地面に座り込んだ。

「よかった……」

思わずでた言葉が、僕の今の気持ちを的確に表していた。一息つき、周りを確認しようとアルトへ向けていた視線を外し、周囲を見回してみる。辺り一面にそびえる樹木の数々で、ここがどこなのかは全くわからなかった。ただ……なぜか吸い寄せられるように視線を向けた先……、向かいの崖の中腹辺りに、林に隠れながらも洞窟《どうくつ》らしきものの入り口が見えた。

天然の洞窟だろう。周りに道などなく、人が訪《おとず》れた形跡《けいせき》などは皆無《かいむ》のようだ。それでも、アルトを寝かせるならば、この場にいるよりはましだろうと思った。とりあえず……元の場所へ戻るにしても、アルトの意識が戻ってからだ。それまでは、あの洞窟の中で時間を過ごそうと、僕はアルトを背負い、洞窟へと向かった。

中が広ければいいのにと考えながら、洞窟と思われる場所に足を踏み入れた。中は暗く、奥《おく》が見えなかった。僕は光の魔法で、天井《てんじょう》自体を光らせる。視界に入った光景では中の全貌《ぜんぼう》を確認することができなかった。奥の方が曲がっていて見えないほど広く、間違いなく洞窟だなと思う。奥の方に危険がないことを確認するため、感知と探索《たんさく》の風の魔法を発動した。

しかし、魔法の効力がある程度進むと、そこから先は強固な結界が張られており、効果が打ち消される。結界を壊すこともできるが、もし、何かが封印《ふういん》されているのなら下手に触《さわ》らないほうがいいだろうと思い、いったん魔法での調査を打ち切った。この周りが安全ならば、まずはアルトを寝かせることが先だと、結界針を地面に突き刺した。

「誰《だれ》かいるの……？」

そのとき、僕とアルト以外の声が耳に届いた……。

警戒《けいかい》しなければならないこの状況で、僕は、その声をもう一度聞きたいと思った。なぜ？　と思う。自分でもわからない。どうして………。どうして、これほどまでに懐《なつ》かしさを覚え、心がかき乱されるような感覚に陥《おちい》っているのか、自分で自分の感情が理解できない。まるで大切なものに出会ったかのような……。

僕の感情の真ん中にあるのは……喜びだった。そして……怒《いか》りが湧《わ》き上がり、僕を支配した瞬間……水が引くように、僕の感情が不思議と静まり、落ち着きを取り戻す。

よくわからない状況に戸惑いつつも、鞄を枕《まくら》にしてアルトを寝かせると……僕は声がした方へゆっくりと歩き、結界のある場所へと向かった。そこは先ほど進めなかった場所。結界の壁がある向こう側。

そこに……白銀色の長い髪《かみ》の女性が一人立っていた。彼女を目にした瞬間、僕の鼓動が跳《は》ね、彼女に目を奪われ、……そして心を奪われた。目の色は青灰色《せいかいしょく》。顔立ちは綺麗というよりも可憐《かれん》という言葉が、彼女には似合うと思った。年齢《ねんれい》は16歳《さい》から18歳ぐらいだろうか？　きっと大人になれば……可憐さの中に綺麗という言葉が加えられるかもしれない……。

『刹那。恋《こい》というのはね、落ちるものなのよ。理屈《りくつ》じゃないの。出会った瞬間にこの人ってわかるものなのよ』

母さんが話していた言葉が、なぜか頭をよぎった。

『そして何度も恋に落ちるのよ。それが運命の相手。お母さんの場合は、お父さんだったのよ』

そういって恥《は》ずかしげもなく語る母さんと、その隣で目を輝かせながら聞いている鏡花を見て、僕はただ曖昧に笑って頷いていた。その時の僕は、ゆっくりお互《たが》いを知って好きになっていくことのほうが、一般《いっぱん》的なような気がすると思ったのだが、口にはださなかった。母さんがあまりにも幸せそうに語っていたし……鏡花の夢を壊すのもどうかと思ったから。

こちらを見ている彼女に向かって、呼吸を整えてから、返事をするために口を開いた。

「驚かせて申し訳ありません。崖から落ちてしまい、ここで休息をとっています」

彼女を真《ま》っ直《す》ぐに見て、嘘偽《いつわ》りなくここにいる理由を告げた。僕は彼女の目を見て話をしているのだが、彼女の目線は微妙《びみょう》に僕と重なっていない。もしかして、目が見えないのだろうか……。

「だ、大丈夫ですか？」

僕の返答に驚いた表情を浮かべ、次に心配そうな表情へと変化する。彼女の声が僕の耳に届いた瞬間……なぜか安堵《あんど》する気持ちとくすぐったい感覚が広がった。わけがわからない感情に、内心戸惑いながら……母さんの言葉を頭から振り払い、彼女との会話を進めていく。

「ご心配ありがとうございます。僕の弟子が気を失っていますが、怪我はありません」

「よかった……」

両手を胸の前で合わせて呟く彼女を見て、本当に良かったと想ってくれていることが、こちらへと伝わった。

「それでご迷惑《めいわく》かもしれませんが、しばらく、ここで休ませてもらってもよろしいですか？」

不都合があるならば立ち去りますと、口にしようとして止《や》める。彼女のことを知りたいという気持ちもあるが、僕の中の何かがここを立ち去るなと告げていた。

少し考えるように、彼女は俯《うつむ》いた。彼女の頭が揺れたときに、胸元《むなもと》のペンダントが光を受けて輝いた。どこかで……どこかで、僕はあのペンダントを見たことがある気がした。どこで見たのかと思い出そうとするけど思い出せない……。大事なことを……大切なことを忘れているような、そんな感覚が僕の中にずっと留《とど》まっていた。彼女と会うのは、これが初めてのことなのに……。なぜ、ここまで気になるのだろう。不思議に思い記憶《きおく》を探《さぐ》ろうとしたけど、彼女の声でうつつに戻され止めた。

「私には何もできませんが……それでも良ければ、どうぞ、お体を休めてください」

彼女は自分が手助けできないことに負い目を感じているのか、項垂《うなだ》れていた。僕もアルトも怪我をしているわけではないし、切羽詰まっている状況でもない。だから、彼女が申し訳なく思う必要はない。その呵責《かしゃく》から解き放つために、貴女《あなた》に何かをして欲しいわけではありませんと話しかけるべきだと思った。しかし、僕の口からでた言葉は、僕が考えていたものではなく……彼女の声をもう少し聞いていたいという、僕の希望を伝えるものだった。

「貴女が良ければ、弟子が起きるまで、僕の話し相手になってもらえませんか？」

言葉にだしてしまって、後悔の念にとらわれる。知らない人間の話し相手になれといわれても、困るだろう。いやそれ以上に、警戒されたに違いないと思いながらも、僕は彼女の返事を待った。

彼女はそんな僕に視線を向けているが、その表情はどこかぎこちなく、そして体が小さく震えていることに気が付く。彼女はコクリと喉《のど》を鳴らしたあと……意を決したようにゆっくりと口を開いた。

「……貴方は私を殺しにきたのですか？　仮に殺しにきたのだとしても……私に少しだけ話す時間をくれませんか……」

暗殺者であってもなくても話したいという彼女の言葉に……カイルと出会ったあの日の自分が心中に去来する……。殺されるかもしれないと思いながらも……誰かと話したいと切望していた自分を……。

「殺しにですか……？　初対面の貴女を殺す理由が、僕にはありませんが……」

その答えに、彼女は大きくため息をついていた。おそらく、安心したためだと思う。

「なぜ、そう思ったのか理由を聞いてもいいですか？」

「……この場所を誰かが訪ねてくることなんて、今まで一度たりともなかったので……ここに誰かが来るという理由が、本当に思い至らなかったのです」

「僕達は、真上から落ちてきたので……」

「……本来、そのような偶然《ぐうぜん》など起こるはずもないのです……」

彼女が寂しそうにそう話す姿を見て、胸が締《し》め付けられるも、その伏せた顔の美しさに思わず見入ってしまう。でも、彼女には気付かれるはずもなく、そのことで逆に、後ろめたさに襲われた。それなのに、僕の視線は彼女から離れることはなく、どうしてこんなに彼女を眺めていたいのか、不思議に思わずにはいられない。

これが恋というものなのかとふと思ったが、いや、そんな馬鹿《ばか》なとも思い直し、それならば、この結界に人を魅了する魔法でも仕掛《しか》けられているのではないかと疑って、結界を調べるために魔法を発動させる。この魔法は花井《はない》さんが創《つく》り出したもので、習得にかなり時間がかかっている。まだ完全とはいえないため、解析《かいせき》結果が出るまでに、若干、時間がかかってしまう。

「あの……気分を悪くされました？」

結界の解析に気を取られ、無言になった僕に、彼女は声をかけてくる。その声にドキっとして見返し、申し訳なさそうにしている表情に、逆に申し訳なくなる。そもそも、なぜ彼女がそのように考えたのか気になった。そして、上から落ちてきたことを否定したから、僕が気を悪くしたのではないかと勘違《かんちが》いして謝ってきたのだと、思い至った。

「そうではなく……貴女の不安を解消する手立てが思いつかなくて……」

さすがに、結界に魅了の魔法が刻まれているかを調べていたとはいえず、どうすれば不安を解消できるのか悩んでいたのだとごまかした。彼女がどう受け取ったかはわからない。ただ……彼女は微かに笑みを浮かべると、先ほどの返事を僕にくれた。

「私でよければ……話し相手になってもいいでしょうか？」

その笑みに……また、何かが引っかかるが、その何かが思い出せなかった。

「はい。ありがとうございます」

考えてもわからないことは後回しにして、彼女にお礼をいう。「いったん、弟子を連れてきます」と断りを入れて、そばを離れる。気持ちよさそうに寝ているアルトを抱きかかえ、結界から少し離れた場所へと下ろした。毛布を掛けてから結界針を突き刺し、彼女の元へと戻る。

「お連れの方は、大丈夫ですか？」

「今は眠っているだけですから。登山の疲れもあって、しばらくは起きないかもしれません」

「そうですか……」

アルトが大丈夫だとわかると、落ち着いたのかほっとため息をつき、そして急に何かに気が付いたのか、顔を赤らめながら話しかけてきた。

「あの、すみません。私……身支度《みじたく》をしていなかったので、少し、見苦しいかもしれません……」

思い出したように、彼女が恥じらいながら告げる。でも、僕から見れば彼女のいでたちは文句のつけようがなく、気にする点はないのにと思う。ただ女性というのは、そういったことをよく気にするものだったと年頃《としごろ》の鏡花を思い出し、彼女を安心させるために答えた。

「大丈夫ですよ、身だしなみはきちんと整っています」

彼女は僕の言葉にはにかみながら、よかったと呟いた。それから、彼女は何もいわなくなった。早くも、僕と彼女の間に沈黙《ちんもく》が訪れる。僕はそんなに話をするほうではないし、どちらかというと聞いているほうが多い気がする。最近は特に、アルトが話をして僕が答えることのほうが多かった。なので、こういったかな……。こんなことなら、カイルの薦《すす》めてくれた本でも読んでおけばよかった状況で何を話せばいいのか……全く見当がつかない。

話し相手になってくれとお願いしておきながら、何を話せばいいのか……。聞きたいことは沢山あるのだけど、なぜか声をかけるのを躊躇してしまった。そんな僕に彼女から声をかけてくれた。

「あの……名前を伺《うかが》っても？」

そういわれて、僕は気付く。彼女が黙っていたのは当然だ。普通、まず声をかけたほうが名乗るのが常識で、彼女にとっては名乗ってくるのを待っていただけだ。というか、名前すら名乗っていないのに、何から話せばいいのかと考えていた僕は、本当にどうかしている。恥ずかしさで顔が赤くなっているのが、自分でもわかる。彼女に気が付かれないのだけが、不幸中の幸いだ。

「そうですね、自己紹介《しょうかい》がまだでした」

「……はい」

彼女の声が詰まったように感じたので、何かあるのかと少し待ってみたが、彼女が首をかしげて僕を見たので、何だったのだろうと思いつつ、自分のことを話し始めた。

「僕はセツナといいます。種族は人間で、冒険者をしています」

目が見えない彼女のために自分の種族も告げておいたが、人間だと口にした瞬間、彼女の瞳《ひとみ》が少し陰《かげ》ったような気がした。

「大丈夫ですか？」

彼女の様子が気になって声をかけるが、大丈夫と告げたきり、黙り込んでしまった。彼女が口を閉じた理由を考える。このような場所に住んでいることから、かなり複雑な理由があって、それが関係しているのかもしれないと答えを出した。だとすると……下手に詮索《せんさく》などしないほうがいいだろうと、話題を変えようとした矢先に、結界の解析結果がでて、僕は息をのんだ。

この結界は筆舌《ひつぜつ》に尽《つ》くしがたいものだった。太陽と月と星の力を借り、彼女の魔力を加えることで発動する竜《りゅう》闘《びやく》魔法。発動してから998年経過。その効力は、全部で7つ。1つ、彼女をこの結界内から出さず、他者を結界内に入れないこと。2つ、わずかながらの魔力を残し、彼女から魔力を奪う。3つ、奪った魔力を転送する。4つ、あらゆる生物の認識から、この洞窟の存在を排除《はいじょ》する。5つ、彼女へ危害を加える対象、及《およ》び、この結界を壊そうとする対象の排除。6つ、彼女への栄養の供給。7つ、彼女を助ける目的で洞窟に誰かが近づいた場合、彼女の魔力をすべて奪う。

魔力をすべて失えば、人は死ぬ。彼女を目の前にして、脳内で読みあげられた結界の情報に、僕はこの結界を作った者への激しい怒りを覚え、それと同時に自分の中で湧き上がる感情を自覚し、刹那の瞬間、反射的に結界の改変に及んだ。

「……」

彼女の様子は何も変わらず、唯々《ただただ》、言葉に詰まっているだけだったので、胸を撫で下ろす。僕は、彼女を助けなければという強い衝動《しょうどう》を覚えたから……。改変が間に合ってよかった。花井さんが竜闘魔法を研究してくれていなければ、上手《うま》く対処できなかっただろうと感謝する。

それにしても、なぜこんなにも彼女を救いたいと、僕は思ったのか？　こんな酷《ひど》い結界なのだから、彼女は間違いなく９９８年もの間、幽閉《ゆうへい》されているのは確かで、同情は禁じ得ない。でも、僕が助けなければならないことはないはずだ。それなのに……。この気持ちは、やはり、恋なのだろうか……。それを確かめるため、詮索しないという考えを捨て、彼女が黙り込んだ理由の一つかもしれないことを口にする。

「貴女は、竜族ですよね？」

竜族とはこの世界の竜のことで、非常に長寿《ちょうじゅ》で、普段は人の姿で生活をしている。住処《すみか》もこの大陸ではなく、遥《はる》か西の海を渡った別の大陸だ。こちらの大陸に訪れることは、めったにないといわれている。彼女をその竜族だといった理由は、この状況にある。例外を除いて、竜闘魔法は竜しか使うことができない。その魔法によって作られた結界の内で、９９８年も囚《とら》われていた彼女は、竜族の可能性が極《きわ》めて高いからだ。

僕の問いに、彼女は答えることはせず、呆然《ぼうぜん》としたまま僕を見つめた。しかし僕が黙っていると、彼女がぽつりと言葉を返す。

「どうして……私が竜族だと……思うのですか？」

「この結界の内容を、読み取りました」

信じられないことを聞いたという表情をし、彼女は両手で口を覆《おお》った。長い話になるかもしれないと思い、僕はいった。

「それより、ひとまず座りませんか？　僕も貴女も立ったままだ。疲れませんか？」

そう告げると、彼女は小さく頷き、その場にたどたどしく腰を下ろした。手を差し伸べたかったけど、結界のせいでそれは叶《かな》わず、やるせなさとともに、僕もゆっくりと腰を下ろす。

「貴女のことを伺ってもよろしいですか？　何か手助けができるかもしれません」

何かに怯えているような彼女を見て、彼女が望まない形でここに監禁《かんきん》されているのかもしれないと思い、彼女がここから逃《に》げたいと思っているのなら、手を貸してあげたい。「殺しに来たのですか？」と問わなければならない状況は、尋常《じんじょう》とは思えなかったから……。

「……助けて欲しいとは思っていません。……それに、この結界がある限り、何も望めません」

彼女は、すべてを諦めているという風に首を振る。

「そんなことはありません。僕は結界の効力を無効にすることができます。その証拠《しょうこ》に、今、貴女は生きているでしょう？　この結界は貴女を助けようとする者が現れたら、貴女の魔力をすべて奪うはずですが、今はそうなっていない。それとも、結界の効力については知りませんでしたか？」

僕にいわれて結界の変化に気が付いたのだろう。光の宿らないその目を見開いた。

「貴女の望みは何ですか？」

僕の言葉で、今度は見開かれていた目から、大粒《おおつぶ》の涙が一つこぼれていた。

「……家族に……父や…母や…兄に……会いたい……」

不意に紡《つむ》がれた彼女の言葉が、僕に突き刺さる。彼女の気持ちが痛いほどわかる。一瞬の共感。そして、すぐさまの乖離《かいり》……。それが果たせる者と、果たせぬ者への……。

「大丈夫です。必ず会えます。僕も手助けします……」

彼女を助けたいという気持ちが、どうして湧き上がってくるのかわからないうちに、彼女の願いを叶えたいという気持ちが、育っていく。こんなに気持ちが揺り動かされたことなど、僕の人生であっただろうか。今の僕は、自分でもよくわからない状態だった。彼女のことを何も知らないのに……。わからない。わからないことばかりだ。

「……ごめんなさい、取り乱してしまいました……」

しばらくして彼女は落ち着くと、恥ずかしそうに頭を下げた。

「気にしなくても大丈夫ですよ。それより、改めて貴女のことを伺ってもよろしいですか？」

今度は、話してくれるだろうと思っていたのだけど、彼女はまた、言葉を失ってしまったかのように、黙ってしまう。それでも、こちらを見続けているので、完全に拒絶《きょぜつ》されているわけではないことはわかる。何が彼女の口を塞《ふさ》いでいるのだろう……。

「では、せめて名前を聞いてもいいですか？」

そういってから、まだ彼女の名前すら知らなかったことに気が付いた。それなのに、もうずいぶん前から彼女のことを知っているという気持ちになっていて、またも、僕は戸惑ってしまった。

「名前……」

彼女に目を向けると、その瞳が曇《くも》っていることに気付く。口を開きまた閉じるといったことを、数回繰《く》り返したあと、暗い声音《こわね》で告げられた言葉に、僕は衝撃を受けた。

「……私に名前はありません……」

「え……？」

「この結界内に入ったときに、竜王様によって名前を抹消《まっしょう》され、一族を追放されましたから……」

俯いてそう告げた彼女は、とても孤独《こどく》に見えた。彼女の今の姿は、出会った頃のアルトを想い起こさせた。彼女のその姿を見て微かな苛立《いらだ》ちが、胸の奥底《おくそこ》から這《は》いでてきた気がした……。

「……でも、魔力制御は修めているんですよね？」

「……今年、成人しましたが……まだ、習得してません……」

「……」

僕は、あまりのことに言葉を失った……。

魔力は血液と同じように毎日生産され、魔力を入れる器《うつわ》に貯《た》められる。この器を魔力の器といって、人間や獣人の場合は肉体の器官として存在し、竜族の場合、人の体そのものが器となっている。当然、器が壊れると人は生きていけない。

通常、魔力の器が壊れるのは物理的な力が加わったときだけど、竜族には、内部から崩壊《ほうかい》する特《とく》殊《しゅ》な状況がある。それは、魔力の生産過剰《かじょう》による、魔力の器の崩壊だ。魔力の生産は器が満たされても止まるわけではない。その結果、器から魔力がこぼれてしまう。人間や獣人の場合、あふれた魔力を、肉体が吸収して体の活力に変換《へんかん》しているので問題ないが、竜族の場合、体内から体外へとあふれだす魔力が、肉体を破壊《はかい》してしまう。

そうならないようにするため、竜族は能力と技術を使って生きているといわれている。能力とは、竜族の王である竜王が持つ能力をさし、名前を与《あた》えた竜の子供が成人するまでは、強制的に魔力を圧縮し、体内に留《とど》めさせることができる能力のことをいう。技術とは、器内の魔力を留めて圧縮し、それを肉体機能の向上に利用することをさす。これを魔力制御という。竜族は成人するまでにこれを習得する。子供の間は竜王の能力で守られ、成人してからは魔力制御で自身を守るのだ。

逆にいえば、魔力制御のできない竜族は死に至る。人の体が器のため、竜の形態を続けていれば器が壊れることはないといわれているが、なぜか、竜族は竜のままの姿でいられないようで、必ず人の姿に戻り、死んでしまうそうだ。その理由はわかっていない。

……つまり彼女は、この結界からでたら命を落とすということだ。そんな理不尽《りふじん》なことがまかり通るのかと、彼女に事情を尋《たず》ねずにはいられなかった。

「理由を聞いてもいいですか？」

先ほどと同じように彼女は迷いながら、何度か口を開いては閉じるを繰り返し、見えていないだろう目で僕を見つめ、諦めたように淡《あわ》く笑いながらぽつりと言葉を落としていた。

「私が……愚《おろ》かだったからです……」

彼女は、その時の情景を思い出したからなのか、少し言葉を詰まらせながら話し始めた。

「私は3人兄妹《きょうだい》の3番目に生まれ大切にされていました。ごく普通の家庭で何不自由なくのびのびと育ちました。両親と兄二人と私……。厳しくも優しい父、温かく思いやりのある母、そして、過保護な兄達と幸せに暮らしていたんです。そんな生活がずっと続くのだと、信じて疑っていませんでした……」

ゆっくりと吐露《とろ》された言葉の重さに、その話が彼女にとってはまだ終わっていない出来事だということを、僕に告げているようだった。

「だけど……二番目の兄が成人し、一人の人間の女性と出会ったんです。その人間は一国の王女で、兄とその王女はとても仲良くなりました。竜の騎士契約《きしけいやく》を結ぶほどに……」

竜の騎士契約という言葉を口にした彼女の目は、酷く冷たく鋭《するど》かった。

「確か……血と名前で主従関係を縛《しば》る、竜族のみが行える魂《たましい》の契約でしたよね？」

「はい。竜族にとっては呪《のろ》われた契約です」

「呪われた？」

僕の問いに、彼女は頷く。その目は暗くよどんでいた。

「一度契約を交《か》わすと……。どちらかが死ぬまでその契約は続きます。契約を破棄《はき》する方法は……相手を殺すか自分が死ぬかしかありません……」

命を奪うか絶つかでしか解くことのできない契約……。それは考えようによっては確かに呪いかもしれない。

「竜の騎士契約は……普通は竜王と結びます。竜王と契約を結び、国を守っていくことを誓います。ただ、竜族以外の人に惹《ひ》かれ、その者と契約を結ぶ竜族もいます」

彼女が紡いでいく言葉に、僕は黙って耳を傾ける。

「竜の騎士契約は……竜族よりも下位の種族が……人間が……、唯一《ゆいいつ》、竜族を従わせることができる契約……」

この言葉から、彼女が人間に対して良い感情を持っていないことを知る。

「あ……。すみません……」

「謝罪はいりません。竜は至高の存在。世界を守る役割を担《にな》う神の従《しもべ》……ですから」

この世界の人間の常識を、そのまま彼女に告げた。人間は竜族に対して畏怖《いふ》や尊敬……崇拝《すうはい》のような感情を抱《いだ》くらしいが、僕には理解できない。竜族本来の姿を見ればまた感想が変わるのかもしれないが、それでも崇拝とは違う感情になるのだと思う。

「人間の伝承では、そうなっているようです」

人間の伝承では……ということは、実際のところはそうではないのだろう。この辺りは特に今話すことでもないため、深く尋ねることはせず、彼女に続きを促《うなが》す。

「遥か昔から……人間は竜族との契約を望む人が多いと聞きます……。主人となって竜の強大な力を使役《しえき》することができるようになりますから」

すべての生き物の頂点に立つ存在といっていいほどの強さを、竜族は誇っている。一国を焦土《しょうど》に変えたとか、一つの大陸を沈《しず》めたとか、そういった伝承があったりするほどだ。人間では到底《とうてい》敵《かな》わない存在が、竜族らしい。

「でも、私達は……人間の欲望を満たすために、契約するのではないのです。心を、契約者の心と自分の心を結ぶために契約を結ぶのです。……戦いの、権力の、道具になるためではありません」

彼女の光を通さない瞳から、涙がこぼれ落ちる。静かな怒りを込めながら、ハラハラと流れ落ちる涙を拭うこともせずに、言葉を紡いだ。

「契約者のために、剣となり盾《たて》となって戦うことは厭《いと》いません。守るべき者のために、例え国を滅《ほろ》ぼし沢山の命を奪うことになろうとも、契約者がそれを望むのであれば、私達はその望みを叶えようとするでしょう。だけどそれは……契約者に心を預けているからで、戦う道具になるために契約するのではないのです」

戦う道具か……。彼女のいうように絆《きずな》を結ぶために契約したのに、利用され道具扱《あつか》いされるようなことになれば、憎悪を抱いても仕方がない。それでも……それを断《た》ち切る方法はある。

「それが嫌《いや》ならば、契約者を殺せばいいのでは？　それで契約は破棄できるのだから……。貴女も話していた通り、人間の命を奪うことに罪の意識がないのならば」

「だから、呪われた契約なのです」

彼女は、そういって唇《くちびる》を噛《か》んだ。

「竜族にとって、一度契約を交わした相手を殺すことは難しい……。たとえ……それが裏切りであっても……。それはもう……魂に刻まれた本能なのです。……よほどのことがない限り、竜族は相手を裏切ることができないようになっています。神によってそう創られました。どうしてそう創られたのか……貴方に語ることはできませんが」

神によってそう創られたか……。この世界の住人はすべからく……神を信じている。神が創りだした庭に、自分達は生きているのだと、そう信じている。

「人間と竜の騎士契約を結び、幸せな瞬間を過ごした竜族も沢山います。騎士契約に対する見識の違いはありますが、人間との思い出を幸せそうに語る彼らに、誇らしげに笑うその表情や言葉に……竜族の子供は憧《あこが》れを持つのです。私もそうでした。そして二番目の兄も……」

「見識の違い？」

僕の疑問に、彼女は少し考えてから口を開く。

「弱い人間を守るという『正義』に憧れる竜もいれば、心と心を結ぶ『絆』を求める竜もいます。弱い人間を守るために契約を結ぶのだと考える竜が多数派で、絆を結ぶものだと考える竜は少数派です。少数派ゆえに……強く人間に惹かれる竜は、変わり者と呼ばれることもあります。瞬間、瞬間に生きる命に魅《み》せられ、自分達よりも寿命《じゆみよう》の短い人間を深く深く慈《いつく》しみ、契約者の親友や相棒として共にその時代を生きる……それが幸福なのだと、彼らは語るのです」

変わり者……。人間を弱者と位置づけている竜族にとって、庇護《ひご》し守るべき者という枠《わく》からでることはないのだろう。そう考えると、絆を結ぼうとする竜族は、確かに変わり者かもしれない。人間を対等に見ているということなのだから。

「先ほど本能といいましたが、いい換《か》えれば、それは愛情です。ですから、竜族の愛情は……人間とは比べ物にならないぐらい深いものです。それが同族に向けられるのならば何も問題はありません……。竜族は相手を決して裏切りませんから……。だけど……相手が人間になってしまうと……様相が変わってきます」

僕は内心でため息をついてから、彼女に問いかけた。

「……貴方のお兄さんは、幸せな時間を過ごせなかったんですね」

「私の兄は……自《みずか》ら死を選びました……」

彼女はここで一度ため息をつき、諦めたように一度目を閉じてから、ゆっくりと目を開け、重い呟きで言の葉を沈めた。

「え……？」

耳に届いた彼女の言葉に、僕は絶句する。

「兄とグランドの国の王女が出会い、親交を深め……兄は竜の騎士契約を王女と結びました。その時の兄は、とても幸せそうで……。この時にはもう王女のことを、兄は愛していたのだと思います。王女は兄を自国へと連れ帰り、騎士契約をしたことを自分の父である王に報告しました。グランド国の王は二人を祝福してくれたと、手紙には書いてありました……」

自分の心を落ち着けるためか言葉を切り、静かに深呼吸をしてから続きを語る。

「しばらくは、平和な時が続きました。時々帰ってくる兄から聞いた話は、喜びであふれていて……

兄は契約者と絆を結べたのだと、私も嬉しく思っていました。いつか……私も……兄のように心を通わせることができる契約を結べたらいいのにと、夢を見るほどに……」

そういって淡く笑った彼女の表情が、なぜか僕の胸を締め付けた。

「しかし、グランドの国が隣国《りんごく》に戦争を仕掛けたことで、状況が変わりました。戦争の引き金が何かは知りません。私が知っているのは、そのあとの顛末《てんまつ》だけです。……王が王女に兄を戦わせることを命じ、王女が兄にそれを願いました。兄は考え直すように王女に告げたようですが、王女が涙を流して乞《こ》えば、兄は折れるしかなかったのです……」

「……」

「兄は人間という種族を友と思っていたので、とても苦悶《くもん》したと思います。でも……竜の騎士契約というのは、守りたい人を守るための契約ですから……契約者を幸せにするためならば……私達は、人間の国をいくつ滅ぼそうとも、その希望を叶えることを優先させます……」

確かに、人間の中にも愛や忠義に自分を捨てて、生きていく者もいるだろう。だが、竜族の場合、騎士契約を結んだ者のほとんどすべてが、同じ選択《せんたく》をするというのだから、竜族の愛情の凄絶《せいぜつ》さを感じずにはいられない。

「兄が王女と騎士契約をしたことによって、グランドの国は栄えました。次々と他国の領土を制圧し版図を広げていく……。グランドの王は喜び、王に褒められて王女も輝くように笑い……その彼女を見て、兄も幸せだったと思います」

敵国にしてみれば悪夢のような日々が続いたのだろうなと思ったけど、言葉にはしなかった。

「そして、兄の愛情は日に日に強まり、王女に番《つがい》の契約を申し込む気になったそうです……。王女の愛を兄は、疑わなかった」

番の契約とは、竜族が婚姻《こんいん》関係を結ぶという意味で使われる。しかし、彼女の兄には喜ばしいはずの話だというのに、何も映ることのない瞳で、どこか遠くを見るように話し続けた。

「ただ、それは取り立てて驚くことではありません。騎士契約の相手が異性であれば、共に過ごしていくうちに心を奪われ……ほとんどの竜が、契約者を番にと望みます。なぜなら番の契約は、騎士契約よりもさらに深く魂《たましい》と魂を結びつけるもので、お互いの寿命が一緒になり、その生涯《しょうがい》を伴侶《はんりょ》とともに生きることができるようになるからです。儚《はかな》い存在の人間と婚姻を結ぶことは、失う悲しみから逃《のが》れることができ、むしろ必然ともいえます」

彼女から発せられる言葉が、次第に愁《うれ》いを帯びていくように思え、僕は、なんと言葉をかけていいのかわからず、黙って彼女の話を聞いていた。

「ある日……。彼女に渡す贈《おく》り物を作りにきたのだと、兄が嬉しそうに笑いながら、家に帰ってきました。手先が器用な兄は魔道具を作り、渡すときに求婚するのだと、話していました。両親ともう一人の兄は、人間と番になることを反対していましたが、私は応援《おうえん》する言葉をいったような気がします……」

彼女は自分の中の怒りをこらえるように、手が白くなるほど拳を握りしめていた。

「私も……あの時……反対していれば良かった。反対しても無駄《むだ》だと知っていても……止めれば良かった。竜族の婚姻と人間の婚姻は、全く違うものであると知っていたのに」

彼女は、息を詰まらせたような声で、自分の想いを吐露する。

「竜族の婚姻はとても深いものだから……。竜族は相手を裏切ることができないように創られている……。だけど人間は違う……。いとも簡単に相手を裏切ることができる。そのことを心配して反対していたのに……私は……」

彼女の肩が、小さく震えていた。

「兄が満足のいく魔道具を完成させ、私が包装のためのリボンを選び終わった頃……兄の元にグランドの国から使者がきました。王女が病に倒《たお》れたと……。使者からの伝達を聞いて、すぐに王女の元へと兄は帰っていきました……」

彼女の瞳から次々と涙が生まれ……その涙が地面をぬらしていく。途切《とぎ》れ途切れに紡がれた彼女の言葉は……痛みを伴《ともな》うものだった……。

「あにと……は……それが……さいごに……なりまし……た……」

そのまま何もいわず、俯きながら彼女が手を前に出し、両手で何かを握る真似《まね》をする。それを自分のほうへとひっくり返して向け、そのまま心臓の位置に突き刺し……自分の心臓をえぐるように円を描《えが》いた。言葉にしなかったのは、嗚咽《おえつ》のせいなのだろうか。それとも、その行為自体を口にしたくなかったからなのだろうか……。

「…………」

竜の心臓は……あらゆる病を癒やす薬だといわれている。そしてそれは……絵空事ではなく真実だと僕の中にある知識が肯定《こうてい》している。彼女の兄は自分の命と引き換えに、愛する王女の命を救ったんだ……。

「そのときは……兄が愛する人を守ったのならと、かき乱される心をどうにか鎮《しず》めました。私も同じことがあれば、兄と同様の道を選んだでしょう……」

そうすることが当たり前なのだと断言した彼女に……どう返事をしていいのかわからなかった。もし……鏡花が目の前で苦しんでいて、僕の命を差し出すことが助ける方法ならば……僕は迷わず鏡花を助けることを選ぶだろう。だけど……鏡花が同じことを行おうとするのならば、それを絶対に許しはしない。竜族は神からそう創られた……という言葉の意味が少しわかった気がした……。

「なのに……。病気になったのは王女ではなかった。彼女が想う人間の男性だった……。その人を助けるために、グランドの王と王女は、芝居《しばい》を打ち兄を謀《たばか》ったんです……」

彼女の口から放たれた言葉に、僕は目を見張り彼女を凝視《ぎようし》した。

「兄が死んで3カ月も経《た》たないうちに、グランドの国の王女が結婚《けっこん》すると公表されました。長年想い合っていた人と結ばれるのだと……王女の愛の力で想い人の病気を癒やしたのだと！」

悲しみや苦しみ、そして憤《いきどお》りや憎悪。そんな感情を絞り出すような声が、この場に響く……。

「嘘だった！　全部嘘！　すべてが偽りで、何一つそこに真実は存在していなかった！　王女は兄を愛してなどいなかった！　兄との結婚など考えてすらいなかった！　最初から自分の望みを叶えるために、兄に近づき利用し、兄の命を犠牲《ぎせい》にして自分の望みを叶えた！　兄の心臓を狙《ねら》っていたのよ！　彼女が愛した人と結ばれるために……彼女は……最初から……」

彼女の悲痛な慟哭《どうこく》を……僕はただ黙って聞いていた。僕の内からこんこんと湧き出てくる怒りを、自分の中に抱きながら……。

必死に何かを堪えるように黙り込み、肩を震わせている。静かな沈黙がこの場を支配していたが、少し落ち着いた彼女は、表情を無くしたまま口を開いた。

「それだけではありません。国王もまた、王女の企《たくら》みの共犯者だったのです。兄の力を利用するだけ利用していた国王は、兄が王女に結婚を申し込むつもりだと知り、何とかそれを阻止《そし》できないかと考えていました。なぜなら、竜族と人間との間には子供ができないので、彼女が兄の番になれば……王家の血が途絶えることになってしまう。グランドの王はそれが許せなかったのです」

なぜ、彼女がそんなことを知っているのかと不思議に思いつつ、騙《だま》されていたりはしないのだろうかと、当時の出来事を僕は調べ始めた。

「だけど……兄の求婚を断れば、最悪、国が滅ぼされるかもしれないと考え、グランドの王は兄に恐《おそ》れを抱いたのでしょう。だから、王女が兄から心臓を得るためだけに計画を練っていたと知ったときは、手放しで賛同し喜んだのです」

彼女の説明の裏で、僕の頭の中にグランドの情報が引き出されていく。１０００年も前のことだからか、吟遊《ぎんゆう》詩人が歌う歌詞だったり伝承の記録だったりと、あやふやなものが多かった。その中でも共通して語られているのは、緑豊かな豊穣《ほうじょう》の国グランドが、一晩で死の国に変わったというもので、その謎《なぞ》は、今も解き明かされてはいない。

１０００年前といえばカイルが生きていたはずだ。きっと、カイルはこの出来事を知っている。そう思い記憶を探《さぐ》ってみると、案の定、様々な情報が浮かび上がってくる。竜族の情報は多岐《たき》にわたるけれど、それなのにこの出来事の核心《かくしん》に迫る情報を、僕は手に入れることができないでいた。

一方で、竜族という種族に対して、強烈《きょうれつ》な悪態がとめどなく浮かんでくる。多分この時にカイルと竜族の間で何かあったのだろう。もしかしたら……この出来事に関わっていたのかもしれない。だとすると……カイルの生き様を解き明かす鍵《かぎ》を見つけない限り、カイル絡《がら》みの情報は入らないことになる。

「そんなことはしないのに……。愛した人の国を滅ぼそうなんて……考えるはずないのに……。特に兄は優しい人だったから、彼女の伴侶ごと受け入れたに違いないのに……」

涙を落とす彼女を見つめながら……僕ならばと考える。目の前の彼女が、僕の力を利用するためだけに近づき、事が済めば僕から離れて、好きな男性の元へと去ってしまうとするならば……。その答えが出る前に、彼女は静かに話を続ける。

「……それで兄を欺《あざむ》いた報《むく》いとして……私は……王女の結婚式当日にグランドの国にいって……二人に呪いの唄《うた》を歌いました」

その瞳を、憎悪の涙でぬらしていた。

「幸せになどしたくなかった。だから……呪いの唄を歌いました。国王と王女とその番に……。ただ呪いは思うようにはいきませんでした。……私が未熟なせいで失敗してしまったのです。呪いの成就《じょうじゅ》に大地の魔力が必要で、それを取り込もうとしたところ、制御が甘《あま》かったため、グランドの全土から魔力が引き出されることになり、その膨《ふく》れ上がった魔力によって王女達ばかりか、グランドの地そのものと、その地に住むすべての人間に、呪いが降りかかってしまったのです」

「どのような、呪いだったのですか？」

「国王へは老いを増す呪いを、二人には子を成せなくする呪いのつもりでしたが……。それが、すべてグランドの国中に……」

一晩で死の国に変わったとされる伝承の正体がこれかと、僕は彼女を見つめた。

「兄がどれほど……王女を愛していたのだとしても、兄を騙しその命を奪った彼女達が、幸せになるなんて許せなかった。幸せそうに笑い生きている二人が憎《にく》かった。だから……彼女達を殺そうと思っていたのに……私には殺せなかった。兄が守ろうとした人を、殺すことができなかった」

彼女の瞳の中の憎悪は、ずっと消えないままなのに、それでも相手を殺せなかったのか。お兄さんが愛したというそれだけの理由で、彼女は王女達の命を奪えなかった。

「殺すことができなかったから……王家が滅ぶ呪いをかけようと思いました……。王女達に呪いの唄を歌ったことに、後悔はないけれど……」

彼女はそこで口を閉じて微かに体を震わせ、苦悩《くのう》に満ちた表情を浮かべながら続きを語った。

「私の……復讐《ふくしゅう》に関係のない人達まで、巻き込んでしまいました……。グランドの大地を含《ふく》むすべてに……呪いが刻まれてしまった……」

「だから……こんな場所に幽閉されているのですね……」

「……そうです。罪を犯《おか》した私は、名前を剥奪《はくだつ》され一族を追放され、そして、1000年の間、この場所で罪を償《つぐな》うことになりました……。けれど、あと2年で……自由になれます」

自由になれるという言葉とは裏腹に、そんなことは欠片《かけら》も思っていないという表情だった。

「ですから、自分の過《あやま》ちのためにここにいるので、手助けされることは望みません」

それではなぜ、ここまで込み入った話を僕にしてくれたのかと、不思議に思う。考えても答えがでなかったので尋ねてみると、彼女は苦笑《くしょう》しながら答えた。

「わかりません……。死ぬ前に誰かと、もう一度だけ話したかったのは確かですが、ただ、こんなことまで話すつもりなどありませんでした。強《し》いていえば、貴方が優しく話を聞いてくれたからでしょうか」

無理矢理に微笑んだ彼女を見て、吸い込まれそうな錯覚《さっかく》に陥る。自分の中で何かが崩れていきそうで、それをとどめようと彼女へ疑問を口にする。

「でも貴女は、人間が嫌《きら》いではないのですか？　……お兄さんを欺き殺した人間が……」

しばらく、彼女は黙っていた。両手を胸に当てながら俯き、悩んでいるのは明らかだった。その姿を見て、僕は無神経なことを聞いてしまったと、自己嫌悪に陥る。

「……確かに……。兄を殺した人間を憎みましたが……人間という種族が……すべてあのような人達ではないのだと……心の中で否定する声があるのです。グランドの王女に呪いの唄を歌ったときも、先ほどは彼女達を殺せなかった理由を、兄が愛したためといいました。ですが、もう一つの理由に、私自身が憧れた人間という種を、手にかけることを躊躇したというのもあります……。幼い頃から兄と共に育ててきた想いは、簡単には心の中から消えずにくすぶっているのです……。だから、人間を目にするとそのことを思い出し、苦しくなりました……」

　それも竜族の本能ゆえだろうかと思いながら、すべての人間を憎んでいるのではないのだと安心する。そんな僕をよそに、自分の記憶に疑問を投げかけるように、彼女は独り言を呟いていた。

「……いえ……そうじゃない……、私は王女の件以降、人間に会ってはいないはず……、王女を見たときは人間への親愛なんて感じなかった……」

「それでは、やはり貴女は人間が嫌いなのですか？」

　安心していたのもつかの間、一気に不安へと叩き落とされる。なぜ、急に彼女が前言を翻したのかと、気になって質問する。彼女は、何かに気が付き声をだす。

「違うのです。ごめんなさい。人間すべてが嫌いだというわけではないの。ただ、記憶が錯乱《さくらん》していたので訂正《ていせい》したかっただけです。気を悪くされたら申し訳ありません……」

僕はまた胸を撫で下ろし、彼女の一言一言で一喜一憂《いっきいちゆう》する自分を滑稽《こっけい》だと思いながらも、彼女の表情に影《かげ》が差していることを、見逃《みのが》さなかった。

「……呪いがかけられた人々や、グランドの大地のことが気になりますか？」

彼女がビクッと体を揺らし何かにとりつかれたように、ゆらっと立ち上がった。

「知っているのですか」

そう口にしながら、歩くことで生まれた風が、そよいでくるのではないかと思う距離《きより》まで近寄り、彼女はその場で座った。

「ここに連れてこられたときに……私の魔力を使い1000年かけて大地の呪いを解くのだという話を、私は聞きました。きっと……大地の呪いはそのほとんどが解けていると思うのです。しかし……人間にかかってしまった呪いは……どうなったかご存じでしょうか……」

彼女の切実な想いからなのか、瞳は不安で揺れていた。真実を知ろうと必死にいい募《つの》る彼女の問いに、僕は答えていく。

「グランドの地が呪われてから交流が絶たれました。なので、大地の呪いがどうなったかはわかりません」

僕がそこまで伝えると、彼女は顔を真っ青にして地面に手をついた。その姿で彼女が何を誤解したのかに気付き、僕は慌《あわ》てて謝る。

「ごめん！　大丈夫……です。僕の伝え方がよくありませんでした。グランドの人々の呪いは解け、今も生きていますよ」

そう告げると、彼女はゆっくりと顔を上げて、その目に涙をためながら問う。

「……呪いは、解けている？」

どこか願うように呟いた言葉に、僕は頷いた。

「う……そ……」

彼女へ真っ直ぐに視線を合わせて、嘘ではないことを伝える。僕の視線を感じることができない彼女の状況に、歯がゆさを感じながら。

「本当です。グランドの国の大地は、確かに命を育《はぐく》めない土地になってしまったけれど、人も動物も大地以外のすべての呪いは解けています」

「誰が……どうやって……？」

「それは、僕にもわからない……」

その言葉は嘘だ。実際は知っている。カイルがその呪いを解いたということを。竜王ですら解けない呪いを、カイルは簡単に解呪《かいじゅ》していた。だけど、今、そのことを話そうとは思わない。彼女がカイルと親しい間柄《あいだがら》だったのだとしたら……カイルと僕自身のことも話さなければならなくなる……。それは困るんだ……。まだ僕は、自分自身のことをどう語ればいいのかわからないから。

「ただいえるのは、呪いを解かれた人達は、竜族の助けを借りて別の土地で、新しく国を立ち上げたということです。それも貴女が呪いをかけてから2週間の内に。そして、その国は今も存続していますよ。貴女が想像しているような、滅びの道を歩んだわけではないんです」

彼女が呪いをかけた王女と伴侶が、その国の初代国王と王妃《おうひ》だという事実は、教える気にはなれなかった。しかし、彼女が喜んでくれることを願って、そのあとのグランドの話は伝えた。

「ほん、とう……に？」

「本当です」

彼女の瞳から涙が生まれてはこぼれ落ちていく。嗚咽を抑えて泣く姿に、彼女のこれまでの苦悩と後悔を感じ取った。しばらくして泣きやむと、声にならない声で囁《ささや》いた。

「よかった……。本当によかった」

彼女は安らかに微笑み……その形容できない美しさに、僕は抑えがたい愛《いと》しさを覚え、そして彼女を抱きしめたい衝動に身を焦《こ》がしていた。それが僕に向けられたものではないと、頭の中で完全に理解してはいても……。


僕の中で何かが生まれている。その感情は明るくもあり、暗くもあった。それがどこから来るものなのか、僕には正直わからない。彼女の声を聞いては彼女に囚《とら》われ、彼女の境遇《きょうぐう》を知っては同情を禁じ得なかった。僕は……それほど彼女に惹かれている……。こんな感情を自分が持つことになるとは、夢にも思っていなかった。

騒《さわ》ぎ立てる感情におかしいと思いながらも……焦《あせ》りのような想いが、僕の思考を上書きしていく。あまりにも今までの自分とはかけ離れた心の動きに、ふと、カイルの想いが影響《えいきょう》しているのかもしれないとも考えた。でも……カイルは『俺《おれ》とじいさんの魂は情報というモノに置き換えられる。刹那の人格に何の影響もでない』といった。だとすると、この感情は僕自身のものなのだろう。

何かに追い立てられるような自分の心の動きを冷静に分析《ぶんせき》しようと試みるが、失敗が続く。彼女の手を握り離すなと……心が僕にそう警告を発し続けている……。突き動かされるようなこの感情が、恋なのだろうか？　僕が彼女を守りたいというこの感情は……独占欲《どくせんよく》なのだろうか？

そのとき……守りたいという言葉で自分の心を再認識したとき……ふと、違和感《いわ》を覚えた。内面ばかりを見つめていたばかりに、見落としていた事実に気付く。

なぜ、カイルは大地の呪いだけは解かずに残したのだろう……。カイルはこの事件に関わり、グランドの大地以外の呪いを解いている。それなのに……。単純に魔力が足りなかったのかとも思ったけど、花井さんとカイルの魔力で解呪できないとは思えない。……では、なぜ……。

不可解な点はまだある。一連の騒動《そうどう》のあとに、カイルはグランドへ一度もいっていない。カイルにとって、グランドの民《たみ》は重要だったけど、グランドの大地は重要ではなかったということだろうか。そう思い、カイルにとってグランドの民が大事だったのだろうかと調べてみると、意外なことにほとんど接点を持っておらず、王族に関しては罵詈雑言《ばりぞうごん》の嵐《あらし》だった。

竜族にもグランドにも好意を持っていない……。それでは動機がわからないと、もう少し詳細《しょうさい》に調べてみる。すると、この一連の騒動以降から、竜族へもグランドの民へも悪態をつき始めていることに気が付く。この事件以前は、別に嫌ってはいなかったということらしい。

最後に、そもそもこの事件の情報に、なぜ鍵がかかっているんだという疑問が残る。切り口を変えて、彼女の観点からもう少し情報を得られないだろうかと調べようとすると、彼女に関する情報も施錠《せじょう》され、その中に清浄《せいじょう》な風のそよぎを感じるだけだった。この印象からすると、カイルにとって彼女は大事な人だったに違いない。

そう考えると、ほぼすべてのことに合点《がてん》がいく。グランドの王族への憎悪は彼女の気持ちそのものだし、竜族への嫌悪も彼女をこんな目にあわせていることへの苛立ちだろうし、グランドの民の呪いを解いたのも彼女の良心の呵責に対する救済だと思う。呪いが解かれたことを伝えられなかったのは、おそらくこの結界のせいだろう。彼女を助けたいという想いを抱けば、彼女は結界に刻まれている魔法に殺されてしまうから。

「グランドの大地の呪いが解けることを、貴女は望んでいるのですよね？」

唯一解けない疑問を尋ねてみた。グランドの民が救われたことで、喜びに満ちた穏《おだ》やかな顔になっていた彼女は、僕に話しかけられ、我に返って答えてくれる。

「はい。そう望んでいます」

彼女の今までの言動から、そう答えるだろうと思っていたので、意外ではなかった。そうなると、カイルでもグランドの大地への呪いは解呪できなかったと考えるべきだろうか。カイルに解けない呪いは、僕にも解けないだろう……。そう意識すると残念な気持ちがこみ上げ、いつの間にか理性的な思考が終わり、また直情的な想いがぶり返してくる。

「……どうされたのですか？」

急に黙ってしまった僕を、不思議そうな表情で見上げる彼女に、手を伸ばして触《ふ》れてみたいという想いが噴《ふ》き出してくる。これは好きだという感情だと、もう認めざるを得なかった。出会ったばかりだというのに……ここで彼女との絆を強固に結んで彼女を守るべきだと、僕の心がうるさいほどに訴《うった》えてくる……。

出会ったばかりの女性にそんなことを認めてもらえるはずがないと、理性が拒絶する。でも一方でそんなことはないと、欲求がその言葉を打ち消す。彼女の弱り切っている心につけ込んで、望むものを提示していけば……。心の中で葛藤を繰り返しながらも、でた答えは……。僕の良心が咎《とが》める中……それでも彼女が欲しいというものだった。

ならば……自分の感情のままに、彼女を手に入れてみようか……。

その方法が間違いだと知っていても……。

「すみません。少し考え事をしていました」

「考え事ですか？」

彼女は首をかしげる。その表情は、何か手助けできることがないかと思っていてくれているようで、彼女の表情を目にして……少し心が揺れ動いたけれど……その感情から目を背《そむ》けた。

「貴女は罪を悔《く》い、こんなにも真摯《しんし》に罰《ばつ》を受けているのに、理不尽ではないかと。それで、僕にできることはないかと考えていました」

良心に蓋《ふた》をし、グランドの大地の呪いから、彼女の境遇に話を強引《ごういん》に切り替える。このあとに彼女がどれだけ苦悶するのかがわかっていて、僕は、もう戻れない道を進もうとしていた。

「……それが裁きですから……」

彼女は、感情を押し殺して言葉少なに答えた。

「それは、正当な裁きなのですか？　確かにグランドの大地とその人々を、貴女は呪いました。でも人々への呪いの影響はなかった。実質、貴女が犯した罪は、大地への呪いとグランドの民の強制移住でしょう。それも、１０００年の時を経て、大地の浄化はなされようとしている。それなのに、このあとさらに、貴女には死が待っている……。重すぎると僕は思います。もっと、情状酌量《じょうじょうしゃくりょう》の余地があってしかるべきかと」

この言葉は、僕の本心だった。彼女を手に入れるために、彼女の生きたいという欲求を呼び起こさせるための言葉だったけど、彼女に科せられた罰の過酷さに対する、正直な抗議でもあった。

「貴女は、両親やお兄さんに会いたいといいました。僕も、そうあるべきだと思います」

「……過ぎた……望みです」

顔を上げているのが辛くなったのだろう、彼女は頭を垂れた。

「そうは思いません。だから、僕はその望みを叶えられるよう考えました……」

僕の言葉がかすれて消えたのは……その考えが彼女のためというよりは、自分のためだと知っているからだ。

項垂れて沈黙している彼女に、僕は優しく聞こえるように語りかける。

「僕と契約をしてくれませんか？」

「契約……？」

訝しげな表情を浮かべながら彼女が顔を上げ、合わない視線のまま僕を見つめる。僕の言葉の意味がわからないと、その目が告げている。

「僕と契約して欲しい」

2度目の僕の言葉に、彼女は手のひらをぎゅっと握って俯いた。彼女からの怒りが僕に向けられていた。

「私は、人間と竜の騎士契約を結ぼうとは思わない。私は、誰の騎士にもならない」

彼女は、自分の感情という感情をそぎ落とした声で、僕に告げた。反対に、そのとき初めて彼女に勘違いをさせていることに気が付き、自嘲《じちょう》して笑った。僕の笑う声が彼女の耳に届いたのか、見えていない目をスッと細めて僕を睨《にら》む。

「いえ……。僕が貴女に望んでいる契約は、竜の騎士契約ではないんです」

そこで一度口を閉じ、右手を彼女の前に差し出す。結界があるので僕の手は彼女には届かないし、彼女の目にも映らない。

「僕が貴女に望むのは、騎士ではなく伴侶。僕は貴女が好きなようだ」

一瞬、彼女は無防備な表情を見せた。信じられないことを聞いたというように、彼女の口からこぼれた音がかすれて消えた。

「え……?」

「僕は、貴女を好きだといいました」

薄《うっす》らと口を開けて僕を見る彼女に、触れてみたいと想った。彼女は呆然として僕を見つめていた。

「僕の伴侶になってくれませんか?」

「どうして……? 貴方は私を知らないし、私も貴方を知らないわ」

どうして……。どうしてなのかと僕自身もそう思うが、そうしたいとも想っている。

「私を……からかっているのなら、やめてください」

「一目惚《ひとめぼ》れです」

こんな感情を抱いたことも経験も初めてのことなので、言葉を当てはめるとしたら、一目惚れと表現するのが一番近いような気がした。

「一目惚れ……？」

「そうみたいです」

「冗談《じようだん》は……」

「人間である僕を信用できないのは理解できますが、僕は冗談で告白をするような性格ではありません」

「告白……？」

僕の言葉を理解したのか、彼女の顔がみるみる赤く染まっていった。

「いや違うのかな。竜族に求婚するときは、こう告げるんでしたね。貴女に名前を贈りたい」

「っ……」

「竜王から貰った名を捨て、愛する二人が名前を贈りあい、共に生きていくことを誓うのが、番の契約でしたよね？　だから僕が貴女に名前を贈ります。……番の魔力と生命力は共有することになるはずだから、貴女は死を免《まぬが》れることができます」

「……そんなことをすれば、私がこの結界の中にいる間、貴方の魔力も奪われ続けてしまいます」

「心配はいりません。僕がこの結界を改変したことを貴女は知っているでしょう？」

「……」

「それよりも……。僕から貴女への求婚の返事を貰えませんか？」

「お断り……」

彼女が断りの言葉を口にする前に、それを遮《さえぎ》るように口を挟む。

「貴女は、僕のことを好きになれそうにない？」

「え……？」

「確かに僕達は出会ったばかりで、早急《さっきゅう》なのは理解している。だけど、僕は貴女が好きだと思った。だから気持ちを貴女に伝えたし、貴女以外に僕の伴侶は考えられないと思ったから求婚したんだ」

焦燥《しょうそう》を覚えるほど……彼女を手に入れたいと僕の心が叫んだ。

「あの……」

「貴女が僕を嫌いだというのならば、僕は今すぐここをでていく……」

「あ……」

僕の言葉に、彼女は表情を変えた。1000年もの間、彼女はとても深く暗い孤独や寂しさと闘っていただろう。その寂しさや孤独につけこむことにした。それが卑怯《ひきょう》なことだと知っている。突《とつ》然《ぜん》目の前に現れた光を失うことが……どれほど恐怖に感じ不安を覚えるかを、僕が一番わかっているというのに……。それは卑怯なことだと……。でも、彼女から承諾《しょうだく》してもらう方法を、僕はこれしか思いつかなかった。

「僕は貴女の番には、相応《ふさわ》しくないだろうか？」

出会ったばかりの相手が相応しいかどうかなど決められるはずがないと、内心で自分を蔑《さげす》む。言葉では言い表すことができないほどの感情で、僕の心はぐちゃぐちゃだった……。

「……」

彼女の顔色は酷く白い。視線がさまよい、迷っていることが窺える。迷うということは、完全に嫌われているわけではなさそうだ。どういう想いにしろ……考慮《こうりょ》する余地はあるということだろうから。

「それとも……もう心に決めた人が、貴女にはいるのだろうか？」

「いません」

即答《そくとう》する彼女に、内心安堵した。僕は足音をさせて立ち上がり、結界から少し離れた。

「ま……まって！」

切羽詰まった彼女の声音に……罪悪感を抱くが、その感情を殺した。

「少し、少し考えさせて……」

「今すぐ、返事が欲しい」

「今すぐ……」

「そう。今」

「……」

「僕は君を大切にすると、命を懸《か》けて誓う」

僕の言葉に彼女が大きく目を見開いて、僕がいる方を見た。その瞳は頼りなさげに揺れている。

「お付き合いからでは……」

それが最良だとわかってはいるけれど、僕の答えは変わらない。

「……君を何の繋《つな》がりもなく残していくのが、嫌なんだ……」

これも僕の本心だ。きっと彼女は、僕と一緒には来ないだろう。彼女にとって一番大切なのは自分の罪を償うことだ……。だけど、僕はここに残ることはできない。だから……彼女との強固な繋がりが欲しいんだ。……誰にも断ち切れない繋がりが……。

「番になれば、魔力を通して異変を感じ取ることができる。番にのみ与えられた能力で、すぐに貴女の元へ転移することもできる」

彼女の表情が、さらにこわばる。

「そうですよね？」

「はい……」

竜族と契約すれば、お互いに相手のところへ転移できるようになる。それを引き合いに、彼女の説得を試みる。本当は番にならなくても、簡単にここまでくることはできるが、それを彼女に教える気はなかった。顔色を悪くして、途方に暮れている彼女に畳《たた》みかけるように、僕は話を続けた。

「どうしたら、信じてもらえるだろうか？　僕ならこの結界を壊すことができる。結界を壊して助け出すこともできる。君が望むなら……」

僕の提案に、彼女ははっきりとした声で答えた。

「罪を償うためにここにいるんです。ここからでるつもりはありません」

彼女なら……そういうと思っていた。彼女の言い分が正しいと認めていながらも、なぜこんな場所に彼女を閉じ込めておかなければならないのかと、苛立たしい気持ちが湧き上がる。そして、それはとどまるところを知らず、激しく燃え上がり、自分が自分でないような感覚にとらわれていく。自分の意識がどこか遠くになり……。

「……竜王を殺そうか」

気が付いたらそう呟いていた。僕は殺意を抱いてしまうほどに、竜王が彼女に下したこの結果が許容出来なかった。彼女に気持ちを傾けてしまったのだから……。彼女の命を守りたい僕と奪おうとする者とは、相容《あいい》れることは絶対にない。この結論に至るのは仕方がなかった。

「竜王様を殺そうとするならば……」

そういいかけた彼女が、僕の変化を敏感《びんかん》に感じ取ったのか立ち上がり、結界から一歩後ずさる。

僕の中の魔力が怒りに呼応して、激しく揺れる。……まずい……反射的に僕も立ち上がり、彼女と僕を隔《へだ》てる結界から飛びのく。この場のすべてのものを壊さないようにするため、自分自身を囲うように結界を張り始める。間に合うか間に合わないかの瀬戸際《せとぎわ》だった……。カイルから貰った指輪にひびが入ったとき、どうにか結界を張りきった。膨大《ぼうだい》な魔力が体から噴きだし、それと同時に、魔力制御の指輪が壊れ足下に落ちた。

どうやら気持ちが昂《たか》ぶりすぎて魔力が暴走に近い動きをしたようだ……。僕からあふれ出る魔力の放出によって洞窟がビリビリ震動《しんどう》している……。僕は壊れた指輪をぼんやり見ながら、自分の魔力に身を浸《ひた》していた……。魔力の乱れのせいで、酔《よ》って思考が定まらない。

……体に刻まれている魔法に影響を与え、次から次へと様々な感情が浮かんでは消えていき、僕の記憶に一欠片も残ることなく流れ落ちていく……。あの時、無理矢理にでも連れ去れば良かったという後悔が胸に浮かんで消え、約束を違《たが》えられた憤りと憎しみ、そして悲しみの声を、遠いところで聞いた気がした……。

「うーーん」

アルトのうなる声が僕の耳に届き、意識をはっきりと取り戻す。アルトは無事だろうかと、溺《おぼ》れてしまいそうな感情のこともすべて捨てておき、アルトの方を見る。結界の中、怪我がないことを確認すると、深呼吸しながらアルトから視線を外した。

何がきっかけだったのかはわからない。それが、今僕の中に生まれたのか、それとも最初から僕の中にあったのか……それすら定《さだ》かではない。だが僕は僕の中に狂気《きようき》が目覚めた音を聞いた。その声を無視するために、一度頭を軽く振りそれを心の奥底へと沈め、気が付かなかったことにした。僕に囁き続けていた小さな声は、簡単に消えて静かになった。

深く呼吸をして魔力を抑える努力をする。僕の扱える魔力は知らないうちに増えていたようだ。普段は指輪が抑え込んでいた分を、自力で魔力の器の中に圧縮しなければいけない。その制御に手間取る。カイルの作っておいてくれた指輪のありがたみを痛感する。

そうこうしている間にも、その魔力が僕の体を壊し始めていた。竜族に限らず生物は、魔力が大量に体外にあふれだせば、体が崩壊し死んでしまう。もちろん、魔法を使うときのように、体の一部から魔力を制御して放出するならば問題はない。体全体から大量に放出されることが問題なのだ。それは、まさに今の僕の状況そのものだった。

魔力を圧縮する速度よりも、あふれだす勢いのほうが大きいため、体の所々にひびが入り、血がでてきていた。圧縮だけでは間に合わないと僕の頭は警鐘《けいしよう》を鳴らす。このままではまずいと思い、僕は発想を変えた。あふれだすのを止めるのが間に合わないのなら、あふれださないように使い切ってしまえばよいと。

僕は魔力の圧縮と同時に、治癒《ちゆ》の能力を発動させる。壊れていく体を次の瞬間には治し、治すことで魔力を消費する。体が壊れ、それを治す、その繰り返しを数分間続けていくうちに、魔力のあふれだす量が減ってくる。ようやく、器の中へと魔力を圧縮しとどめ、いつもの自分の状態に戻すことに成功した。

それに伴って、自分の中に渦巻いていた理解しがたい衝動も、どこかに消えていた。竜王への敵意は僕の胸の中に残ってはいるものの、殺意ではなかった。どうして、自分の感情がこうも乱れるのか。……頭は混乱していたが、彼女が声を掛けてきたので我に返る。

「貴方は……本当に人間なの……ですか……」

僕の魔力が先ほどと同じようになったからか、立ち尽くしていた彼女が話しかけてきた。どうやら、彼女は魔力あふれによる体の崩壊に気付いていないようだ。自身に降りかかるかもしれないその姿を知られなかったことに、僕は胸を撫で下ろした。

「ずいぶんと怖がらせてしまったみたいで、ごめん。改めていうけど、僕は人間だよ」

「……それほどでもありませんでした……なぜかはわかりませんが……。魔力量の多さには圧倒《あっとう》されましたし、人間のものとも思えなかったのですが。それでも、貴方が人間だというのならば、不思議と人間なのだと、納得してしまいました」

彼女がなぜ落ち着いているのかと、腑《ふ》に落ちないところもあったけど、関係をこれ以上こじらせたくはないと思い、僕は話し続けた。

「先ほどの話は、冗談だから気にしないでくれると嬉しいのだけど」

なぜあの瞬間に殺意が湧き、こぼれ落ちるように言葉を紡いだのか……。今となっては、僕自身が戸惑っている。冗談で話したわけではないけど、なかったことにしたいのは事実だった。しかし、彼女は冗談だとは思ってくれなかったようだ。

「……反省はしているよ」

「……竜王様なくして竜族はあり得ません。竜王様への害意は看過できません……」

彼女の言葉に僕は苦笑した。自分の命がその竜王に脅《おびや》かされているのに、彼女の言葉に揺らぎはなかった。この世界の住人は自分の国や種族に対する想いがかなり強いとは思っていたけど、ここまでとは思っていなかった。彼女を口説いていたはずなのに警戒させてしまい、もう無理かもしれないと思った。

彼女の寂しさにつけこみ、彼女の生への想いに乗じれば、彼女を頷かせることができると考えていた……。結果は、そんなことはなく、心に残ったのは後悔と自己嫌悪だけだ。ここにいても、彼女を苦しめるだけだ。壊れた指輪を拾う。アルトの様子を見にいこうと、僕は歩き出した。

「ま、待って」

僕が結界から離れるのを察知したのか、彼女が僕を止める言葉を発した。

「……君を困らせているみたいだから。どうやら、断る方に傾いているようですし……」

「そ、そうですが……ま……待ってください」

彼女が結界に手をつけて、僕を引き留める。そんな彼女を見て、僕は止めてくれと願う。声をかけずに去ってくれと願う。君が何かを話すたびに、僕の心が絶対に諦めるなと、彼女の手を握れと痛いほど叫んでいる。

「僕は失恋《しつれん》したわけだから……ここにいるのは辛い……」

僕の台詞《せりふ》に、彼女の体が固まる。違う、僕はこんな駆け引きがしたいわけではないのに……。

「失恋……。ちが、ちがうの……私は」

「大丈夫。貴女が気にする必要はない。僕の告白も忘れてくれていいんだ。僕は冒険者だし、ここを離れれば……もう二度と貴女に会うこともない。失恋の悲しさは……きっとときが解決してくれるだろう……。非常識なことを貴女に告げていることも、僕は理解しているから……」

泣きそうな表情で、気配を必死に探ろうとしている彼女の姿に、僕は……彼女から視線を外し、自分自身を呪いながら、それでも彼女を諦めきれないでいた。

「いや……なの」

彼女の瞳から綺麗な涙が落ちた……。その涙の意味を知りたいとも思うし、知りたくないとも思う。彼女の願いを叶えると伝えながら……僕には彼女の気持ちなど全くわからない。わかっていることといえば、君を追い詰めているということぐらいだ。内心ため息をつきながら、本当に失恋した場合……ときが解決してくれるのだろうかと考える。そして、涙を落としている彼女の前に戻り告げる……。

「君が望んでも、与えられないものがある。僕は人間だから、君との子供は望めない。だから……君が子供を望むのであれば……僕は君を諦める」

僕達の間に子供ができることは……ない。だから、一度だけ……一度だけ、僕から逃げる機会を上げる。子供が欲しいと君が口にするのなら……僕は君を諦めるから。心がよじれそうなほど嫌だと告げているけど、それをぐっと抑え込んでいった。僕との未来を望まないのならば……子供が欲しいと……。そうすれば、君をこれ以上傷つけることはない。

「大丈夫。僕と契約をしなくても、君は死ぬことはない……約束するよ……」

「そ……そんなこと……望んでいない……」

君が望まなくても、君が死ぬのを、僕が耐《た》えられないだけなんだ……。そう心の中で呟き、僕は魔力を高め、結界越《ご》しに、彼女が首に掛けている琥珀《こはく》のネックレスに魔力を送り込もうとした。魔力制御の力をそのネックレスに付与《ふよ》するために。

魔力により琥珀が浮き上がり、魔力をその一点に注ごうとしたそのとき、僕は、唐突《とうとつ》に感じたんだ、カイルを。僕の魔力で琥珀に施《ほどこ》された隠蔽《いんぺい》魔法が消滅《しょうめつ》し、カイルの魔力で構築された魔力制御の魔法が浮かび上がった。そうか。そうだよね。あの優しさの塊《かたまり》のような親友が、大事に想っている人物を、放《ほう》っておくはずなんてなかった……。

カイルの魔力を感じ、嵐の中で支離滅裂《しりめつれつ》に波打っていたような僕の心は、まるで凪がそよぐ穏やかな林のように静まっていく……。もう止めよう。自分の想いを伝えて振られるならば、それでいい。僕は彼女に自分の気持ちだけを伝える。

「僕は君が好きだ……君がいてくれたら、それだけでいい」

想いを込めた言葉に、彼女はゆっくりと瞳を伏せ何かを考えていた。そんな彼女に僕は話を続けていく。

「君がそこからでたいというなら、今すぐこの結界を壊すことができる」

どれほどの孤独を覚えていようとも……君はでたいとはいわないだろうけど。

「僕は旅をしながら弟子を一人前に育てると誓ったから、君がここに残るというのなら、一緒にいることはできない。ここで君が自由になるのを、共に待っていたいと心から思うけれど……」

彼女がゆっくりと顔を上げ、見えない目で僕をじっと見つめた。僕の気持ちを測ろうとしているのか、その目は真剣だ。

「だけど、その他のことは何でも叶えてあげられるよ。僕の魔力なら、この結界を気にすることなく声を届けることができるから、君が寂しくないように、毎日でも話し相手になれる」

その言葉に彼女の瞳がひときわ大きく揺れ、手が小さく震えた。その震えを止めるように、右手で左手をぎゅっと握っている。

「君がここをでたあとも、僕は君を一人にしないと誓う」

彼女の手には、どれほどの力がこもっているのだろう。彼女の葛藤を教えるように、握りしめたその手は白かった。

「君が世界を見たいと願うなら、僕が世界を案内するよ。君と一緒に見る風景は、きっとどんな場所でも綺麗だと思うんだ。君と共にあったなら……心が震える瞬間というものに、出会えるかもしれない」

「……」

「君に名前を、贈らせてくれないだろうか」

彼女が首を横に振るが、それはとても弱かった。

「君の名前を、呼ばせてもらえないだろうか」

彼女は歯を食いしばって口を開こうとしない。だけど……彼女の心は大きく傾いているように思えた。

「僕と一緒に生きて欲しい」

そう……。すべてを集約すると、ただこれだけなんだ。それが僕の我儘《わがまま》だとしても、僕のそばで生きて憂《うれ》いのない輝くような微笑みを見せて欲しい。

長い沈黙のあと、彼女がどういう気持ちで答えをだしたのかはわからない。わからないけれど……彼女はただ一言、呟くように告げてくれたんだ。

「はい……」

彼女の言葉を確認すると同時に、詰めていた息を吐《は》き出し、僕は竜族の誓いの言葉を、魔力を込めながら紡いでいく。

「僕はセツナという名前において、君に名を与える。その名は【トゥーリ】、その名の由来は【風】。僕のそばで舞《ま》う風であるように、僕は君に望む」

「トゥーリ?」

「そう。嫌?」

「嫌じゃない……。貴方の名前と同じで、不思議な響きね」

気に入ってくれたみたいで安堵する。

「了承してくれるなら、その言葉を」

一瞬だけ彼女は躊躇し、一度俯いてから、僕の顔の辺りを見て頷いた。

「セツナから贈られし【トゥーリ】という言葉を、我が名と定め、貴方の……そばで……舞う【風】と……ならん」

彼女の宣言で彼女の体が淡く光った。どうやら成功したようだ。彼女にもそれがわかるのか、どこか安心したように息を吐いた。

一呼吸置いてから、次の契約へと進むために、僕は口を開く。

「僕は……君の名【トゥーリ】に誓う。いついかなる時も君を守り、良き伴侶になることを……」

トゥーリは、戸惑いを見せた。そんな彼女の名前を呼び、優しく誓いを促す。

「トゥーリ」

僕の声に彼女は体を微かに揺らしたが、ゆっくりと誓いの言葉を紡いでいった。

「私は……貴方の名【セツナ】に誓う。いついかなる時も貴方を支え……良き番であることを」

「誓います」

「誓います」

「名の誓約《せいやく》と血の誓約を、ここに交わさん」

「名の誓約と血の誓約を、ここに交わさん」

ここで口づけを交わすんだけどと思い、僕は自分の唇に少し傷をつける。そして、監視《かんし》しているであろう竜族に感知されないように、細心の注意を払いながら結界の一部を消して、一歩だけ結界内に踏み込む。その気配を感じたのか、見えていない目で少し戸惑いながら、彼女は顔を上げた。

僕はその見上げているトゥーリの唇に唇を重ねる。

それと同時に指輪を創り、彼女の左手の薬指にはめる。次に、その指を少し傷つけて流れでた血を、僕の薬指に移す。僕は抱きしめたい衝動を抑えつつ、彼女の傷を癒やし離れた。その瞬間、結界は元通りに戻り、僕と彼女を隔てる……。

それは数秒の出来事だった。

トゥーリの血を口に含んで、僕はいった。

「これで誓約は、つつがなく完了したよ」

自分が何をされたのか悟《さと》った彼女は、手の甲《こう》を唇に当てると、頬を朱《しゅ》に染め座り込んでしまった。

混乱している彼女の右腕《うで》と、僕の右腕に銀色の腕輪が現れる。名前と血で誓った竜族の番の印だ。

彼女が混乱している間に、僕は魔法を行使していく。現在、奪われている彼女の魔力量を上限とし、それ以上は奪わないように結界に制限を加えた。これで、僕の魔力を受け取って彼女の魔力量が変化しても、竜族に気付かれることはないはずだ。そして、トゥーリの中の魔力量が安定するように、僕自身に魔法を刻む。僕の魔力が彼女に流れすぎないように制御する魔法と、彼女の魔力が僕に流れないようにする魔法だ。

これでトゥーリが、命を落とすことはない……。そう認識すると、僕の中にあったどうしようもない焦燥が薄《うす》れて消えたように思えた。あれだけ騒いでいた感情が、一気に凪《な》いだ。彼女と深い繋がりを持てたことで……僕の感情が落ち着いたのかもしれない。

「……な……どう……どうやって……」

混乱から立ち直れずにいるトゥーリが可愛い。自分の右腕に現れた銀色の腕輪を、呆然と眺めながら呟いていた。

「トゥーリ。目が治ったと思うんだけど、大丈夫だよね？」

「え……？　あ……どうして」

「君に口付けたときに、癒やしておいた」

「……」

口付けと聞いて赤くなるトゥーリは、可愛かった。彼女から視線を外せずにいる僕を、彼女がじっと見つめた。

「セツナ……」

トゥーリが僕の名を初めて呼んだ。その響きに、今まで感じたことがない喜びに、心がざわつい

た。そんな些細《ささい》なことにも喜びを覚えるなんて、恋とはとても難儀《なんぎ》なものなのだと僕は初めて知ったんだ……。

「セツナは……女性の扱いに慣れているの？」

「え？」

なのに、トゥーリが僕に告げたことは、とても心外な言葉だった。口付けについて言及《げんきゅう》されないということは、嫌悪感を抱かれなかったということなのだろう。その辺りは嬉しかったけど、女性の扱いに慣れているといわれたのは、やるせなかった。慣れていると思われたのならば……それは僕ではなく、僕に記憶や経験をくれた花井さんやカイルが慣れていたんだ……。内心がっかりしながらも、それを表情にださずに反論する。

「……女性を好きになったのはトゥーリが初めてだし、口付けを交わした女性もトゥーリが初めてだよ？」

元の世界では生きるだけで必死だった。その前に、出会いもなかったけれど。トゥーリを見つめながら優しく笑うと、彼女が硬直《こうちょく》してしまった。そんな彼女を見て笑いながら、内心ではこの結界が邪魔《じゃま》だなと改めて思った。

トゥーリにはめた指輪が目に入り、僕も鞄から取り出すふりをして、その中で魔力制御の指輪を創ってから取り出し、薬指にはめた。多分……この指輪がなくても魔力の制御はできると思うのだけど、感情の揺れで壊してしまったことを考えると、もう少しの間、つけておいたほうがいいだろうと考え直した。薬指に指輪をはめる僕を見て、トゥーリが自分の左手の薬指に視線を落とした。

「セツナ、この指輪は何？」

「それは僕の伴侶だという証《あかし》。僕と君にしか外せない」

彼女にはめた指輪には魔法防御《ぼうぎょ》と物理防御、そして居場所を特定できるような魔法を刻んでおいた。トゥーリが傷つくことがないように……。

「セツナ……本当に私でいいの？　私は……」

指輪を見ながら、ポソリとトゥーリが呟いた。どうやら衝撃や混乱から立ち直りつつあるようだ。

「僕は君しかいらない」

その先を続けようとする彼女の言葉を遮り、彼女の綺麗な青灰色の目を見つめた。そんな僕に逡《しゅん》巡《じゅん》しながらトゥーリは笑みを返す。その笑みが彼女の心情を、物語っているように思えた。彼女の想いと僕の想いは……全く重なり合っていないのだと……。早急すぎたのだから、その辺りは仕方がない。思わずついたため息は、重く響いた。

これから挽回《ばんかい》していこう。そう心に決めたとき、ふと不穏《ふおん》な気配を感じて後ろを振り向くと……そこには、真っ青な顔色をしたアルトがいた。そして、叫ぶように僕に言い放ったんだ。

「ししょう！　その、おんな、だれ!!!」

アルトのその台詞に、僕は顔に手を当て項垂れたい気持ちになったのだった。


意識の戻ったアルトの第一声に、ため息をつきたい衝動をなんとか抑えた。

「おはよう、アルト。体調はどう？」

そういいながらアルトに視線を合わせると、アルトはボロボロと涙をこぼしているので、思わず目を見張ってしまう。泣いている理由が僕には全くわからない……。

トゥーリは心配そうに、僕とアルトへ視線を交互《こうご》に向けていた。

「アルト、どうして泣いているの……？　どこか痛い？」

アルトのそばまで歩いていき、顔色を見るために片膝《かたひざ》をついた。怪我はしていないはずなんだけど……何か見落としていたのだろうかと心配になる。頭を撫でながら返事を待っていると、声を詰まらせながら泣いている理由をアルトは語った。

「だって、おれ、ししょう、こいしているのに……」

「は？」

思ってもみなかったアルトの言葉に、体が硬直する。恋？　アルトが僕に恋⁇　俯いて泣いているアルトから視線を外してトゥーリを見ると、彼女は目を丸くしながら、僕達を見ていた。

「アルトは……恋って何だと思うの？」

できるだけ顔が引きつらないように、優しくアルトに話しかける。勘違いであって欲しいと願いながら、返事を待っている間、じんわりと背中に汗をかいているのがわかった。

「はなれ、たくない……ずっと、いっしょにいたい、きもち。だりあさんが、いってた」

僕の問いかけに声を詰まらせながら、アルトは一生懸命に答えた。ここにきて……またダリアさんの名を聞くとは……。脱力《だつりょく》しながらも、アルトの恋についての解釈を聞いてほっとする。結界の向こう側にいるトゥーリを見ると、彼女はとても優しい笑みを浮かべてアルトを見ていた。僕と二人の時には見せなかった表情だ。どうやら子供のアルトを見て、彼女の緊張がほぐれたようだ。そんな彼女の変化を嬉しく思う。彼女に緊張を強いる行いをしていたのは、僕なんだけど……。

「トゥーリ、何を考えているの？」

「え……と、彼の恋敵《こいがたき》になってしまったのかと？」

アルトの恋敵になっていたら、彼女はどうしたのだろうかと考えそうになって止めた。気持ちを切り替えてトゥーリから視線を外すと、アルトに向き直り返事をしようとする。だけど、それよりも早くアルトが話しかけてきた。

「ししょう、おれ、もういらない？」

僕とトゥーリの会話に耳を寝かせながら聞いていたアルトが、目に涙を浮かべて真剣に僕を見つめた。僕はダリアさんから貰った本のことを思い出しながら、アルトに返事をする。すべてダリアさんの責任のような気がする……よもや、あの出来事をここまで引きずるなんて。

「アルト。あのね、僕はアルトをいらないなんて思うことはないし、アルトのことを嫌いになることも絶対にない。アルトは僕の大事な弟子なんだから」

僕の言葉にすぐに頷くことはせずに、チラリとトゥーリを見た。

「その、おんなは？」

「まず、彼女が誰かを教える前にいっておきたいんだ。いいかな？」

アルトは、悲しそうに僕を見ながら頷く。

「アルトは僕のことを考えるとき、心臓がドキドキしたりする？」

「しない。おれは、ししょうのこと、かんがえると、うれしくなる」

「そう。だからアルトのその気持ちは、別のものじゃないかと思うんだ」

そう恋ではない。アルトが僕を求める気持ちは……もっと切実なものだ。本来ならば……両親がアルトに与えているべきものだ。

「じゃぁ、なに？」

「アルトのその気持ちは、家族に対するものだと思うんだ」

「かぞく？」

「そうだね。わかりやすくいうと、アルトにとって僕はお母さんやお父さんの代わりなのかもしれない」

「とう……ちゃん……」

アルトの涙が止まり、拳を握りしめ俯いてしまう。アルトの記憶の中の父親は、酷い人間だった……。だから本当の意味で父親や母親の代わりだと伝えても、アルトにはわからないかもしれない。それでも……、いつか、アルトにも家族の温《ぬく》もりをわかってもらえる日が来るといいなと、僕は思った。そして、僕にとってアルトはただの弟子ではなく、家族と同じぐらい大切な存在なのだとも伝わって欲しいと……。

「アルトは、僕と家族になるのは嫌かな？　僕はアルトと……向こうにいるトゥーリと、家族になりたいと思っているよ」

口にした言葉は、僕の本音だった。この世界にただ独り……僕はこの世界では異分子だ。アルトは獣人、トゥーリは竜族、だけど僕は人間だと思っているだけで……人間ではない……。生きようと思えば何千年も生きることができる人間は……この世界には存在しないから。

無理矢理何かに当てはめるとしたら……勇者ということになるのだと思う。だけどその勇者ですら、僕はなることができなかったんだ。どこまでいっても中途半端《はんぱ》な存在だ……。この世界にたった独り……。

だからきっと、アルトやトゥーリよりも、僕自身が家族に強い執着《しゅうちゃく》があるのかもしれない。誰一人として血は繋がっていない。それ以前に種族すらバラバラだ……。それでも……心を繋げることができるかもしれないし、繋ぎたいと思った……。

アルトがゆっくり顔を上げて、僕の目を真っ直ぐ見つめた。

「かぞくがなにか、よくわからない。けど、ししょうといっしょがいい。おれもししょうと、かぞくになりたい」

「うん。今はわからなくてもいいと思うんだ。……ゆっくり家族になっていこう」

アルトの目を見て、僕も微笑む。つられて笑うアルトに頷いてから立ち上がり、トゥーリの方を見ると、今度はトゥーリが泣いていた。

「トゥーリ……?」

彼女の名前を呼んでも反応がない。

「トゥーリ」

「あ……」

トゥーリは泣いていて声をだすことができないのか、俯いて地面に涙を落としていた……。アルトが心配そうな表情で近寄ろうとしたが、結界に阻《はば》まれる。透明《とうめい》な壁に驚き、僕を見た。

「トゥーリは、そこからでられないんだよ」

「……」

アルトは悲しい顔になってトゥーリを見ていた。きっと……奴隷商人に檻《おり》に入れられて売られていた記憶と重なったのだろう。頭を撫でると、アルトはほっとしたように体から力を抜いた。

「トゥーリ、どうしたの？」

「ごめん……なさい……」

「謝らなくてもいいから、泣いている理由を話して欲しい」

彼女の青灰色の瞳を覗《のぞ》き込みながら、できるだけ優しく聞いた。

「家族なんて……もう、私には縁《えん》がないと……おもっ……」

僕が二人と家族になりたいと願ったことに、トゥーリはこの先の希望を見たのだと思う。できることなら、彼女を抱きしめたかった。だけど、僕とトゥーリを阻んでいる結界がそうすることを許さない。満足に慰《なぐさ》めることすらできないこの状況が、歯がゆかった。

アルトがしゃがみ込んで、トゥーリを心配そうに見ている。彼女がそんなアルトに気付き、優しく微笑み返した。

「初めまして、私はトゥーリというの。貴方は？」

「おれは、アルト」

「アルト？　素敵《すてき》な響きね」

名前を褒められて嬉しかったのか、地面を掃《は》くようにアルトが尻尾を振った。トゥーリがさりげなくアルトの尻尾を見て、また小さく微笑んだ。

「ししょうが、つけてくれた」

アルトが嬉しそうに告げると、トゥーリは驚き、そして、その瞳に少し悲しみを宿した。名前が両親から与えられたものではないことに、胸を痛めたのだろう。だけど彼女は、そのことには言及せずに話を続けた。

「そう。とてもいい名前を贈られたのね。私の名前もセッナがつけてくれたのよ。アルトと一緒ね」

アルトが『本当に？』というような視線を向けたので、僕は頷いた。優しく目を細めてアルトと話すトゥーリは、穏やかな空気を纏っていた。僕と話しているときとは全く感じが違っている。アルトと語り合っているのが、本当の彼女の姿なのかもしれない。僕ともこんな感じで話してくれるよう願った。

「私の名前は、風という由来があるんですって。アルトの名前の由来は？」

「ゆらい？」

「ん……名前が持つ意味みたいなもの？」

名前に意味があると聞いて、アルトは耳を忙《せわ》しなく動かしながら、僕に期待の眼差《まなざ》しを向けた。

「ししょう、あるとって、どういういみ？」

そんなアルトの様子に、手を口に当てて軽く笑いながら、僕は答える。

「え……？　意味なんてないよ⁉」

もちろん、アルトの名前にもちゃんと意味はあるけれど、即答した僕にアルトは、嘘だと訴えるような目をした。

「セツナ……？　アルトをいじめるのはいけないわ」

そのやりとりを眺めていたトゥーリが苦笑しながら、アルトをからかっていることを注意してきたので、僕は笑うのを止めた。そして、名前の意味を伝えるために、鞄の中から竪琴《たてごと》と魔道具を取り出した。鞄にしまえない大きさのものを取り出したにもかかわらず、トゥーリは驚くことなく僕の手元を見ていた。もしかしたら、カイルの鞄を見たことがあるのかもしれない。

「アルトの名前の由来はね、二つあるんだ。一つは女性の声の高さを表す言葉なんだ。高い方を『ソプラノ』、低い方を『アルト』っていうんだよ」

「たかい、ひくい？」

アルトには声の高さという概念《がいねん》が、まだ、わからないようだ。

「そうだな……。うん、トゥーリは声の高い女性、レイナさんは声の低い女性なんだけど、わかった？」

アルトは首をかしげていたが、少しして自分の中で納得ができたのか、尻尾をくるくるさせて、叫んだ。

「わかった！　トゥーリさんはソプラノ、レイナさんはアルト、ダリアさんもアルト！」

「え……あっ……うん……」

僕はとてつもなく違和感を覚えたのだけど、訂正するのははばかられ、微妙な返事になる。トゥーリが不思議そうな顔で見ているので、いつか機会があったら話そうと思った。

「でね『ソプラノ』と『アルト』で合奏をするとき、『ソプラノ』は綺麗な旋律《せんりつ》を奏《かな》でることが多いんだ。こういう風に……」

僕は簡単な曲を竪琴で奏でると、アルトとトゥーリが目を丸くして、食い入るように僕を見ていた。元の世界で竪琴など弾《ひ》いたことはない。だけど……この体はまるで音楽に愛されているのかと思うほど、指が自然に動いた。きっと……花井さんかカイルのどちらかが会得《えとく》していたのだろう。戦《せん》闘《とう》だけではなく、様々な経験が僕に蓄積《ちくせき》されているのだと、日々実感し驚くことも多かった……。

僕は本当に……二人から特別なものを貰ったのだと、忘れないように胸に刻み感謝していた……。

「それでね、今の曲を『アルト』の旋律で奏でるとこうなる」

『ソプラノ』とは違う旋律に、二人は少し微妙な表情を浮かべた。その素直な反応に内心笑う。

「この二つを一緒に奏でると、こうなるんだよ……」

『ソプラノ』の演奏を録音していた魔道具を再生し、僕はもう一度『アルト』の旋律を演奏した。

簡単な合奏だったけれど、二人には衝撃的だったのか目を見張っている。

「どう？　『ソプラノ』の旋律だけのときもいいと思うけれど、『アルト』の旋律が重なるとよりよくなったと思わない？」

僕の言葉に、二人が同時に頷いた。

「これは……僕の勝手な解釈なんだけどね、『アルト』の旋律は『ソプラノ』の旋律を補佐《ほさ》しているようだと感じたんだ」

「ほさ？」

「そう……。支えるという意味かな？」

「そっかー。もうひとつの、いみは？」

「もう一つは、楽器の名前になっているんだよ。目立たない楽器なんだけれど、とても大きな役割をもっているんだ」

「おおきな、やくわり？」

首をかしげて僕を見るアルトに、一度頷いて続きを語る。

「そう。一つの大きな音を作るときに、その音同士を支える役割をもっている楽器なんだ。表舞台《おもてぶたい》に出ることは少ないのだけれど……その楽器はとても重要な役割を担っているんだよ」

「じゅうよう……」

「アルトの名前は【音】に関する由来なんだ。だから、誰かや大切な人を支えられるような大人になって欲しいという願いを名前に込めて、君に贈ったんだよ」

二つとも地球での言葉や意味になるけれど……それは伝える気はない。アルトは黙り込んで僕の言葉を反芻《はんすう》して、その意味を咀嚼《そしゃく》しているようだった。そんなアルトを僕は静かに見守る。

「セツナ……」

アルトの思考の邪魔にならないほどの声音で、トゥーリが僕を呼ぶ。

「うん？」

「演奏上手……」

彼女に褒められたことに内心驚きながらも、それを隠しながら軽口を叩く。

「少しは惚《ほ》れてくれた？」

「もう……」

あさっての方向を見てプイと膨れてしまったトゥーリを、愛《いと》しいと思う。そして、ゆっくりと溶《と》かされるような想いを実感し、重症だなとも思った。恋とはたった数時間でこれほど感情を揺るがされるものなのだろうか。色々戸惑うことばかりだけれど、そんな初めての感情を大切にしたいとも思った。

「ししょう」

思考の中から僕を呼び戻したのは、アルトの声だった。

「何かな?」

「なまえ、ありがとうございます」

アルトの真摯な瞳に、僕はただ笑って頷くことしかできなかった。アルトが僕にお礼をいってくれたことが、……大切にする……僕が贈った名前を大切にする、そういってくれたようで嬉しかったから……。くすぐったい気持ちになりながら、僕は竪琴を鞄にしまおうとした。すると二人が同時に声を上げた。

「あー!」

「あ……」

その反応に驚き、竪琴をしまう手を止めて、二人を見た。

「何……?」

「ししょう、もっと」

「セツナ、もっと演奏して?」

二人して同じ願いを口にするが、僕はにっこりと笑い、短く返答した。

「嫌」

二人は僕が断るとは思っていなかったのか、憮然《ぶぜん》としていた。この二人の思考は、もしかしたら似ているのかもしれない……。竪琴をしまってからアルトを呼ぶ。

「アルト」

「はい」

アルトの注意が僕に向いたのを確認して、改めてアルトにトゥーリを紹介した。

「トゥーリは、僕のお嫁《よめ》さんになったんだよ」

「え⁉　こいびと、ちがうの⁉」

「恋人で、お嫁さん」

僕の紹介に、トゥーリが少し複雑な表情で笑った。彼女のそんな笑みに気付かない振りをする。

アルトは恋人や嫁という言葉は、ダリアさんから教えてもらって知っている……。その意味も簡単にだが理解している……のか……？　まぁ……聞かれたら答えることにしよう。そう思っていると、アルトが僕とトゥーリを見比べて、そして僕達の右手首にお揃《そろ》いの腕輪を見つけて、顔を曇《くも》らせた。

「アルト……？　どうしたの？」

アルトが急にしょんぼりしたので声をかけると、トゥーリがその理由を言い当てた。

「セツナ。もしかしたらアルトは仲間はずれみたいに思って、寂しいのかも」

耳を寝かせていたアルトは、弱々しく頷いた。

「……そうはいっても、右腕に腕輪をはめるわけにはいかないよね？」

「そうだけど……」

右腕の腕輪は、将来アルトとアルトの伴侶になる人のためのものだから、僕が勝手につけるわけにはいかない。でも、しょんぼりしてしまったアルトを眺めていると、可哀想《かわいそう》になってきた。それで、鞄の中に手を入れると指輪を一つ創り、それをアルトの左手薬指にはめた。この世界では指輪に深い意味はない。左手の薬指にはめられた指輪を見て、アルトは不思議そうな顔をした。

「しょう？」

「僕とトゥーリの指を見てごらん？」

アルトは自分の指から僕の指に、そしてトゥーリの指へと視線を移していく。

「これは、僕達3人が家族だという証。お揃いの指輪だよ」

アルトは自分の指を見てから、僕とトゥーリの指を確認する。そして、もう一度自分の指にはまっている指輪に視線を落として、幸せそうに笑ってくれた。トゥーリもアルトのその笑顔を見て、嬉しそうに笑った……。

「ししょう、とぅーりさん、けっこん、おめでとう」

「ありがとう」

「ありがとう……アルト。私のことはトゥーリと呼んで。さんはつけなくていいわ？」

二人が楽しそうに会話をしているのを見守りながら……僕はここで手に入れた自分の家族を、命懸けで守ろうと誓った。


色々な意味で継《つ》ぎはぎだらけの家族だけれど、僕は素直に嬉しかった。ただ、問題が一つある。トゥーリとアルトと共にどこかで生活できれば一番いいのだけど……そうすることができないのはわかっていた。トゥーリはここから離れることはないだろうし、僕はアルトとまた旅にでる。

……トゥーリを一人残すことになるのが、不安だった。そんなことを考えながら、ぐるっとこの洞窟を改めて見渡した。この広い空間で独り……。それが彼女に与えられた罰なのだとしても……僕は彼女を独りにしたくはない。そんなことを考えていると、トゥーリがアルトに何か質問しているのが耳に届く。

「アルトのポケットからでている……ものはなに？」

「ぽけっと？」

「……お人形……？　ポケットから小さな手がでているのだけど……」

ポケットから人形の手？　アルトは人形なんて持っていない。アルトの持っているものが気になって、僕も視線を向けた。彼女の言葉にハッとして、ポケットの中から何かを取り出した。そういえば……アルトは崖から落ちるときに何かを掴んでいたような気がする。

「アルト……どうして崖から落ちるようなことをしたの？」

「うー。ししょう。ごめんなさい」

「うん、次から気を付けようね」

耳を寝かせながら謝罪するアルトに、十分反省しているようなので叱《しか》ることは止めた。

「それで、どうして落ちたの？」

「これが、あるいてて、おちかけてたから、ひろった」

そういってポケットから取り出したものを、僕に手渡した。落ちると思ったときに咄嗟《とっさ》にポケットに突っ込んだのだろう。アルトから受け取ったものをじっと見つめるが……人形のように見える。トゥーリも結界越しではあるが、興味深そうに僕の手の辺りを見ていた。

「これは……何だろう……？」

自分の手にある不思議なものを、トゥーリにも見せる。

「精霊《せいれい》ですね、気を失っているようですけど」

「精霊？　これが……？」

精霊と聞いて、アルトが目を輝かせた。キラキラとした眼差しを僕の手の中にいる精霊に向けている。

「はい。魔力を与えたら意識が戻るかもしれません」

トゥーリが教えてくれたので、魔力を与えてみることにした。

「だけど、魔力を与えるということは……あっ……」

「……」

トゥーリが話している途中で、魔力を与えてしまった。何か嫌な予感がする……。

「与えるということは……？」

「ご主人様」

僕の言葉を遮って……アルトのものでもトゥーリのものでもない声が……僕の耳に聞こえた。気のせいだと思いたいのに、トゥーリがその答えを一切《いっさい》の慈悲《じひ》なく僕に告げたんだ……。

「精霊と契約するということですね……」

「トゥーリ……。そういうことはもう少し早くいってくれないと……」

「私がいう前に、セツナが魔力を与えてしまったのでしょう？」

トゥーリが苦笑しながら、異議を申し立てた……。

「ご主人様」

「そこは、上手く遮ってくれないと……」

「そんな難しいことをいわれても……」

「ご主人様っ‼」

聞こえない振りをしていたのに……ここまで何度も叫ばれては諦めるしかなかった。僕は精霊に視線を落として最後の悪あがきを試みる。

「誰のことを呼んでいるのかな？」

「もちろん、ご主人様のことなのですよ！」

「僕が君の主《あるじ》だというのは、もう決定事項《じこう》？」

出来るならなかったことにして欲しいのだけど……。

「もちろんなのですよ！」

無理なようだ……。

「君を助けたのはアルトだよ？」

僕はそう告げてアルトの方に視線を向けると、精霊はアルトににっこりと可愛く微笑んだ。

「アルト様、危ないところを助けていただき、ありがとうございますなのですよ」

僕の手のひらの上で小さな精霊は、優雅《ゆうが》にアルトにお辞儀《じぎ》をして感謝を示した。

「うん。たすかって、よかったね」

アルトは、優しく笑ってその無事を喜んだ。

「トゥーリ、精霊というのはこんなに礼儀正しいものなの？」

僕の頭の中にある精霊の情報と、目の前にいる精霊がどうも結びつかない。カイルは精霊と契約していたという記憶があるのに、なぜか精霊に関する情報が少ない。その情報も……精霊は口が悪いし、態度もでかいという程度のものだ。残りは……精霊と契約したあとのことが少し。カイル達は、精霊に興味がなかったのかもしれない。

「生まれたばかりの精霊の性格は、契約する人の魔力で決まるのだと思います」

「それは、どういう意味？」

「もともと、これぐらいの大きさの精霊は存在しているだけなのですが、魔力を与えることによって自分の存在意義が確立される……そんな感じだと思います」

その説明から、どうして僕の中の情報の精霊が口が悪く態度が大きいのかの謎が解けた気がする。

そのどちらもカイルが魔力を与えたせいなのだと……。

「じゃぁ……この子の性格は僕が魔力を与えたから？」

「そうなりますね」

トゥーリはそういうと、クスクスと笑った。彼女が初めて笑う様子を、思わず見つめてしまう。

トゥーリは僕の視線に気付いてこちらを見たので、僕は何でもないと首を横に振り、精霊に視線を戻したのだった。


さて……固唾《かたず》をのんで僕を見つめる精霊を手のひらから地面に下ろし、どうしたものかと考え、精霊に何ができるのかを聞いてみた。

「私は大地と水の精霊なのですよ。なので、植物を育てることが得意なのですよ」

小さな精霊は、そういって胸を張った。植物を育てるのが得意なのか……。だけど、この大きさでどうやって育てるんだろう？

「君は、それ以上大きくなれないの？」

「ご主人様が名前をくだされば、大きくなれるのですよ」

「また名前……」

期待のこもった眼差しをこちらに向けている精霊と、僕の隣でわくわくとした表情のアルト、そして、トゥーリはアルトと精霊を見て、優しい笑みを浮かべていた。そんな彼女の表情を目にしながら、精霊の名前を考える。植物を育てるのが得意ということなので、植物にちなんだ名前を思い浮かべる……。植物……植物……。

アルトの名前の由来も、トゥーリの名前の由来も……元の世界のものだ……。なんとなくだけれど、この世界の言葉で名前をつけるのが、嫌だったんだ。だから……この子の名前も、元の世界の言葉から持ってきた。

「クッカ。君の名前はクッカにしよう」

「クッカ？」

「そう」

精霊が真剣に、クッカ……クッカ……と繰り返し呟いている。

「セツナ。クッカの名前の由来は何？」

トゥーリが精霊を見ながら、そう聞いてきた。

「花。花という意味だよ。この子にピッタリの名前でしょう？」

僕とトゥーリの会話を聞いていた精霊が……自分の名前の由来を耳にしたと同時に、ご満悦《まんえつ》という言葉が相応しい笑い方をした……。その笑みを見て何か……間違ったような気がしてならない。

「ご主人様。ありがとうなのですよ！」

訝しげに見る僕の視線を気にすることなく、礼を告げながら、何かを宣言するように声をだした。

「主より賜《たまわ》りし名は【クッカ】。この名を以《もっ》て、契約を完了とする」

そう宣言すると彼女の体が光り、体の輪郭《りんかく》がはっきりとしだした。その光が収まると僕達の前には、３歳ぐらいの女の子が立っていた。手のひらに乗るぐらいの精霊が一気に大きくなったことで、アルトとトゥーリが目を丸くしてクッカを見ていた。しかし、僕はそんなことより、別のことが気になっていた。

契約完了……？

「ねぇ、クッカ。契約完了って、僕が名前をつけなかったらどうなっていたの？」

「そのまま、自然消滅なのですよ」

やられた……。名前をつける前から僕のことをご主人様と呼んでいたから、てっきり魔力だけで契約が完了したと思っていたのに……違ったようだ。魔力を与える前に精霊やその契約について調べておくべきだったと後悔する。

仕方がないので、今からでも契約の解除ができないかを調べようと思ったけど、止めることにした。トゥーリやアルトがクッカをかわいがりだしていたから。まぁ……色々と思うところはあるけれど、受け入れることに決めた。

それに、クッカがここにいれば、少しは安心かもしれない。トゥーリを独りにしなくてすみそうだから。ただ、用事もなくクッカを残していくといったら、トゥーリが自分のせいだと気に病《や》むに違いない。それは避《さ》けたいと少し考え、良案が閃《ひらめ》いた。

「それじゃ……精霊と契約を結べたことだし、クッカの仕事場を創るとしようかな」

僕は笑ってクッカと視線を合わせた。すると、ばつが悪そうに視線をそらして、小さな声でいった。

「……ごめんなさいなのですよ」

謝るということは、こういった契約の方法が、褒められたものではないからだろう。

「謝っても、もう遅いよね？　契約は完了してしまったんだから」

僕の言葉に、クッカはしょんぼりとした。

「ししょう、くっかを、いじめちゃだめ」

アルトの台詞にトゥーリが微かに笑う。その言葉は先ほどトゥーリが僕にいっていたものだ。

「まぁ、アルトに妹が出来たってところかな。家族は多いほうが楽しいし、僕は怒《おこ》っていないから心配しなくても大丈夫だよ」

クッカは許されたことで、可愛らしい笑みを見せてくれる。僕はアルトのときと同じようにして指輪を創ると、クッカの小さな薬指に指輪をはめた。その時に僕とクッカに一つの魔法を刻む。クッカは悲しそうな目で僕を見たけれど……僕はその魔法を解くつもりはなかった。

家族ということで、クッカに僕の名前を呼ぶように告げたのだが、無駄だった。頑なに受け入れないのだ。涙目になって抵抗《ていこう》しているクッカに、それ以上強くいうこともできず、精霊と契約者の関係はそういうものなんだろうと納得することにした。トゥーリにいわせると、僕にそっくりだというけど、その点については納得できない。

アルトとクッカが指輪を見せ合いながら、色々と話している。先ほど出会ったばかりだというのに、そんなことを感じさせないほど仲がいい。そんな二人をトゥーリは楽しそうに眺めていた。もしかしたら、彼女は子供が好きなのかもしれない……。

そんな3人を横目で見ながら、僕は魔法を構築し展開していく。いつもは風魔法を中心に魔法を使用するが、今回は空属性と時属性以外の魔法を使って構築していった。

僕はこの洞窟に薬草畑を作るつもりだ。洞窟の入り口を起点としてトゥーリがいる結界までの範囲を認識する。植物が育ちやすい土にするために土の魔法を、水の供給のために水の魔法を展開する。そして、栽培《さいばい》する薬草に適した気候になるように、入り口側から結界へと風と光と闇《やみ》の魔法を定着させていく。もちろん、その温度差が周りに影響を与えないようにすることも忘れない。これで寒い地域の薬草も暖かい地域の薬草も育てることができるだろう。

最後に、この洞窟全体に結界を張った。僕が認めた者しか入れないようにするためだ。あとは適当に必要だと思う魔法や思いついた魔法を付け足していった。それなりに立派な畑になったんじゃないだろうか。

この畑が、クッカを残すために考えた答えだ。元々、依頼のたびに薬草を採りにいくのは手間だと考えていたので、それを理由にすれば、トゥーリは自分のためにクッカが残されたとは思わないだろう。

すべてが終わると、この場にかけた色々な属性の魔法と魔法が反応し、ひととき、洞窟全体に眩《まばゆ》いばかりの光が降り注いだ。その現象にトゥーリとクッカが綺麗だと感嘆《かんたん》の声を響かせ、アルトは完成した畑そのものに興味を示して、何を作ったのかと聞いてきた。

「ししょう、なにをつくったの？」

「ここに薬草園を作ろうと思ったんだ」

「やくそうえん？」

「そう」

アルトに頷いてから、僕はクッカの方を向いて口を開く。

「クッカは、植物を育てるのが得意なんだよね？」

「得意なのですよ！」

「僕が薬草の種とか苗《なえ》をここに送るから、それを育てて増やしてくれる？　ここで薬草が採れると、依頼のたびに遠出しなくてすむから助かるんだ」

「はいなのですよ」

クッカはじっと僕を見つめてから頷き、元気よく返事をしてくれた。僕のそばにきたクッカの頭を撫でると、気持ちよさそうに甘えてくる姿に、思わず笑みが浮かんだ。

「セツナ……」

トゥーリが僕達を隔てている結界に手を当て、静かに僕の名前を呼ぶ。その瞳を見つめながら彼女のところまで歩いていき、結界越しに手のひらを合わせた。トゥーリと僕の視線は交わったままだ……。

「そういうことで、クッカをここに残していくけど許して欲しい。トゥーリもクッカと一緒にいれば寂しさも少し減るでしょう？　独りは寂しいからね……」

はらりとトゥーリが涙を落とした。それを見て、アルトとクッカが慌てて走ってくる。そして、僕を見上げながら、叱るようにいった。

「ししょう」

「ご主人様」

二人が僕に何かいおうとするのを、トゥーリが慌てて遮った。

「違う……の、嬉しかったの……」

アルトとクッカは二人で話していて、僕とトゥーリの話を聞いていなかったようだ。嬉しくて泣いているというトゥーリに首をかしげながらも、二人は泣いている本人に止められたこともあり、ハクッと口を閉じていた。泣いているトゥーリを二人が慰めている横で、僕は彼女のいる場所を見渡した。そして、気になったことをトゥーリに問う。

「トゥーリ、君はどこで寝ているの？　僕達から見えない場所にベッドとかあるのかな？」

僕の質問に、トゥーリは目を逸《そ》らす。

「あ……あります」

嘘だ。彼女のわかりやすい嘘に、内心ため息をつきながら口を開いた。

「本当に？」

「……ありません」

僕から視線をそらしていい直したトゥーリに、それ以上、追及《ついきゅう》できなかった。もう一度彼女の後ろを見渡して、どうするかを考える。必要なものを頭の中でまとめ、想像具現で創っていくことに決めた。この能力は本当に便利だと思う。体に摂取《せっしゅ》するもの以外なら、何であれ作ることができるのだから。

カイルの能力に感謝しながら、僕は絨毯《じゅうたん》、ベッド、座卓《ざたく》、クッションなどを創り、トゥーリの方へと見栄《みば》えよく転送し配置していく。足りないものはあるかもしれないけど、部屋らしくはなった。飾《かざ》り箱を一つ創り、そこに便箋《びんせん》や封筒、そして、ペンなどを入れて、座卓の上に転移させる。そして、僕と手紙のやりとりができるように、トゥーリの手紙などを僕の鞄へ転送するための魔法陣《じん》を、座卓に刻む。

「セ……セツナ……？」

「うん？」

「どこから出したの⁉」

「ご主人様、凄《すご》いのですよ！　私にも創ってくださいなのですよ‼」

若干一名すがすがしいほどに遠慮《えんりょ》のない催促をするが、頼まれなくても、創るつもりでいた。トゥーリの問いに彼女と視線を合わせ「内緒」と告げる。彼女は少し腑に落ちない顔をしたけれど、僕に話す気がないのだとわかると、それ以上聞くことはなかった。彼女にしてみれば、僕が何者なのか知りたいところだろうけれど、僕自身……どう答えていいのかわからない。自分が何なのか……僕が一番わからないんだ……。

「ご主人様、私にも創ってくださいなのですよ！」

クッカが僕の思考を遮るように、足下にきてぴょんぴょんと跳《と》びはねた。楽しそうにしているが、クッカが僕を見る瞳の色は、微かに心配そうな気配を帯びている。精霊は契約者の感情を共有することができるからだろう。だけど、僕の感情など気にせずに、クッカには生活して欲しいと思ったから、僕の感情が流れないように魔法をかけた。それでも……すべてを遮ることはできないようだ。

僕を心配しているクッカに大丈夫と伝えつつ、想像具現の能力を使い、同じものを創ってあげた。

クッカの座卓にも魔法陣を刻み、僕とやりとりが出来るようにしておく。これで薬草の苗や種や手紙も送ることができるだろう。少し考えてから、トゥーリとクッカの間でも転送できるようにしておいた。

「ご主人様。ティーセットも欲しいのですよ」

この何もない洞窟で快適に過ごすために必要なのですよと、にっこりと笑いながらクッカは僕を見た。殺風景だったこの洞窟も、結界を挟んで二人部屋のようになっていて、過ごしやすくはなったのだろうけど、確かに余暇《よか》を彩《いろど》るものは何もなかった。これまでの彼女の言動から、見た目は3歳ぐらいだけれど……精神年齢は高いのかもしれないと思った。精霊という存在が、どういったものなのかわからないので、これから知っていこうと思う。

「トゥーリもいるよね？」

「え……この結界内には、水があるので平気です……」

「平気なだけで……お茶を飲むのは好きでしょう？」

トゥーリは一度首を横に振ろうとするが、今度は素直に僕の言葉に頷いた。僕は柄《がら》の違うティーセットを4組創り、それを入れる棚《たな》も2つ創る。その日の気分によってティーカップを選べるようにしておいた。些細なことだけど、それが気持ちを癒やすきっかけになるかもしれない。棚に4種類のカップを入れ、トゥーリ側に転送し配置する。その他に必要なものも棚の中に入れておいた。

「ティーポットに水を入れると、勝手にお湯が沸《わ》くようになっているからね」

僕の説明にクッカが驚いた顔をして、その次に嬉しそうに笑って僕の足に抱きついた。

「ご主人様、ありがとうなのです！」

クッカのその喜びように、精霊はお茶が好きなのかもしれないと思った。これほど喜んでもらえるなら、創ったほうとしても嬉しい。トゥーリは棚からそっとカップを一つ取り出し、まるで宝物に触れるかのように、その質感を楽しんでいるみたいだった。

あぁ、そうか……。ただの空間が広がる洞窟の中で、彼女の持ち物は……その身につけている服と琥珀のペンダントぐらいなのだろう。その他は彼女を閉じ込める結界と……土や岩しかなかったんだ。真剣な目でカップを触って眺めている彼女を見ながら、僕はクッカに話しかける。

「水は、クッカが用意できるよね？」

「はいなのですよ！」

「それじゃぁ、お茶になりそうな植物も、薬草の苗や種と一緒に送ることにするね。とりあえず、今日は僕が持っているお茶を飲もう。クッカいれてくれる？」

自分の鞄の中にあるお茶の葉を、クッカに渡す。

「はいなのです。任せてくださいなのですよ。使ったお茶の葉は、私が責任を持って大地に戻すのですよ！」

「頼んだよ」

クッカに頷いて、鞄からカップをだして渡す。アルトもクットの国で自分で選んで購入したカップを鞄から取り出し、クッカに渡していた。クッカは嬉しそうにお茶の葉とカップを受け取ると、さっそくお茶をいれる準備を始めた。

「トゥーリ様のカップも、こちらに送って欲しいのですよ」

「座卓の上に転送魔法陣を刻んであるから、そこにカップをのせるといいよ」

クッカの要望と僕の説明を聞いて、トゥーリは手に持っていたカップを、転送魔法陣の上にのせた。すると座卓の上に刻まれた魔法陣が起動し、トゥーリ側のカップがクッカの座卓の上へと転送される。クッカはお茶をいれることに専念し始め、アルトはその姿をじっと眺めていた。新しい魔道具が珍しいのか……お茶が待ち遠しいのか……。鞄から数種類のお菓子《かし》を取り出してアルトに渡し、それぞれのお皿に盛りつけて欲しいとお願いした。

「たくさんある！　ぜんぶ、ならべても、いいの⁉」

「うん。みんなで食べよう。お願いできる？」

「はい！」

お皿とお菓子を受けとり、それぞれのお菓子の数を数えて、平等になるように真剣な表情で盛りつけていく。

「トゥーリ、何か欲しいものはない？」

「欲しいものですか？」

多分、彼女はないと答えるだろう。それでも、聞いてみた。

「そう。それだけじゃ、部屋が寂しい感じがするから」

「……大丈夫です」

そう告げて彼女は、目を細めて僕を見た。気遣ってくれたことが嬉しいと、伝えてくれているような眼差しだ。だけど……彼女のその瞳の奥に、僕は違う感情が隠れているのを見つけた。今は、そのことに触れないようにして、自己満足だと理解しつつも、トゥーリの部屋がもう少しどうにかかならないかと考える。

必要なものを創って配置したが、どこか殺風景だ。まぁ……場所が場所だから仕方がないのかもしれないけれど……。何か飾りになるようなものでも創ろうかと考え、女の子が好きそうなものって何だろうかと思案していると、中学時代の鏡花の言葉が、脳裏に浮かんだ。

『おにーちゃん。この部屋なんか寂しいから、鏡花がぬいぐるみを持ってきてあげたからね！』

『いや、全然寂しくないから、持って帰って？』

『えー！　これ私のお薦めだよ！　学校でも人気があるんだよ！』

可愛くラッピングされた袋《ふくろ》から取り出されたのは、ウサギのぬいぐるみで……。必要ないから持って帰って欲しいといったのに……部屋に飾られてしまったのを思い出した。学校の女子の間で、人気があると話していた。もしかすると、女の子はあんな感じのぬいぐるみが、好きなのかもしれないと閃《ひらめ》いた。

あの時のウサギのぬいぐるみを創ろうとして、大きさをどうするかを考える。鏡花はなんといっていただろうか……。そうだ、こういっていたんだ。

『でっかい、ぎゅぅって抱きつけるぐらいの大きなぬいぐるみが、欲しい！』

抱きつけるぐらいの大きなぬいぐるみ……大きさってどれぐらい？　僕ぐらい？　いやそれは大きすぎるだろう……。だとしたら、トゥーリぐらいだろうか？　想像具現の能力を使って、鏡花が持ってきたぬいぐるみとそっくりなものを、トゥーリの身長と同じぐらいの大きさで創りだした。

僕の腕《うで》の中にいきなり現れた大きなぬいぐるみに、アルトもトゥーリもクッカも目をまん丸にして凝視していた。その中でいち早く動いたのはアルトで、尻尾を勢いよく振りながら、僕のそばにきた。

「ししょう！　なにそれ！　なにそれ！」

初めて見るぬいぐるみに、アルトは興味津々だ。だけどアルトとは反対に、クッカは冷たい視線を僕に向けている……。どうしてだろう……。

「ご主人様。もしかして、その不気味なぬいぐるみは、トゥーリ様への贈り物なのですか？」

容赦《ようしゃ》のないクッカの言葉にトゥーリを見ると、彼女も微妙な顔をしている……。

「……セツナ？」

困ったような声で僕を呼ぶトゥーリに、自分が何かを外したことを理解する……。だけど、アルトは凄く欲しそうにしているんだけどな。僕が創りだしたウサギのぬいぐるみ……。鏡花が一番のお薦めだというぬいぐるみは、白目をむいたウサギの頭に斧《おの》が刺さって血が流れてる……。とりあえず……頭の上についている斧を外して血を消してみたのだが、それでもクッカの冷たい目は変わらない……。

確かに……どう見ても不気味としか思えないぬいぐるみだと感じていたんだ。だけど、鏡花が可愛いといっていたし、今、一番はやっているぬいぐるみだとも話していた。……だから、男の僕にはわからない何かがあるのだろうと、今の今まで思っていたんだ。もしかして……鏡花の趣味《しゅみ》が変なのか……？　一瞬そんなことを考えたのだけど、自分の妹だけに趣味が変だとは思いたくない。思いたくないいんだ……。

折角創ったウサギのぬいぐるみは、どう考えてもクッカとトゥーリには不評そうだった。僕は二人の視線から逃げるように、アルトの前にそれをぶら下げる。アルトはもう感極まった目で僕を見て、ぬいぐるみを受け取ると、抱きついていた。ただ……ぬいぐるみの方が身長が大きいので、引きずっているけれど……。

アルトにウサギのぬいぐるみを渡し、トゥーリにはアルトぐらいの大きさの普通のくまのぬいぐるみを創って渡した。なかなかに存在感のあるぬいぐるみだったけど、これはトゥーリもクッカも可愛いといってくれた。

クッカには背負える形の、馬のぬいぐるみにした。ちょっとしたものならば、口の前に持っていくと、パクッと食べて収納してくれる。取り出すときは、それを想像して手綱《たづな》を引くと口から外にだしてくれる。クッカの希望があれば、僕やアルトと同じように何でも入る鞄にしてもいいかなと思う。

魔法や能力は本当に便利だと思う。僕が特殊なのだということは理解しているが、今は頭の隅《すみ》に追いやることにした。アルト達はぬいぐるみを見せ合いながら、楽しそうに話をしている。それを見ながらクッカがいれてくれたお茶を飲んでいた。黙って3人の話に耳を傾けていたけれど、トゥーリがそっとアルト達から離れて、僕のすぐそばに座った。結界越しではあるけれど。

「セツナ……ありがとう」

そういって微笑むトゥーリに、僕も彼女の目を見て笑い返す。だけど……その瞳には喜びの色はなかった。

「セツナ……私は……」

「トゥーリ……。その話は、アルト達が寝てからにしよう」

彼女の目を見て、僕は首を横に振った。彼女が何をいいたいのかは予想できる。トゥーリは開きかけた口を閉じ、アルト達をチラリと見て「そうね……」と呟いた。

簡単に夕食を済ませたあと、アルトとクッカはウサギのぬいぐるみで遊び始めた。最初はおとなしく遊んでいたのだが……段々と二人の動きが変化していき、最終的に遊んでいるというよりも、暴れているのかと思うほどの激しさで……。白目をむいたウサギのぬいぐるみが飛んだり、首が変な方向へ曲がっていたり、もはや、ウサギがいつ壊れても不思議ではない動きになっている。

アルトにとってぬいぐるみは、愛《め》でるためのものではなく……振り回して遊ぶためのものなのだと、この時に僕は気が付いた。ぬいぐるみの取り合いをしている、わんこと子供の姿が脳裏に浮かんだ……。子犬……いや子狼だしな……。しかしあれではすぐに、ぬいぐるみのどこかがもげるかもしれないと思い、僕は保護の魔法をかけておいた。念のため、トゥーリとクッカのぬいぐるみにもかけておく。これで、壊れないし汚《よご》れないはずだ。

散々暴れまわったからか、そろそろ夜も更《ふ》けようかという時間には、もう、アルトとクッカは疲れ切った様子で眠っていた。クッカのベッドで二人並んで寝ているが、アルトは狼《おおかみ》になって丸まっている。クッカとトゥーリの前で狼になるか少し悩んでいたようだが、僕がトゥーリ達の前で魔法や能力を隠すことなく使用していたことで、アルトも自分を見せることにしたようだ。トゥーリが子狼のアルトを見て、目を輝かせていたのが可愛らしかった。結界が無ければきっとトゥーリは、アルトを抱きしめていたと思う。

言葉では説明できないほど暴れていたから、アルトもクッカも疲れて明日の朝までは目を覚まさないだろう。それでも……僕達の声で起こさないように、二人のベッドの周りに魔法で結界を張った。……これから始まる僕とトゥーリの話を聞かれたくなかったし、邪魔されたくもなかったから。

「さて……トゥーリ。話をしようか」

二人が眠りについたあと、トゥーリは暗く落ち込んで何も話さなくなった……。

「……」

「僕に話したいことって、何かな」

ずっと考え込んでいるトゥーリに話しかけ、彼女が喋《しゃべ》り始めるのを待つ。彼女は両手を温めるようにティーカップを持って俯きながら口を開いたが、話すきっかけがつかめないのか、すぐに口を閉じてしまった。トゥーリがこれから話そうとしている事柄について、僕はおおよその見当を付けていた。だから、僕から彼女にその話を振ってみる。

「トゥーリは、僕と一緒にいたくないと思っている？」

僕の言葉に、一瞬、顔を上げて僕と視線を交わすが、すぐにその目を僕から逸らした。

「トゥーリがその考えに至ったのは、自分が幸せを享受《きょうじゅ》する後ろめたさを覚えるから？」

トゥーリは何も答えないけれど、微かに揺れた体が彼女の気持ちを僕に教えていた。

「……今、トゥーリが感じている罪悪感や後ろめたさを理解することはできる。きっと君は、何十年たっても何百年たっても……君が生きている限り、それと向き合っていくと思うんだ。自分の犯した罪を生涯忘れることを、よしとはしないだろうから」

「……」

「でも、共感することはできない。だって、これからの人生をトゥーリには楽しんで生きて欲しいと、僕は思っているから。忘れることはないだろうし、忘れてはいけないことだとも思うけれど、それでも君が自分の人生を大切にすることを、僕は願う」

彼女は顔を上げることはなく、何も答えない。

「トゥーリにベッドはあるのかと聞いたときに、君はあると答えた。そう答えた理由は、自分が暖かいベッドで眠る権利などないと思ったからでしょう？」

黙って話を聞いていたけど、トゥーリの肩が大きく揺れた。

「僕がベッドや座卓を創って配置するたびに、君の瞳は曇っていった……」

彼女に渦巻く様々な感情からか、トゥーリは涙を落としていた。

「アルトとクッカがいる手前、嬉しそうにしている風ではあったけれど、本当は僕がトゥーリに何かを渡すたびに君は罪悪感に揺れていた。気が付いていたんだ。トゥーリが幸せを享受したいと思っていないことに。だけど僕は、君を地面に寝かせるのは嫌だと思った」

トゥーリは俯いて、その瞳からハラハラとこぼれ落ちる涙が地面をぬらしていく。肩を震わせて泣いているトゥーリを慰めなければと思うけど、ぐっとこらえる。この忌々《いまいま》しい結界を壊さないようにと言い聞かせながら、自分を抑えることに意識を集中していた。

「トゥーリ。これは全部……そう全部僕の我が儘なんだ。君が後ろめたくて、幸せを受け入れることができないのなら、僕が君の手を引いていく。無理矢理にでも。だから、すべて僕が悪い」

彼女は涙を落としながら僕を見て、首を横に振った。その瞳の色はとても暗く、絶望の淵《ふち》を覗いているみたいだ。罪の意識から、生きる望みより……すべてを諦める方向へと流れているように思う。

「だけど……いつか……そう、いつか……罪の意識でトゥーリがどうしても生きるということに苦痛を覚えるようになったときは、僕も共に逝《い》くよ。竜族の婚姻は命を共有するものだから」

「え……」

「泣き虫で……孤独を知ってしまった君が寂しくないように、君と共に僕も逝くよ」

「……」

「まぁ……できればアルトが成人するまで待って欲しいし、トゥーリが僕と出会ってよかったと思えるように、努力もするよ。トゥーリとアルトとクッカと……旅をするのもいいかもしれない」

そっと子供達を見て、トゥーリは軽く微笑んだ。アルトの将来を想像し、アルトとクッカと旅をしている自分を思い描けたのかもしれない。そんな彼女を見て、僕はちょっとだけ安心する。僕の想いは……トゥーリに幸せを享受して欲しい、それだけだった。


「セツナ……」

どれぐらいの時間が経ったのか、それとも、もしかしたらさほど経っていないのかもしれないけど、トゥーリが落ち着いた声音で僕の名前を呼んだ。

「うん……?」

青灰色の瞳を真っ直ぐに僕に向けて、トゥーリは告げた。

「それでも……。約束の1000年が過ぎるまで、セツナと会うべきではないわ……」

彼女が自分の意志を貫《つらぬ》こうとすることは、最初からわかっていた。その姿勢は理解するし、好感も持てる。それを支えたいとも、考えている。

「私は……最後までちゃんと償いたいの……」

「うん」

それでも、納得できるかどうかは別の話だ……。僕の返事に彼女は安堵したような表情を見せた。

ねぇ……その安堵は何に対しての安堵なの？　僕が君の提案を受け入れたこと？　それとも……僕と2年の間は会わなくても済むと思ったから？　彼女にその真意を問おうとして止めた。聞いたところで意味のないことだ……。

「それから……」

何かを話そうとするトゥーリの言葉を遮って、僕が先に口を開く。

「きっと君のことだから……2年の間僕と会わず、会話もしないと告げるつもりでしょう？」

彼女の考えはわかる。僕はここで言葉を止めたが、次にくる言葉もわかっていた。「だから2年の間は、自分のことは気にしないでいて欲しい」と。しかし、そんなことはできるはずがない。クッカが一緒にいるとはいえ、それでも……君が辛い思いをしていないか、寂しく思っていないだろうかと、思わないはずがないんだ。

でも、心配だから無理だと話しても彼女の決意は変わらないだろう。僕が心配するだろうとわかっても「気にしないで」というのは明白だった。だから、僕はそのことには触れずに別の理由で、それを嫌だということにした。

「僕は、トゥーリを妻だと思っている。だから、僕に教えて欲しいのだけど、竜族の夫婦は蜜月《みつげつ》をどうやって過ごすの？」

「え……」

僕の台詞にトゥーリは一気に顔を赤くしたあと、すぐに血の気が引いて青くなり、そしてその体を震わせた。

「僕にも……そういう感情はあるんだよ」

僕の赤裸々《せきらら》な告白に、彼女は体をこわばらせながら黙って話を聞いている。

「この結界を壊したくて仕方がない。好きな女性がそばで泣いているのに……肩を抱くこともできないんだ……。……そういった感情を今必死に抑えている」

僕は笑みを浮かべながらトゥーリに囁くが、彼女は僕の目を見て怯えたような表情を浮かべた。本気で笑っていないことに、気付いたのだろう。怯えている彼女を見て……冷静になった。自分の感情をなだめるように、ため息を一つ落とす。

「トゥーリがけじめをつけたいという気持ちは、僕も理解しているんだ。同じ立場になれば……同じことを選ぶだろうから。だけど……それ以上に君と会えないのは寂しいと思うし、声を聞きたいと思ってしまう。僕は君が好きだから……」

僕の素直な気持ちを言葉にして、トゥーリに伝えた。彼女は、頷いてはくれなかったが、顔を背けもしなかった。……拒絶されていないことだけはわかる。僕に恋愛感情を持っていないこともわかっている。嫌われていないだけましだと思いながらも、僕は内心でため息をついた。

僕はきっと旅をしながら彼女に会いたいと思うだろう。だけど、僕がここにくると、トゥーリが貫こうとしている気持ちを邪魔することになるのもわかっている。だから、僕が折れなければいけないこともわかっていた。

「君と2年間会わないと約束する。だから、一つだけ僕の願いを聞いて欲しい……」

トゥーリの顔色が戻っていくのを悲しく思いながらも、僕は話を続ける。

「この結界がどういう仕組みで動作しているのかを、トゥーリは知っている？」

「……私は魔力制御の習得が先で、まだ詳しくは、魔法を習っていなかったから……」

トゥーリが答えながら、首を振った。

「じゃぁ、説明するね。この結界の竜闘魔法は、トゥーリの魔力だけで補っているわけじゃないんだ。僕も初めて見たのだけれど……太陽と月と星の魔力を利用して、魔法が行使されている。そのため、この結界は新月の夜に魔力が薄くなり、一時的に効力が弱まるんだ」

竜闘魔法は自然から魔力を補充《ほじゅう》することもできるので、この結界に使われている太陽と月と星の魔力は、長期的に発動する魔法の魔力を補充するために使われることが多い。太陽と月と星の光がこの世界に降り注ぐ限り、魔力が供給される仕組みだ。

「だから……トゥーリ。せめて、月が出ていない新月の夜だけ……僕に声を聞かせてよ」

僕の言葉にトゥーリが微かに目を見張った。僕は視線を手元に移すとピアスを一つ創り、それをトゥーリに転送して渡した。

「それに魔力を込めれば、新月で弱った結界の時だけ僕と話せるようにしてある。だから……新月の夜だけでいい。僕がトゥーリを呼ぶから……君も僕を呼んで……」

僕の名前を……。トゥーリは手のひらのピアスをじっと見つめてから、そっと自分の耳につけた。

「セツナ……本当にいいの……？　私が貴方の番になっても……私は貴方に子供を抱かせてあげられない。貴方は、あんなにも子供が好きなのに……」

　想像していた言葉とは、違う答えが返ってきて少し驚く。さっきの返事を……弱みにつけこんで彼女を手に入れようとしていた僕の問いを、トゥーリは真剣に考えてくれていたのか……。

「君がいいんだ。君を傷つけて結婚しようとしたことは謝るけど、後悔はしないことにするよ。今の僕はとても幸せだから……」

「セツ……」

　トゥーリは呟くように、僕の名前を呼んだ。彼女の瞳から……大粒の涙がこぼれ落ちる。何度も僕に頷いて、淡く微笑む彼女を、僕は静かに見つめていた。彼女が何を想って……僕の呼び方を変えたのかは、わからない。願わくば、それが……好意であってくれればいいと、僕は想わずにはいられなかった。

エピローグ

◇1 【トゥーリ】

セツの寝息《ねいき》が……耳に届く。彼《かれ》が眠《ねむ》りについたことを、私は知った。

私の涙《なみだ》が止まるまで彼は……黙《だま》ってそばにいてくれた。私が落ち着いた頃《ころ》を見計らい「そろそろベッドに戻《もど》って眠ったほうがいい」と彼は告げてきたけど、なぜか離《はな》れがたかった。だから、ベッドの上の毛布を手に取って、元の位置へ戻る。それから座《すわ》り直すと、毛布を膝《ひざ》の上に掛《か》けた。

そんな私に彼は何もいわず、鞄《かばん》から毛布を取り出す。そして「お休みトゥーリ」と一言だけ口にし、そのまま地面に横になって目を閉じてしまった。多分……彼は私に気を使って先に寝てくれたのだと思う……。

……半日、あまりにもめまぐるしく状《じょう》況《きょう》が変化するので、流されるままに一日が終わってしまった。たった半日……それだけの短い時間の間に……彼は私の環《かん》境《きょう》の何もかもを変えてしまった。

セツナ……セツの言動に抗《あらが》えなかった自分を恥《は》じる反面……自分はもう独りではないのだと安堵《あんど》してもいる……。

眠っている彼の顔をじっと見つめる。10人いれば10人が振《ふ》り返るであろう彼の容姿は、眠っていても整っていた。そんなことはないとわかっているのに、彼とはどこかで逢《あ》ったような気がしてならなかった。初めて……彼の声を聞き、彼の魔力《まりよく》を感じた瞬間《しゅんかん》……どうしようもなく切なく懐《なつ》かしい気持ちに駆《か》られもした……。長い間……逢えなかった人と逢えたような……甘《あま》えたくなるようなそんな衝動《しょうどう》に駆られてしまったのを、今もはっきりと覚えている。

「不思議な人……」

思わず出てしまった言葉で、彼を起こしてしまわなかったかと心配になったけれど、セツの目が私を見ることはなかった。そのことに安堵しながら……私は今までのことを振り返っていた。

この洞窟《どうくつ》に幽閉《ゆうへい》されてから998年の時が経《た》った。私の罪が許されるまであと2年。自分が犯《おか》した罪とはいえ……独りぼっちの1000年は、想像していたよりも遥《はる》かに辛《つら》く寂《さび》しかった。竜族《りゅうぞく》に施《ほどこ》された結界の中で、私の魔力は生を失わない極限まで徴発《ちょうはつ》され、贖罪《しょくざい》に充《あ》てられた。300年ほど前に視力を失うこととなってしまったのも、私の体が魔力に渇《かわ》いているからだ。

この洞窟に明かりはなく、誰《だれ》かに会うこともなく、どこかにいけるわけでもなく、何もすることもなく、何もできず、私は生きていた。本当に、ただ……ここで生きているだけだった。だから……光を失っても、さほど困りはしなかった。そう……この場所で生かされていただけだったから。

私の犯した罪は、私の魔力をもってしか償《つぐな》うことができないと聞き、異議を申し立てる気もなく刑《けい》に服した。1000年経てばこの結界は自然と消滅《しょうめつ》し、罪が許されると、ここに幽閉されるときに聞いた。しかし、結界が消えたからといって、名前を剥奪《はくだつ》され一族を追放された私には、帰る場所などどこにもなかった。

解放されたあとは、竜国に足を踏《ふ》み入れなければ、どこでも好きなように生きればいいということにはなっている……が、それが叶《かな》わないことは私だけではなく……竜族なら誰もが理解していると思う。私は名前を剥奪されたのだから……。

竜族の名前は、生まれたときに竜王様がつけてくださる特別なものだ。一族の証《あかし》であり、誇《ほこ》りであり……そして、竜族の子供を育《はぐく》むために、竜王様が魔力の源に干渉《かんしょう》するための鍵《かぎ》なのだから……。


神様が竜に人の姿をくださったときに、竜の魔力の器《うつわ》は人の姿そのものになった。そのため、竜族の魔力の器と魔力の生産量はいびつだ。人間も獣人《じゅうじん》も魔力が生産され器からあふれだすと、肉体に吸収されて力となる。竜族もそれは同じだ、竜の姿ならば……。だけど人の姿のとき、器からあふれだす魔力を受け止める肉体はない。そのため、人の体をした器から魔力が外部に漏《も》れだし、それが続くと器がひび割れ、最後は砕《くだ》け散り死に至る。

生きとし生けるものの魔力の器はすぐに満たされるわけではない。竜族の場合は、子供になるまでに徐々《じょじょ》に器に魔力が満たされていく。逆にいえば、竜は赤児《あかご》から子供になると死ぬことになる。

その問題を解決するため神様は、自分が名前を与《あた》えた竜に対し、竜が成人するまで魔力を体内に留《とど》めさせることができる能力を創りだされ、一匹《ぴき》の竜にくださった。さらに神様は、その竜に死期が迫《せま》ると、同じ能力を持った新たな竜が生まれるようにもしてくださった。そして、その能力で守られている間に、生きるすべとして魔力制御《せいぎょ》を覚え、人の体の中に魔力を留める技術を使うことで、生きていくようにと教授してくださった。それ以降、竜族はその能力を持っている者を竜王と称《しよう》して敬い、魔力制御を相伝してきたのだ。

だから、名のない私がこの結界から出れば、いずれ体が壊《こわ》れて死んでしまう。そうならないように、幽閉されているこの場所で、魔力制御を覚えようと努力してはいるけれど……。自分の生命を維持《いじ》するためだけの魔力しかないこの状態では到底《とうてい》無理な話で……。この結界が消滅したあとに、自分の大きな魔力を制御できる自信など全くなかった。

だけど、そのことについて恨《うら》んでいるわけではない。自分の蒔《ま》いた種だから仕方が無いと思っている。私はこの場所からだして欲《ほ》しいわけでも、助けて欲しいわけでもない。ただ、最期《さいご》に我《わ》が儘《まま》を許してもらえるならば、家族に……父や母や兄と会わせてもらえないだろうか。……体がバラバラになって死ぬのは……怖《こわ》い。独りで……独りぼっちで死ぬのはもっと怖い。

そんな気持ちを抱《いだ》きながら、唯々《ただただ》、孤独《こどく》と恐怖《きようふ》と寂しさにさらされ、耐《た》え続けていた。朝も昼も夜もわからない暗闇《くらやみ》の中で、私は静かに座っていた。一日経つごとに、壁《かべ》に彫《ほ》り込《こ》まれた千年時計が時を刻む。終わりを告げる。残りの日数はあと……。


今日も、いつもと変わらない日々が始まるはずだった……。

私は、竜水を飲もうと立ち上がった。毎日、魔力を徴発《ちようはつ》されるためだけに生き続け、生き続けるためにこの水を飲む。竜族の体の機能を維持できるのはこの竜水だけで、本来は竜の大陸でしか湧《わ》かないのだけど、竜王様は私を幽閉するときに、竜水が湧き出る不思議な水瓶《みずがめ》を、この洞窟に置いてくださった。

その水瓶にゆっくりとコップを入れた時に、私は魔力を感じた。900年以上ここに幽閉されているけれど、こんなことは今まで一度もなかった。しかも、感じる3つの魔力の内の一つ、ひときわ大きな魔力に、そこはかとなく懐かしさを覚える。家族の誰かが会いに来てくれたのだろうかと、一瞬、頭によぎる。しかし、その魔力の感じは、時のかなたに霞《かす》んでいる父のものでも、母のものでも、兄のものでもなかった。

それでも、ふと口をついた言葉は「兄さん」だった。まさか、失ったもう一人の兄のものだろうかと思い返してみても、やはりそれは違《ちが》っていた。なぜ、こんな言葉をと考えてみても、納得《なっとく》のいく答えはでてこなかった。

散々考えて私がだした結論は、故郷の誰かがここにやってきたのだろうというものだった。だから、懐かしさを感じたのだろう。なぜ、ここにきたのか理由はわからないけど、考えられる理由は、私を殺しにきたのではないかということだけだった。私から徴発された魔力は、結局、役に立たず、私のしたことは取り返しがつかなかったのではないかと、最悪な考えが頭をよぎる。

殺されるのだろうかと怯《おび》えながらも、私の足は入り口の方へと向かう。殺されてもいい……。おそらく故郷からきた人だ……。死ぬ前に両親のことや兄のことが聞けるかもしれない。それが、叶わなくても、殺される前に、誰でもいい、せめて二言、三言、言葉を交《か》わせるならば……。

900年以上過ごしている場所だから、目が見えなくとも歩くことはできる。近づくにつれて、何かの気配が強まっていくのを感じる。……もしかして、魔物や動物だろうかと思案し、いや懐かしく思うこの魔力が、そんなもののはずはないと思い直し、勇気を振り絞《しぼ》る。目が見えないので、様子を見にいっても確認《かくにん》することができないのは怖いけれど、この結界の中には誰も入ることができないので……いきなり死ぬことはないだろう。

独りで死ぬよりも……殺されるほうがましかもしれない。そんなことを思いながら、私を逃《に》がさないために張られた結界に触《ふ》れる。

「誰かいるの……？」

思い切って声をかけてみる。……返事が来るまでとても長く感じたけれど、実際はそんなに長くなかったのかもしれない。

「驚《おどろ》かせて申し訳ありません。崖《がけ》から落ちてしまい、ここで休息をとっています」

男の人だと思える声を聞いたその瞬間、彼の内から発せられる魔力がさらに強く感じられ……どうしようもなく切なく懐かしい気持ちに駆られる……。長い間……逢えなかった人と逢えたような……甘えたくなるようなそんな衝動に駆られてしまい……必死に自分を抑《おさ》えつけた。気を抜《ぬ》くと……涙を落としてしまいそうになる。

知り合いかとも思ったけれど、その声に聞き覚えはない。なのになぜ……懐かしいと思ったのだろうか……。そんなことを考えながら、結界の向こうにいる人物に、怪我《けが》はないかと尋《たず》ねる。

彼の私への対応はとても紳士《しんし》的だった。最初に私を驚かせたことへの謝罪。そして自分達《たち》の状況を語ってくれた。……彼は不用意に結界に近づこうとはせず、言葉遣《づか》いも丁寧《ていねい》だった。約1000年ぶりに聞いた人の声は心地《ここち》よかった……。彼のその声と対《つい》になっているかのように、優《やさ》しく緩《ゆる》やかな話し方と気遣いに、もっと話をしていたいと、叶わぬ想《おも》いを抱き始めていた。

そんな気持ちを察してか、彼は彼のお弟子《でし》さんの目が覚めるまで話し相手になって欲しいと誘《さそ》ってくれたので、単刀直入に私を殺しにきたのか確認しようと思った。もう、いつ殺されるのかと考えながら話を続けるのは、耐えがたかったから。

結果として、彼は私を殺しにきたわけではなく、事故だったことがわかり、私は彼の申し出を受けることにした。そうすると、急に自分のいでたちが気になり、とても恥ずかしく隠《かく》れたい気持ちになった……。彼は私を気遣ってか優しく答えてくれる。しかし、なぜかそれ以降、急に黙り込んでしまったので、思い切って名前を聞いてみた。

彼の名前はセツナというらしい。私の目が見えないのを考慮《こうりょ》しているのだろう。彼は自分の種族まで教えてくれた。彼の口から人間だと告げられたことで、人間に対する憎《にく》しみと憤《いきどお》りが私の心に蘇《よみがえ》る。それとともに、捨てようとした人間への親愛の情が頭をもたげる。だからだろうか……私は……彼と話すことをやめようとは思わなかったし、なぜか、離れたくないと思っていた……。

私が考え込んでしまったのを気にして、彼が声をかけてくれたのだが、大丈夫《だいじょうぶ》だと返事することしかできなかった。話したいという想いはある。だけど……彼の名前を聞いた今、私は何を告げればいいのかわからない……。自分の名前を覚えてはいるけれど、それを伝えることができないようにされている。だから、名前を告げようとしても、口が思うように動かない。彼に教える名前がなかったから……呼んでもらえる名前がなかったから……それがとても悲しいと思った……。

何もいえない私に、彼が驚くべきことを口にする。自分の種族を一言も彼に告げてはいないのに、彼は私が竜族であることを的確に言い当てた……。どうしてわかったのかという問いに対して、彼は信じられないことを口にしたのだった……。

ずっと緊張《きんちょう》していた私を、気遣ってくれたのだろう。私に座るように促《うなが》してから、彼もその場に腰《こし》を下ろしたようだ。そして……彼はとても真剣《しんけん》な声で……私に救いの手を差し伸《の》べてくれようとした……。

彼は優しい人なのだろう……。私にここにいる理由を問い、手助けを申し出てくれた。だけど、彼のその手を握《にぎ》ってはならないと、私はわかっている。それなのに……私の望みは何かと聞かれたときに、本音が思わずこぼれ落ちる。家族に会いたいと……。

彼は、そんな私に必ず会えるといってくれた……。それが叶わないことは私が一番知っている。だけど、彼のその気持ちが嬉《うれ》しかった。再度、心配そうな声で私の事情を尋ねてくれるが……自分の罪を告白するのが怖いという気持ちと、私の犯した罪に彼を巻き込みたくない気持ちで一杯《いっぱい》になってしまった。

なのに……私のために心を砕いてくれる彼に、すべてを話してしまいたい衝動が湧き上がる。それで……彼が私の名前を聞いたときに、私に名前がないことを告げたのだ。私の返答に彼が息をのむ音が聞こえ、竜族が名前を剥奪されることの意味を知っているのだとわかった。だから……続けて私は、竜族を追放された竜なのだと彼に告げた。

「……でも、魔力制御は修めているんですよね？」

そうあって欲しいという質問に、私は首を横に振り否定する。成人していながら魔力制御を修めていない竜がどうなるかを彼は知っているのだろう。重たい沈黙《ちんもく》のあと、私を心配するような声で……その理由を聞いてくれた。それで、私の心の中に積もり積もった不安や想いが、堰《せき》を切ったようにあふれだしたのだった。

私がすべてを語り終えたあと……彼は私の知らないグランドのことを教えてくれた。私の1000年は、呪《のろ》いをかけた人達の命脈と大地への贖罪だった。グランドの民《たみ》の怨嗟《えんさ》の姿をいつも夢に見る。悲しみ、嘆《なげ》き、恨み、苦しむ人の姿を……。私の魔力は、グランドの大地の呪いを解くのに使われているはずだ。だとしたら……グランドの民にかかってしまった呪いはどうなったのだろうかと……。

彼らの呪いが解けていて欲しいと願いを込めながらも、竜王様から聞かされていないのに、そんな都合のいいことはないだろうとも思っていた。だから「グランドの地が呪われてから交流が絶たれました」と彼が口にしたときに、グランドの民は私がかけた呪いで、死に絶えてしまったのだと思い……絶望した。

両手をついて愕然《がくぜん》とする私を見ていたのだろう、彼が慌《あわ》ててそうではないのだと告げた。グランドの人々の呪いは解けて、今も生きているのだと……。その言葉を信じられない私に、彼は丁寧に説明してくれた。誰がどうやって、グランドの人々の呪いを解いてくれたのかは、わからなかった。だけど……苦しみ絶望しながら、滅《ほろ》びの道を歩んだのではなく……呪いが解けて生きていてくれたことを……心の中で神に感謝し祈《いの》りを捧《ささ》げた。

そして……呪いを解いてくれた人に、礼を尽《つ》くさなければならないほどの恩ができた。もし……もし……この結界を生きてでることができたなら……その人を探してみたいと思う……。すでに、亡《な》くなられていたとしても。

「わふわふ」という、どこか楽しそうな鳴き声が耳に届いたことで、意識が浮上《ふじょう》した。声が聞こえた方を見てみると、子狼《ころう》の姿で寝ているアルトが寝言をいっているようだ。食べるのが好きだと話していたから、美味《おい》しいものを食べている夢でも見ているのかしらと、思わず笑う。でも、その笑いはため息へと変わった。自分の右手首に輝《かがや》く腕輪《うでわ》が、目に入ったから……。

あの時、心の内をすべて吐《は》き出した私に対し……責めるようなことも同情するようなことも、彼はいわなかった。……人間の彼に責められても仕方がないと、私は思っていた。怒《おこ》ってでていってしまうかもしれないとも考えていたのだけど……そうはならなかった。彼は、確かに怒っていた。だけどそれは……私に対してではなく、私に科せられた罰《ばつ》が理不尽《りふじん》だと、正当な裁きではないと怒ってくれたのだ。

家族に会いたいという願いを叶えてもいいと、彼が告げる。過ぎた願いだと告げる私に「僕《ぼく》の伴侶《はんりょ》になってくれませんか？」と彼はいった。私の耳に届いた彼の声は……どこか懇願《こんがん》するような響《ひび》きを帯びていた。

彼からの突然《とつぜん》の求婚《きゅうこん》に、唖然《あぜん》としてしまった。受ける気は全くなかった。竜族にとっての婚姻《こんいん》は人間の婚姻とは違うものだから。兄の命を奪《うば》った人間と彼は同じ種族で……簡単に心変わりをしてしまえる種族だ。だから……彼の言葉を本気になどしていなかった。

そこからの彼とのやりとりは、正直あやふやな部分が多い……。考える時間をほとんど与えてもらえず、追い詰《つ》められた。もうやめて欲しいと……耳を塞《ふさ》いでしまいたい衝動に駆られるのに、体は動いてくれなかった。

彼は、私よりも私のことを理解していて、心の奥底《おくそこ》で望んでいることを知っていったのだ……。

それ以上いわないで欲しいと、私の本当の望みを口にしないで欲しいと、心の中で叫《さけ》ぶけど……それを口にしなかったのは、彼を止めなかったのは……私の本当の気持ちを、私自身が知りたかったからかもしれない。生きたいと……。生きていたいという気持ちを……。

それでも強がり、生きることを望んでいないと私は彼に告げる。けれどもあの瞬間、彼は琥珀《こはく》のペンダントに、何らかの魔法をかけようとしていた。結局その魔法が成功したかどうかはわからなかったけど、そのときにペンダントからあふれでた魔力は、彼の魔力と同じようにとても懐かしく、まるで彼と私の橋渡《はしわた》しをしているようにすら、私には想えた。

彼の声音《こわね》は……怖いくらい真剣で、それが彼の一番の望みなのだと……私に生きて欲しいのだと告げてくれているようだった。彼には私の心のすべてを知られているのだと、確信してしまった。必死に言葉にすることを抑えていた私の気持ちまで、彼は知っている気がした。……彼と番《つがい》になりさえすれば、2年後も生きていられるという想いと、独りではないのだという想いを、一瞬でも抱いてしまったことを……。

そんな自分に嫌悪《けんお》を覚える間もなく、追い詰められているのは私なのに……なのに……なぜか彼の方が、苦しんでいるように思えてしまった。

「僕と一緒《いっしょ》に生きて欲しい」

結局、私はその言葉に抗えず「はい」と答えてしまった。でも、それは最初に感じた彼への懐かしさでも、愛の言葉の響きからでもなく、自分の望みのためでもなく……ただ……ただ……彼の言葉の中に感じた寂寥《せきりょう》感と孤独さの中に、自分と同じものを見たからだということは、覚えている。

返事をしてからの彼の行動はとても素早《すばや》く、私に名前を贈《おく》り、婚姻を結ぶ誓約《せいやく》を告げていく……。

彼に促されるままに、誓《ちか》いを交わした。彼と私の間に、繋《つな》がりが生まれたのを感じ取ることができる。一瞬ではあるが……彼の魔力を自分の身に感じた。どう考えても、人間が持てる魔力量を超えた膨大《ぼうだい》な魔力にめまいがしそうになったが、すぐにそれは閉じられた。

そんな人間かどうかも怪《あや》しい人と婚姻を結んだというのに、不思議と嫌悪を覚えることはなかった。確かに強引《ごういん》な手を使われての婚姻だった。だけど……私が頷《うなず》かなければ……きっと私の気持ちを優先してくれたのではないかと感じた。だから……私が本気で拒《こば》めば……困ったように笑いながら、身を引いてくれたかもしれない。もし、そうしていたらと考えて……微《かす》かに胸に痛みが走った。素直《すなお》にいえば、私は彼に惹《ひ》かれているのだと思う。

眠っている彼をそっと眺《なが》めながら、彼に対する気持ちを思考する。彼が私に贈ってくれた名前はとても不思議な響きで、私の能力と同じ、風を意味するものだった。彼からの名前を嬉しいと思ったし……不意打ちではあったけれど、彼からの口付けは嫌《いや》ではなかった……。

彼の名前を呼びたいと思うし、彼に私の名前を呼んで欲しいとも思う……。そう考えたときにふと……偶然《ぐうぜん》、友人達の言葉を思い出した。『竜族にとって異性に名前を呼んで欲しいと思うのは、ある種の執着《しゅうちゃく》。恋《こい》の予感よ』と頬《ほお》を染めながら、その友人は語っていた。彼女《かのじょ》の言葉が脳裏《のうり》に浮《う》かんだ。

恋？　いや違うと否定しながら……私は思考を止めることが出来なかった。彼の声は好きだと思う。話し方も彼の姿も……私の好み……だと思う。彼のアルトやクッカに対する態度も、とても穏《おだ》やかで……二人に優しく笑う顔は、好きだと思うのだ。

アルトが「こいしているのに」と告げたときの彼の表情を思い出して、少し笑ってしまう。あの時の彼は、本当に意表を突《つ》かれたのだろう。困ったような、焦《あせ》ったような表情が、どこか可愛《かわい》く見えてしまったのを、覚えている。

私と二人で話していたときは……飄々《ひょうひょう》とした人なのだと思っていた。だけど……そこにアルトとクッカが加わったことで、彼の印象は違ったものへと変化していた。嫌《きら》いではないのだと思う。嫌いか好きかの二択《たく》なら……好きになると思う。だけど、私の気持ちはそこで止まっている。私は今……彼と私との間に結界があってよかったと、心の底から思っている。彼に抱《だ》かれたいと私は思っていないことに気が付いた……。本当の番になりたいとは、まだ思っていなかった……。

きっかけは……彼に竜族の蜜月《みつげつ》の話をされたとき……私は恥ずかしさと同時に恐怖を覚えてしまった。夫婦《ふうふ》の交わりを終えて、初めて番の契約《けいやく》を結んだことになる。血の誓約とは本来そういう意味なのだから。お互《たが》いの魂《たましい》を強固な絆《きずな》で結びつけるものだ。血の交換《こうかん》だけでは誓約を結んだとはいわない。血だけの交換はいわば仮誓約だ。

仮誓約のままなら、お互いの合意があれば番の契約を解除できる。いわば仮誓約は、体を重ねるまでの最後の猶予《ゆうよ》期間だ。本来、翌日までには、本誓約となる。だからというべきなのか迷うけれど、仮契約のままでよい期間は、いつまでとは定まっていない。そのことに、私は救われた。彼への気持ちを曖昧《あいまい》なままにしておけるのだから。

番の契約が仮誓約のままだと、彼は知っているのだろうか……？　知っているような気もするし、知らないような気もする……。きっと私から説明はしないと思う。いや……できないと思う。彼が今……正式な誓約を交わしたいと告げたなら……私はどうしたいのだろうか？　彼に対する感情はどう形容すればいいのだろう？　恋の予感と告げた友人の言葉を信じるなら、恋なのだろう。だけど……アルトと同じかもしれないとも思うのだ。

恋愛《れんあい》ではなく……家族愛的な……。もしくは寂しさを紛《まぎ》らわすための依存《いぞん》……。脳裏にそんなことが思い浮かぶ。私のこんな想いを彼が知れば、彼は私を嫌いになるだろうか？　他の女性を愛するようになってしまうだろうか……。

それは嫌だと思った。彼が他の女性に目を向けるのは嫌だと……。その思考に驚く。きっとこれは独占欲《どくせんよく》だ。私はどうすればいいのだろう……。矛盾《むじゅん》する気持ちが、私の心を苛《さいな》んでいく。恋なんて……したことがないからわからない……。特別な好きなんて……私は知らない。

優しい菫《すみれ》色の瞳《ひとみ》に甘い茶色の髪《かみ》……。今は、その目は閉じられて、その菫色の瞳は見えなくて、その柔《やわ》らかそうな髪にも触れることは、叶わない。そっと手を伸ばしてみるけれど、その手の先には無情な結界が、私を阻《はば》む。仕方なく、伸ばした手を膝の上に戻し、孤独を癒《い》やすために、左手の薬指にはめられた家族の指輪を、そっと撫《な》でた。

アルトとクッカも同じ指輪をはめている……そして、それはセツも同様に……。彼はこの指輪を家族の証だといった。誰一人、血の繋がりどころか、種族さえ重ならない私達と……彼は真剣な表情で、家族になりたいと話していた……。家族という言葉に胸が締《し》め付けられた。彼らと家族となれたことに喜びを覚え、そんな私を責める声が、私の心に響いた……。

グランドの人々の呪いが解けたからといって、私の罪が無くなるわけではない。彼から与えられ

ることに慣れてしまうと、きっと私は駄目《だめ》になる。そんな危機感が、私を駆り立てる。アルトとクッカが眠りについたあと、セツナに自分の気持ちを語った。幸せになる権利などないのだと。幸せを享受《きょうじゅ》しては駄目なのだと……。そう告げた私に、彼は違うといった。それでも頑《かたく》なに首を振る私に『君の手を引いていく。無理矢理にでも。だから、すべて僕が悪い』と告げた。そんなはずはないのに……。

自分本位な私の話を、彼は私の心に寄り添《そ》うように聞いてくれた。そんな彼に、罪を償う間、私は彼に会いたくないと伝えた。そして、会話さえもしたくないと……。だけどそれは……あまりにも彼の心情を無視した言葉だったのだと、彼と話していて気付かされた。赤裸々《せきらら》な彼の告白に怯えた私を見て、彼はすぐにその感情を隠してしまった。

自分の感情を抑え、私を責めもせず……彼が私に願ったことは……ただ一つだけ。それ以外はすべて私の希望を聞いてくれた……。もっと色々いわれると思っていたのに。婚姻を求めたときの強引さが嘘《うそ》だったかのように、私を甘やかし希望を聞いてくれる。まるでこちらの彼が、彼の本質かのようにも思えた。いや……あの時も、私を追い詰めながらも、最後の最後で、彼はその手を止めていた気がする。結局のところ、私を追い詰めるときの彼と、そうでないときの彼の違いはなんなのだろうと考え……一つの解が脳裏をよぎった。

彼は……一貫《いっかん》して……私に生きて欲しいといっていた。私が断っても生きていくことができるようにしてくれると……。だとすると彼は、私の命に対して必死になってくれていたのかもしれない……。その手段に対してだけは、今も思うところはあるけれど……。

それにしても、私にここまでよくしてくれるのは、なぜだろう。考えるまでもなく……彼によいことなど、何一つないように思えるのに……。もしかしたら、竜族を敵に回すかもしれない。そんな危険を冒《おか》しながらも、私の命を救ってくれた理由は……なんなのだろうか。

彼の声が、私の頭の中に響く。彼が願った、ただ一つのこと。それは新月の夜に声を聞かせて欲しいと、自分の名前を呼んで欲しいのだと、それだけを願い口にした……。

『新月の夜だけでいい。僕がトゥーリを呼ぶから……君も僕を呼んで……』

その時の彼の瞳の色を、今も忘れられない。切ないほどの……願いを宿していたその瞳を……。彼と話すための魔道具を自分の耳につけ……彼の名を呼んだ。『セツ……』と。本来ならば、彼が私に名を贈ってくれたように、私も彼に名を贈るはずだった。でも、贈る名には魔力を込めなければならないため、あのときの私では、それは叶わなかった。そのことを、彼は知っていたのだろう。私からの名を、彼は求めはしなかった。だから……せめて彼を愛称で呼ぼうと思った。答えが出ない問題は、一度、心の奥へとしまい込み、私に寄り添うその手を、握り返してみようと思った。

今、目の前で寝ている彼の瞳の色を想像して、この言葉を思い出す。『泣き虫で……孤独を知ってしまった君が寂しくないように、君と共に僕も逝《い》くよ』という言葉を。何がどうあろうとも、私と一緒にいると誓ってくれた彼の瞳は……切なさを含《ふく》んだ優しさを秘《ひ》めていた……。彼は決して……私が死ぬことを是《ぜ》としたわけではない。そこは間違えない。彼は……彼の命を私に委《ゆだ》ねてくれたのだ……。心が陰《かげ》り絶望に落ちたとしても……彼は泣き虫で寂しがり屋な私のそばにいてくれるのだと……そう約束してくれた。彼はずっと……私の命と真剣に向き合ってくれている……。

だからかもしれない、彼を恨む気持ちは全くといっていいほど、私の中に生まれることがなかった。彼は私を傷つけたことを謝《あやま》ってくれたけど……。それでも彼の手をとったのは私なのだ。彼を責めるなら……私も同じように責められなければいけないのだから。

彼に聞こえないように……寝ている彼の名前を呼んでみる。明日ここを離れてしまう彼の顔を忘れないように、脳裏に刻み込むように見つめた。

「セツは、何者なの……？」

彼を見つめながらふと言葉がこぼれ落ちる。私はセツのことを何も知らないから。聞きたいことは沢山《たくさん》あるのに、彼は何も話そうとはしてくれなかった。

私が聞いても、風のようにさらりとかわしてしまう。だからといって、寝ている彼に問いかけても答えが返ってくるはずもない。様々な疑問を心の中に押《お》し込んで、セツのために何かできないかと考える。今の状態の私にできることなどほとんどありはしないけれど、それでも何か彼の役に立ちたいと思った。

そして一つ思いつく。人間が竜族を世界を守る神の従《しもべ》といい、竜を敬う理由の一つでもある能力を思い出した。竜の騎士《きし》契約の次に人間達の間で望まれるものを……。正直……セツには必要がないような気がするけれど……。今の私にできることは、これぐらいしかないから。竜に備わった能力の一つである竜の加護を、彼に与えようと思う。

手を胸の前で組み、意識を集中させる。竜の加護を与えたことは一度もないので不安だけど、セツとは、番の契約で深い繋がりが築かれているから、きっと大丈夫。そう自分に言い聞かせて加護の言葉を紡《つむ》ぐ。

「【トゥーリ】の名において【セツナ】に竜の加護を与える」

セツの力になるように、願いをこめて祈る。彼の体が淡《あわ》く光り、加護が彼に宿ったことにほっとする。私の自己満足でしかないけれど、セツの旅が少しでも楽になればいいと思う。

そう祈っていた私を呼ぶように、千年時計が時を刻む。

「……」

自分の頬に、雫《しずく》が流れ落ちていくのがわかる。セツと出会ってから数え切れないぐらい泣いたのに、涙はまだ涸《か》れないらしい。彼が明日……もう今日になるけれど……いなくなると思った瞬間に、身勝手な想いが胸に渦巻《うずま》いた。いかないで……。そばにいて……独りにしないで……。そう彼にいえば彼はここにいてくれるだろうか。2年は逢わないと、私から告げたばかりなのに。

セツを起こさないように声を殺して泣いていたのに……心を溶《と》かすほどの優しい声が、私に届く。

「トゥーリ、泣かないでよ。そこで泣かれても、僕は君の涙を拭《ぬぐ》ってあげられないんだ」

横になったまま彼は、私を見上げていた。彼はいつから起きていたんだろう……。

優しい菫色の瞳が、私をじっと見つめていた。あぁ……彼は涙となって流れ落ちた私の言葉を、正確に把握《はあく》しているのだろう……。それでもあえて、何もいわないことを選んでくれたのだ。私の意思を知っているから……私の弱さを、見て見ぬ振りをしてくれたのかもしれない。

「手紙を送るよ。だから、トゥーリも手紙を書いて」

「うん」

「珍《めずら》しいものを見つけたら、それも送るから」

「うん」

「きっと、アルトも色々見つけては、手紙と一緒に送ってくれると思うけど……。蛇《へび》の抜け殻《がら》とかを見ても平気かな？」

どこか楽しげに話すセツに、思わず笑う。子供の頃、兄も拾っていたから大丈夫と伝えると、なら止めなくてもいいねと彼も笑った。

静かな洞窟で……私とセツの小さな声が微かに響いている。セツと二人で笑ったあと、彼はまた続きを話した。

「クッカが、一緒にいてくれる」

「うん」

「……それでも寂しくて堪《こら》えられなくなったら、その前に教えて。いつでも、どこからでも君のそばに駆けつけるから」

「……うん」

止まっていた涙がまたあふれ、地面をぬらした。

私に笑いかけるセツの顔は、今まで見た中で、一番優しい表情を浮かべていた。なのに私は……彼の最後の言葉だけに、返事をすることができなかった。そのことが心の棘《とげ》となって私の胸に深く刺《さ》さって残った……。

「大好きだよ……。トゥーリ」

彼の想いに想いを返すことができない私に、セツは穏やかに笑っただけだった。

だから……だから、せめて……。

セツが思い出してくれる私が、いつも笑顔《えがお》であるように……。

ここから旅にでるセツを、泣かずに見送ろうと心に決めた。

彼が……私を心配しないように。


話し疲《つか》れたのか、それとも泣き疲れたのか……私は知らない間に眠っていた。目が覚めたときにはセツとアルトはもう起きていて、アルトの剣の訓練をしている最中だった。その後、朝から信じられないぐらいの朝食をアルトが平らげる。私とクッカが驚きで目を丸くしている姿を、セツが苦《く》笑《しょう》しながら見ていた。刻一刻と……二人が旅立つ時間が近づいてくる。泣かないと決めたのに、ふとした瞬間に心が弱くなって、涙を落としそうになってしまう。

そして……とうとう、セツとアルトが旅立つときがきた。寂しさからか緊張して言葉がでない私に、「それじゃ、いってくるね」とセツは明るく告げる。優しい菫色の瞳で私を見つめて、ごく軽く、ごく自然に笑って、簡単に手を振ると、一度も振り返らずに歩いていった……。

きっと、彼は気付いている。二人を笑顔で送り出したいと、想っていたことを。振り向けば泣いている私が、いるであろうことも……。

姿が見えなくなった彼に「いってらっしゃい」と呟《つぶや》く。

そう。『さようなら』ではないのだから……。

「トゥーリ様。私が一緒にいるから、寂しくないのですよ！」

そういって慰《なぐさ》めてくれるクッカに笑いかけて、もう一度……彼が去った方へと視線を向けてから、そっと目を閉じた。

「そうね」

私は、私の罪を償うためにここにいる。もう一度、胸に刻み直したのだった。そのことを……。

追章　杜若《音信》

◇1　【ティレーラ】

私はその報告書を見なかったことにしようと思い、元の場所へと戻《もど》した。記載《きさい》されている考察の陳腐《ちんぷ》さはともあれ、治療《ちりよう》に関する内容については、見てはならないものだったと判断できた。

幸いなことに、ここが王族専用の図書館の隅《すみ》にある資料室だったこともあり、周囲には誰《だれ》もいなかった。また、この資料室に入るのを見られてもいなかったので、早々にこの場を離《はな》れれば、私があの報告書を目にしたと思われることはないだろう。

それでも、正面の扉《とびら》から図書館に戻るのは人目に付く危険もあるので、横の職員専用の扉から執《しつ》務《む》室へと入る。執務室に人がいることはまれで、図書館の中で一番人目に付かないことを、私はよく知っていた。なぜなら、王族専用図書館の職員は閑職《かんしよく》以外の何物でもないからだ。ここの職員は王族のみで構成されているのだが、任じられた大抵《たいてい》の者は、開館と閉館の時だけ図書館にやってきて、あとは自由に宮廷《きゆうてい》内を出歩いている。

執務室に足を踏《ふ》み入れ、誰もいないことを確認《かくにん》するために辺りを見回す。案の定、人はいなかったが、戸棚《とだな》に置きっぱなしになっていた作業中の書物を見て、ため息が漏《も》れる。前任者からの引き継《つ》ぎのあと、手をつけられた形跡《けいせき》がなかったからだ。見つからないうちにと思いつつも、私は書架《しょか》に近寄る。表紙に積もった埃《ほこり》を振《ふ》り払《はら》いたくなる衝動《しょうどう》を抑《おさ》え、表紙の文字を目で追う。

『聖弟建国史　著者　シレイハル・フルクレルナ』

ガーディル王国の歴史書の写しで、エラーナ聖皇の弟であった初代ガーディル国王から、３代目国王までの治世が記載されている正史である。

なぜそれがここにあるかといえば、職務の一つとして、注釈《ちゅうしゃく》を加えつつ複製を作るという仕事があるからだ。言葉遣《づか》いの変容、言葉の意味の変化、存在しなくなった場所や建造物など、それらに対し注釈を加えなければ、読める代物《しろもの》ではなくなってしまうし、また逸失《いっしつ》を防ぐためには複製を作ることは不可欠なため、１００年に一度、それは行われる。この書は36冊目の写しであり、35冊目までの写しは執務室に、原本は国王の部屋で他の正史とともに厳重に保管されている。

（写しとはいえ、ぞんざいに扱《あつか》うなと伝えたはずなのだがな……）

12の折から足掛《あしか》け3年も続けてきた仕事をなおざりにされ、少々感傷的になる。いや、そもそも初めから、無駄《むだ》な作業であることはわかっていたのだとも思い直す。なぜなら、１００年の節目となる年まで、まだ28年もあるのだから。著者の名前で止まっていた視線を、最後の注釈者である36代目まで滑《すべ》らせ、やるせない気持ちとともに、その名前を見つめた。

『ティレーラ・フィーレ・ガーディル』という名を……。

私は入ったときと同じように図書館前にいる衛兵から身体検査を受けたあと、武器や魔導具《まどうぐ》を返してもらってその場を去った。考えがまとまっていなかったため、その足で勇者様の元にいくのはためらわれ、休憩室《きゅうけい》へ向かう。

その休憩室は、図書館での仕事をしているときによく利用していた場所で、宮廷内の奥《おく》まった所ということもあり、王族専用図書館を利用する者達《たち》以外は、使用することはまずない。考えをまとめるには最適だろうと、休憩室の扉を開いて中に入ると、奥の椅子《いす》に腰《こし》を下ろす。そして、考えをまとめるために、まずは、今までのいきさつを整理し始めた。


今朝、私は68番目の勇者の墓参りをするために下見にいった。その墓は、王宮の東側に造成された小高い丘《おか》の上に、歴代勇者の墓と共に建てられていた。入り口は王宮側と城下町からの2カ所がある。建国祭などの重要な祭日には城下町側の入り口も開かれるが、普段《ふだん》は王宮から限られた者しか入れないようになっている。

その墓地に建てられた68番目の勇者の墓標を見た際に、少し困ったことになったと私は感じた。そこには名前がなく、ただ68という数字が刻まれているだけだったからだ。

これを見た勇者様が、なぜ名前がないのかと聞かれるのは、明白だった。私にもわからないと答えるのは簡単だが、そうすれば勇者様のこと、自分で調べようとするのは間違《まちが》いないと思った。

しかし、それをさせるのは少々危険すぎる気がしたのだ。今まで亡骸《なきがら》のない勇者の墓という前例はいくつかあったが、名前のない勇者の墓など前代未聞《ぜんだいみもん》であり、そこに危《あや》うさを感じざるを得なかった。

68などという数字を入れるくらいなら、偽名《ぎめい》でも刻み込《こ》んでおけばよいものをと思いつつ、どうやって名前を調べるかを考え、その末に、68番目の勇者に関する治療が王族主導で行われていたことを思い出した。それならば報告書が上がっているはずだと思いたち、王族専用図書館へ向かった。想定していた通り報告書はあったが、68番目の勇者の名はわからなかった。

報告書には前置きとして、勇者召喚《しようかん》の儀《ぎ》により呼び出された68番目の勇者は病気により衰弱《すいじやく》しており、宣名の儀が執《と》り行える状況《じようきよう》ではないため、治療を行うと記載されていた。続けて、勇者の名前を最初に確認するのは宣名の儀という決まりのため、治療班は最初から68番という呼称《こしよう》をもって、勇者と接したと記載されていた。

宣名の儀で行うことといえば、勇者がその名にかけて万民《ばんみん》を救う誓《ちか》いをたて碑石《ひせき》に名を刻むことだけであるのに、それすら行えなかったということは、68番目の勇者の状況が相当悪かったのだろうと推測できた。

前文にそのようなことが書かれていたので、本文では勇者の名前が判明することはないだろうと期待せずに報告書に目を通した。その内容は初期の治療方法から、完治を諦《あきら》め治療の内容が見直されたこと、そして後期の治療方法の経過詳細《しようさい》などが記載されていた。しかし、思っていたとおり、勇者の名前は見つからなかった。結局わかったことは、知りたくもなかった過酷《かこく》で筆舌《ひつぜつ》に尽《つ》くしがたい治療方法と、私から見れば治療に関する誤りだらけの考察だけであった……。

ここまで思い返し、私の懸念《けねん》が当たってしまったことについて、ため息をついた……。禁忌《きんき》は名前ではなく、治療ではあったが。治療の内容に関してはガーディルの秘中の秘であり、知ってしまえば勇者様とて無事では済まされないだろう。

(さて、どうしたものか。こんなことだとわかっていれば、墓参りの約束など軽々しくせずに、話を流してしまえたものを……)

墓参りの約束を交《か》わしたあの時の自分を恨《うら》みたくもなるが、それをしたところで何の解決にもならないので、気持ちを切り替《か》える。

もはや、墓参りのときを心配すればいい話ではない。勇者様が治療方法に対して探《さぐ》ろうとする事態を警戒《けいかい》しなければならない。それでは勇者様が治療方法に関心を持つ状況というのは、どういう場合かと考える。

それは私のときと同様に、名前を探すために報告書を見つけようとするとき以外は考えられない。名前がわかっていれば、治療方法に興味があるわけではないので、それを探るという発想は生まれないだろう。仮に、68番目の勇者への同情から病状と治療方法を知りたいとなったならば、原因不明の不治の病《やまい》なために、特別な治療はできなかったといえば、満足するはずだ。

(いっそのこと、偽名を告げるか……)

公式には宣名の儀の前のため、名前が秘され墓標には記載されていないが、医療関係者が数字のままだと治療しづらかったために、裏では名前を聞いていたという話にすれば、筋は通るから嘘《うそ》とは思われないだろう。このことが表にでれば関係者は処分されるため、勇者様も誰にもいわないでくださいと口止めすれば、偽名とばれることもないだろう。

(悪くはない案だな。あとは偽名をどうするか……)

そこまで考えていると、こちらに向かってくる足音がしたため、入り口の方へと顔を向ける。

「ティーレ、やっぱりここにいたんだ」

扉を開けて入ってきた勇者様は、そういってこちらに近寄ってきた。

「久しぶりに、あれやる？」

楽しそうに戸棚に置かれている木製の遊戯盤《ゆうぎばん》を指しながら、勇者様はいった。

「しても構いませんが、何かご用があったのでは？」

「ううん。急ぎでもないから、大丈夫《だいじょうぶ》だよ」

そういって、戸棚のガラス窓を開けてそれを取り出すと、机の上に置いた。

「少しは腕《うで》を上げられたのですか？」

私は盤面を準備しながら問いかける。

「そうだなぁ。この間と同じだと思ってたら痛い目をみるよ」

自信ありげに話す勇者様を見て、出会った頃《ころ》も同じようなことをいっていたなと、私は思い出していた。


正室の第一子である私は、男に生まれていれば国王になった。魔力のある私は、魔法が使えれば女神《めがみ》エンディアの巫女《みこ》になった。だが、その両方ともに資質がない私は、政略結婚《けっこん》の道具としての道しか開かれていなかった。私の意思など汲《く》まれない。ガーディルでは、巫女以外の女性より男性の方が尊重されるためだ。

それは、女性が優遇《ゆうぐう》されるエラーナから独立した際の反動であったとされている。エラーナでは月の女神エンディアに仕える巫女のみが聖皇となり皇位を継ぐため、女性の地位が高い。逆に男性は地位が低い。

初代ガーディル国王はエラーナ聖皇の弟ではあったが、常日頃から虐《しいた》げられ、馬車馬のように南大陸の遠征《えんせい》に駆《か》り出されていた。そこに太陽神サーディアの御使《みつか》いが現れ、この地に国を開けという神託《しんたく》が下り、エラーナより独立してガーディルを建国することになる。エラーナで受けた不遇《ふぐう》の反動からか、聖弟は国の重要な役職にはすべて男性を就《つ》け、女性を重用しなかったのだが、以降、それが慣習となり現在に至っている。

今日、提示された縁談《えんだん》は宰相《さいしょう》の次男とであったが、私は終始首を縦に振らず母のとりなしもあって、いったん中止となった。母に「いつまでも庇《かば》いきれないので、せめて自分で好きな相手を探しなさい」と耳打ちされる。

私は返事をせずに無言で部屋をでた。なんと答えていいかわからなかったのだ。建国した際に、聖弟は歓喜《かんき》したというが、私にはその心情がよくわかる。許されることといえば、征討《せいとう》と結婚相手探しといった違いはあれど、かごの中の鳥という点でいえば大差がないのだから。

魔法が使えないかわりに、学問も軍略も武術も修めた。私の年で、いや、年など関係なしに、私ほど古代語に精通し、戦局を見極《みきわ》められ、武芸に秀《ひい》でた人材などどこにもいないだろうと自負している。しかし、私に与《あた》えられた官職は、名誉《めいよ》職である王立図書館司書長だった。

それでも、覚えた古代語で古書の現代語を訳すのはそれなりに楽しかったし、体を動かしたいと思えば剣術《けんじゅつ》の師である騎士《きし》団長のつてで、騎士団の訓練に交ざり胸を貸したりもした。今日も王からの呼び出しがくるまでは、騎士団の訓練場にいた。見合いの話で気持ちが晴れなかったが、それだからこそ体を動かそうと思い、訓練場に戻る。

すると、先ほどはいなかった若葉色の鎧《よろい》を着た兵士が、訓練場の端《はし》で騎士団長から指導を受けているのが目に入った。この国では若葉色は勇者専用の色として、鎧に限らず衣服にでさえ使用を禁じられているため、その人物が勇者であることはすぐにわかった。

まるでなっていないというのが、第一印象だった。両手で振り上げる勇者の剣につられ勇者の体は前後に揺《ゆ》れていたし、勇者の鎧を身に着けるには筋肉が全く足りないため、その動作はあまりにも鈍重《どんじゅう》だった。

師が私に気付くと、私の元へとやってきた。勇者に素振《すぶ》りを続けるように言い残したのか、向こうでは勇者が大剣を懸命《けんめい》に振っている。

「なんですか、あれは？」

師に歯に衣《きぬ》着せずに問う。

「王命で勇者様を鍛《きた》えているところだ。といっても69番目の勇者様は、魔導師型のため、武術は得意でなくてな」

得意でないにもほどがある。体を鍛えてどうにかなる代物ではなかった。そもそも師は知らないだろうが、勇者は勇者である時点で、その人物の限界を超《こ》える筋肉がついているのだ。その状態で武具に振り回されているのだから、救いようがない。

「通常の鍛え方ではだめですね。魔導師型でしたら魔力を身体に乗せて身体能力の底上げを教えた方がましかと」

「私もそう考えて教えはしたんだが、体を動かしていると魔力の流れが乱れてしまうようで、あの状態なのだよ」

「それでは、動いてなければ魔力の制御《せいぎょ》はできるのですか」

「その通りだ。むしろ魔力の制御や魔法に関することなら、教えることがないほど優秀《ゆうしゅう》なのだそうだ。魔力量に関しても歴代勇者様の中でも五指に入るとさえいわれている」

「そこまで……」

私は思わず呟《つぶや》く。師は驚《おどろ》くのも無理はないと返しながら、しかし、最後は愚痴《ぐち》のようにいった。

「だからこそ、なおさら惜《お》しまれるのだ。隊長と同じ程度とはいわないが、せめて新兵程度の強さがあればなと。まぁ、普通の魔導師なら前にでて戦うことなどないのだから、勇者様特有の問題ということにはなるが」

勇者は味方を鼓舞《こぶ》するために、前にでて戦わなければならないときもある。歴代の魔導師型の勇者達も護衛をつけてではあるが、先陣《せんじん》を切って戦ったことが歴史書に書かれている。目の前の勇者ほど非力ではなかったのだろう。

「なんにせよ、勇者様の騎士団の構成は、一考を要するな。魔物の殲滅《せんめつ》は勇者様の魔法に任せるとして、騎士団の人選は、勇者様をお守りできる護衛に長《た》けている者を中心とした方が良さそうだ」

私も確かにと頷《うなず》きつつ、師が私の元へ来た理由をまだ聞いていないことを思い出し尋《たず》ねる。

「そうだったな。まぁ、察しているだろうとは思うが、こういう状況になってしまったのでティレーラに割《さ》ける時間が当分なくなってしまってな。鍛錬《たんれん》したいときは独自で行って欲《ほ》しい。騎士団の訓練時に自由に合流して問題ないように手配しておくからな。申し訳ないが、よろしく頼《たの》む」

「そういうことでしたか、了解《りょうかい》しました」

だいぶ前から、師から教わる技術がなくなった私にとって、たいした問題ではなかったので、気軽に返答する。

「それと、これはお願いなんだが、私がいないときに手が空いていたら、勇者様の訓練を手伝ってやって欲しい。ティレーラなら魔力の制御はお手のものだろう」

「そうですね。手が空いたら指導しましょう。ただその前に、剣は真剣ではなく軽い木刀に替えたほうがよいのではないですか？　衆目に顔をさらさないために勇者の鎧を装備されているのは理解しますが」

師は参考にしようと頷いてから、勇者の元へと戻っていった。しかし、それから数日たっても勇者の手には勇者の剣が握《にぎ》られ、剣が替わらなければ教えても無駄だと思っていた私は、勇者と一言も言葉を交わさなかった。傍目《はため》から見ても上達しているようには思えず、剣を振るったあとによろめかなくなったのも慣れただけで、魔力制御による身体向上の恩恵《おんけい》ではないことはわかっていたが、助言を聞かない者の手伝いをする義理など、私には感じられなかったからだ。

ここ最近、昼食後の昼休みには剣術の稽古《けいこ》をしていたので、疲《つか》れがたまっていた。今日は休もうと、休憩室へ足を運ぶ。部屋には珍《めずら》しく先客がいた。蒼《あお》いバンダナをしたまま机に顔を伏《ふ》せて寝《ね》ていたので、私は音を立てないように戸棚から遊戯盤を取り出す。そして図書室から借りてきた棋譜《きふ》を基《もと》に、静かに遊戯の進行を盤面で再現していく。

「なるほど。この黒の一手で右辺に白地を閉じ込めると同時に、上辺の白地との連携《れんけい》を完全に遮断《しゃだん》するわけですか……」

71手目の黒石を盤面に置き、その手の素晴《すば》らしさに私は思わず声をだして呟いてしまった。普段は誰もいないため、さほど気にせず呟いてしまうことが癖《くせ》になっていたからだ。だが、今日においてはその限りではなかった。後悔《こうかい》しながら机の端に目を向けると、案の定というべきか、顔を上げたその人物はこちらを見ていた。

「申し訳ありません」

「ううん、気にしないでいいよっ。それより何をしているの、それ」

「これは、囲碁《いご》というものです」

「囲碁？」

知らないのも無理もない。これは5代目勇者シゲトの母国の遊びで、彼《かれ》が余暇《よか》を過ごすため伝えられたものだが、難しさのあまり王宮内でしかはやらず、彼の死後はすぐに廃《すた》れてしまったのだから。ただし、物事の善《よ》し悪《あ》しを決める際に使われる『白黒をつける』など、この遊びから世界中に広がった言葉は多々あり、不思議なことではある。

その遊びをなぜ知っているかといえば、古書の解読のため様々な文献《ぶんけん》をあさっている中で偶然《ぐうぜん》に見つけだしたからだ。戯《たわむ》れに棋譜に書かれている順番通りに石を置いていくと、打ち手の思考がわかり、その奥深さに感銘《かんめい》を受けて、それ以来、囲碁を続けている。

「面白《おもしろ》そうだねっ。ちょっと見ていてもいいかな？」

休憩時間は一人で過ごしたかったのだが、私のせいで起こしてしまった手前、無下にもできず渋々《しぶしぶ》頷いた。

それから数日間、名前も知らないその人物は、私に話しかけるでもなく、ただ、私が遊んでいる盤面を覗《のぞ》いて「ふ〜ん」とか「へぇ」とか呟いていた。私の方も特に話しかけられることもなかったので、言葉を交わさずに盤面に碁石を展開していく。ちなみに碁石というのは囲碁の駒《こま》のことで、貝の殻《から》でできていて、盤は碁盤といい、木でできている。この碁盤に碁石を置く時の乾《かわ》いたカッンという音が私は結構好きで、囲碁という遊戯を続けている理由の一つになっていた。

ただ、続けているとはいっても、遊んでいるというのは語弊《ごへい》があるかもしれない。本来この囲碁という遊びは二人で行うもので、今の私のように棋譜を見ながら石を並べているのは遊んでいるとはいえないだろう。とはいっても、囲碁の打ち手は私しかいないのだから、仕方がないのだが。

それならば、目の前の関心を示してくれている人物を誘《さそ》えばいいのではないかと何度か思ったが、その度《たび》にためらい、何もできずに休憩時間を終えてしまう。生まれながらにして見下されていた私には友などいなかったし、兄弟は気の許せる相手ではなかったため、声のかけ方などわからなかったのだ。結局その日も、姉妹《しまい》がいれば少しは違ったのかもしれないがと思いながら、碁盤を片付けて部屋をでようとした。

「ティレーラ、ここにいたのか！」

怒声《どせい》とともに、二番目の兄であるカルマス王子が休憩室へと入ってくる。

「何事です？」

兄はえらい剣幕だったが、私は普段と変わりなく話しかけた。

「何事かだと。俺《おれ》の顔に泥《どろ》を塗《ぬ》りやがって」

「何のことです？」

「サージェルとの見合い話を断っただろう」

その名を聞いて、ようやく兄の怒《いか》りの原因に思い至った。サージェルとは宰相の次男の名前だ。

「お前のような女を娶《めと》ってくれるという、俺の親友の優《やさ》しさを踏みにじりやがって」

優しさというより政略的な打算の間違いではないか。その証拠《しょうこ》に、私はその男から好意を寄せられたことは一度もない。なだめようとする私の言葉に耳を傾《かたむ》けることもなく、兄は強引《ごういん》に腕を掴《つか》む。

「いいからこい！　お前の言い訳などどうでもいい。サージェルの所へ謝《あやま》りにいくぞ！」

不意を突《つ》かれ手首は掴まれたが、兄の手で引っ張られたくらいでは、私は微動《びどう》だにしない。逆にすぐ体をよじり掴まれた腕を振りほどく。

「逆らう気か！」

兄の平手が私の頬《ほお》を狙《ねら》っていたが、かわそうと上体を反らす。だが、その手は空を切る前に、別の腕に掴まれていた。

「やめなよっ」

「なんだ、貴様は！」

兄は掴まれた右腕《うで》を払い、左手で掴んできた相手を突き飛ばす。うわっ！　と悲鳴を上げて突き飛ばされたその人物は、その先で急に呻《うめ》き声を上げて胸を押《お》さえてうずくまってしまう。

「兄上、いくらなんでもやり過ぎです」

「下手に出しゃばるからだ。しかも、よく見たら勇者じゃないか。笑わせてくれる」

私はハッとして勇者と呼ばれた人物へと近寄る。勇者が王家の者に反抗《はんこう》しようものなら、心臓を握りつぶされるような痛みと、全身を切り刻まれたような痛みに襲《おそ》われるという。私は片膝《ひざ》をつきながら、声をかけた。

「大丈夫ですか？」

しかし、勇者はその言葉に反応せず、苦しそうに呻くだけだった。

「いつまでそうしている。そんなことより、サージェルのところへいくぞ」

そういうと、しびれを切らしてこちらに近寄ってきた。私は立ち上がりながら兄に向き直る。

「私は、勇者を医務室へ連れていきます」

「ふざけるな。こんな奴《やつ》は置いとけばいい。謝りにいくのが先だ」

「いいのですか。このまま勇者に何かあれば、兄上といえど、ただでは済みませんよ。わかっているはずです。三度、勇者召喚の儀を執り行うことの難しさは」

三度目の勇者召喚という言葉に反応し、兄は眉《まゆ》をひそめた。

「よかろう。ただし俺もついていく。そして、その後はサージェルのところだ」

かがんで苦しむ勇者を背負うと、私は部屋を出る。その後を兄がついてくるが、無視をして図書館入り口前で待機している衛兵に話しかけた。医務室へいき、勇者を運ぶことを伝えるようにと。そして、兄に聞こえないようにつけ加える。そのあとに母の元へいき医務室へ連れてくるようにと。

お見合い話を正式に断ったのは母なので、それを盾《たて》に兄のいう謝罪を断ることができると考えたためだ。兄が母をないがしろにするならば、母は王の威《い》をちらつかせるだろう。いかに女の地位が低いとはいえ、母は父から寵愛《ちょうあい》を受けている。表立った政治的な話でなければ、必ず父は母の肩《かた》を持つ。そうなれば、兄も黙《だま》って引かざるを得ないだろう。

母に少々面倒《めんどう》をかけることになるなと思いながら、私はできる限り早足で、医務室へ向かったのだった。

翌日の昼休み、私は休憩室にいた。

勇者を医務室に運んだ際に、医者から明日にはよくなるだろうと伝えられ、その手慣れた対応を不思議に思った。おそらく、同じような目に何度か勇者はあっているのだろう。そんなことを思いつつ、回復したなら顔を見せて欲しいと伝言を頼み、部屋をでた。そのあと兄と母を交えて話をし、思惑《おもわく》通り謝罪の件は断ることができたが、その話の最中も、私は医務室の中が気になっていた。

今日の朝、念のため職務の前に医務室へいったが、昨日の夜には自室に戻ったということだったので、そのまま図書館に向かった。そして、昼休みになった今、ここで碁石を並べながら勇者がくるのを待っていた。

そう、私は勇者を待っていたのだ。不思議な感覚だった。どうして、そんなに気になるのか碁石を置きつつ考え、母を除けば、私のことを庇い傷ついた者など、今まで誰もいなかったことに思い至り、興味が湧《わ》いたのだろうと結論をだした。

「本当にその石、そこでいいのっ？」

その声で、右手が無意識に置いてしまっていた石を見つめながら、私は我に返る。いつの間にか勇者が盤面を覗いていた。

「いえ、ちょっと考え事をしていたので、間違えました。それより、もう具合はよろしいのですか？」

「うん。いつものことだし、大丈夫だよっ」

屈託《くったく》なく笑いながら対面の席に座《すわ》ると、碁盤に石が置き直されるのを待っているのだろうか。盤面をじっと眺《なが》め始めた。しかし、私は碁石を置かず勇者に話しかけた。

「見ているだけではなく、一緒《いっしょ》に打ちますか？」

一瞬《いっしゅん》、勇者は「えっ！」と驚きの声を上げる。

「これって、一人で遊ぶものだと思っていたよっ」

本来囲碁は、白と黒の石を交互《こうご》に置くことで白と黒の領域を定めていき、広い領域を確保したほうが勝つ遊びだが、そうは見えなかったのだろう。確かに何も前提知識がなければ、そう思うのも無理もないなと考えながら、盤上の碁石を片付ける。一方で、勇者は初めてだから普通に遊ぶというわけにはいかないだろうと、囲碁の約束事を思い出していた。

実力差がありすぎる場合に、実力が劣《おと》っている者の石をあらかじめ盤面に置いて遊ぶ方式がある。この石のことを置き石という。私も対戦するのは初めてではあるが、経験の差を考慮《こうりょ》し、置き石を25個ほど置いて、どうぞと勇者に話しかけ、先行も譲《ゆず》った。

「初心者だと思って油断していたら、痛い目見るからねっ」

嬉々《きき》として黒石を握り、勇者が石を置く。それに応《こた》えて私も白石を置く。

「それにしても、なぜ勇者の剣で訓練をされているのですか？」

「えっ、最初の話題がそれ？　僕《ぼく》達、自己紹介《しょうかい》もまだだよね!?」

確かにと思いつつ、石を置く。我ながらどうかしていると思いながらも、最初の印象を私は引きずっていたのだと思う。

「う～んん」

白石に悩《なや》んでいるのか、返事に悩んでいるのか、あるいはその両方なのかわからないが、頰を膨《ふく》らませながら盤面を睨《にら》み、そして黒石を置きながら、勇者は話しだした。

「勇者の剣が、かっこいいから」

「本気ですか？」

その黒石に対し、黒の陣地から隔離《かくり》するように白石が置かれ、黒石が自陣に逃《に》げるために一石置かれ、白石が容赦《ようしゃ》なく追いかけ……。

「取り決めは理解していますよね」

「えっ、えええぇ、あぁぁぁあ‼」

勇者の黒の陣地の一部が、白石によって占領《せんりょう》される。

「勇者の剣と一緒ですよ。さっきの黒石は無理筋というものです」

私は、盤面から黒石を除き、この状況にかこつけて勇者の剣を持ち替えるように話をする。

「そうだよね、僕が強くなるだけなら、それが一番かなって思うんだ。けれど、僕は勇者だからね」

勇者はめげずに、別の場所に黒石を置く。

「どういうことです？」

間髪《かんはつ》を入れずに、私は応じる。

「最初に訓練した日に、僕もこの装備はだめだなって思ったんだ。でも、周りの騎士さん達がかわるがわるにやってきていうんだよ。『勇者殿《どの》、頑張ってください』って。勇者の装備を着た僕を見てね」

しばらく石を打つのを止めて、勇者は話し続けた。

「それで、僕はわかったんだ。騎士団の人、ううん、それだけじゃなく、この国の人達や世界中の人々にとって、勇者は希望であって、その希望の象徴《しょうちょう》があの姿なんだって。だから僕は、人前にでるときは、あの勇者の姿を崩《くず》しちゃいけないんだって、決意したんだよっ」

そういい終えると、ようやく黒石を置く。いっていることになるほどと思いつつも、様にならないのは、その手筋では黒の領域は全滅《ぜんめつ》するという点だ。

「その白石は捨て石です。小さなものに執着《しゅうちゃく》しすぎて全体の大事を見失いますよ」

「それは、囲碁のこと？　それとも剣のこと？」

「両方です」

私の一手で、また黒石の退路が断《た》たれた。

「仕方ないよ。僕は勇者として覚醒《かくせい》したんだから」

勇者は新しい場所に黒石を置いた。その言葉に、本心を隠《かく》しているなと感じ、相手に誠実さを求めるのならば、自分も隠し事をするべきではないと考えた。

「そういえば、自己紹介がまだでしたね」

私は、すぐに白石を置きながらいった。

「また唐突《とうとつ》だねっ。まぁ、いいけど。僕の名前は……」

カンッと勇者は強めに黒石を置いたため、勇者の言葉がかき消される。名乗っている最中ではあったが、よほど自信があったのだろうか。

「私の名前は、ティレーラ・フィーレ・ガーディル。ガーディル国王の第5子です」

私は白石を置かず、勇者を見る。

「君は王族だったんだね……」

やはり思っていた通り、勇者は浮《う》かない表情をする。王族から何度も無理を強《し》いられ、苦しい思いをしてきたのだろう。自身の出自を召喚といわず、覚醒といったその言葉にも表れていた。

当然の反応だろうなと、私は思う。王族への反抗にとどまらず都合の悪いことすべてに対し、勇者の証《あかし》は勇者自身に制裁を加える。それはすなわち、勇者の人格の否定と同じことだ。そんなことを強いる王族に対して、警戒するのも無理もない。だから、私は自分の身分を明かしたくはなかったのだ。

「確かに私は王族ですが、ただの道具でしかありません。信じてもらえるかどうかはわかりませんが、昨日のような扱いが私の日常です。貴方《あなた》と違い逃げられない制裁がない分、まだましだとは思いますが。ですから、警戒しないでください」

そうはいってみたものの、勇者の猜疑心《さいぎしん》は消えないだろうと思っていた。私ならば、こんな言葉で納得《なっとく》し、心を開くことなどあり得なかったからだ。

「わかった。君がそういうなら信じるよ」

先ほどまでの表情が嘘のように、勇者は明るく頷いた。

「本当ですか？　こんな簡単に信じてもらえるとは、思っていませんでした……」

拍子抜《ひょうしぬ》けした私は、間の抜けた声で勇者に問いかけていた。

「僕、人を見る目だけは確かなんだよっ」

とてもそうには見えないが。

「それに、明かさなくてもいい身分を明かしたっていうことは、隠し事はしないという決意だと思ったんだ。そして、僕にも本音で話して欲しいということでもあるのかなって。だから、僕もそれに応えようと思ったんだ」

なるほど。意外に洞察力《どうさつ》は鋭《するど》いのだなと、内心で前言を撤回《てっかい》した。

「仰《おっしゃ》る通りです。私は貴方の本心を知りたいのです。覚醒ではなくこの世界に召喚させられた貴方が、なぜ、この世界の勇者であろうとしているのか、私は不思議なのです」

「そんなに不思議なことかなぁっと、その前に、まず早く白石置いて、ティレーラ様」

勇者がまだ囲碁を続けたがっているとは思っていなかったので、白石を打たなかったのだが、私の打った白石に嬉《うれ》しそうに応手を返してきた。その表情が、演技ではなく自然体そのものだと私には見えた。信じるという言葉は本心だったのだろう。

「召喚させられたといっていたけど、生き返れたことには感謝してるんだ。死ぬ前に遣《や》り残したことがあったから。元の世界だったら、もっとよかったんだけどね」

どうやら黒石の活路を見つけることができたようで、私の一手にすぐに返してくる。

「遣り残したことですか？」

私は、無難な手の白石を置いた。

「うん。僕は勇者になりたかったんだ。でも、今よりももっと非力だったし、魔力も少なかったから、目の前の惨状《さんじょう》を見ていることしかできなかった。だから、勇者の力があればって思ってたんだ」

勇者の話の内容は重いにもかかわらず、話よりも盤面に集中していた。先ほどの私の一手にはすぐ反応していたのだが、今度は考えが変わったのか、腕を組みながら体を小刻みに揺らして、時間をかけて考えている。

勇者の前世に何があったのかとか、どのような人生だったのかなど、その言葉だけで気になる点は多かったのだが、そこまで踏み込んで聞いてはいけないと考え、当初の目的に絞《しぼ》った質問を続ける。

「しかし、この世界の勇者では、貴方の願いが叶《かな》えられたとはいえないのでは？」

「どの世界でも同じだよ。自分が生きている場所で苦しんでいる人々がいるならば、それを救うことができる存在になりたいって思うじゃない、普通」

普通といわれても、私の人生において、そんなことを思ったことは一度もなかった。それは、私の生きてきたこの環境《かんきょう》が、好ましいものではなかったからだと思うし、勇者にとっては、その世界が愛すべき対象であっただけの違いなのだろう。

私は、勇者に自分と近しいものを期待していたのだろう……。やはり自分とは違うのだなと少し落胆《らくたん》していた。

「確かに自分の故郷で今の僕になれていたら、もっと嬉しかったと思うけど」

勇者が考えをまとめ終わったのか、ようやく一手を打った。先ほどすぐに打ってきたときと考えを変えたのだろう。

「優しいのですね」

私は、白石を置いてからいった。だが、身をもって知っている。優しさでは生き残れない。優しさとは愚《おろ》かさだと、内心を隠しながら。

「そういわれても嬉しくないな。勇者に必要なのは優しさじゃないから……」

意外な答えとともに、今度はすんなりと黒石を置く。

「どういうことです？」

私もすぐに打って答える。

「勇者に必要なのは公正さなんだ。目の前で肉親が救いを求めていても、それを見捨てて大勢の人を助けにいかなければいけない。だから、優しいといわれても素直《すなお》には喜べないかな」

私に答えながら、勇者の黒石はよどみなく打たれた。

それにしても勇者のいう勇者像とは、本当に人なのだろうかと疑わざるを得ない。いや、私の知る神や精霊《せいれい》でさえ、そんな境地で行動してはいない。そして勇者召喚の儀で求められる勇者の魂《たましい》の資質も、そんなものを求めているとはいいがたい。歴代の勇者達の中には、気に入らない者を救うのを嫌《いや》がり、そのために、王族によって強制的に働かされた者もいるのだから。

「ガーディルという国には縛《しば》られますが、それさえのんでしまえば、自由に生きられるではないですか？　どうしてそんな理不尽《りふじん》なことをしなければならないんです？　勇者といえど自分の人生なのですから、好きなように生きればよいかと」

白石の打ち方など決まっているので、勇者の答えだけを気にしながら私は白石を置く。

「自分の好きなように生きたら、勇者とはいえないよ。そんな偽《にせ》勇者にはなりたくないなぁ。勇者とは、勇気をもって公正さを貫《つらぬ》き、恨まれても決断を下せる者のことをいうんだって、僕の世界ではそういわれている。強大な力を持っていても、私欲で生きるならば、それは決して勇者とは呼ばれはしないんだ」

その言葉は、あらかじめ考えられていたであろうその一手と同様に、迷いなく発せられ、確固たる決意を感じさせた。同時に、剣を替えなかったことから私が持った融通《ゆうずう》が利《き》かない者という疑念を、確信に変えさせた。そして、勇者の行く末はよいものにはならないと私の胸に警鐘《けいしょう》を鳴らす。

勇者はガーディルに反抗さえしなければ、その圧倒《あっとう》的な力もあり、不自由なく生きていける存在だった。逆にいえば、ガーディルの思想を受け入れられなかった勇者は、不幸な人生を強いられてきた。そういった不幸な存在は、両の手では数え切れないほどだ。その存在の中に、目の前の勇者も名を連ねようとしているのが、なぜか私には歯がゆかった。公正だろうが優しさだろうが、どちらにせよ、この融通が利かない目の前の勇者には、幸福な人生は待っていないだろう。それが、なぜか私には許しがたかった。

なぜかという疑問を残して最後の一手を打つのではなく、私自身の気持ちを整理してからこの碁を終わらせようと思い、私は手を止めた。勇者が不思議そうな顔で私を見る。それはそうだ。どう考えても、次の一手を置く所は決まっていて、そして、二つの黒石の領域が繋《つな》がって、生き残ることが確定している。

しかし、それは盤面の上でだ。勇者は幸せになれるのか？　私は自分に問い質《ただ》していた。いや、なれないだろうと自答した時点で、私はなぜ自問に『幸せ』とつけたのかと気付く。そうか、私は、勇者に幸せになって欲しかったのだと、ようやく自分の気持ちに気が付いた。

囲碁を見ていてもいいかといってこの部屋に通い続けていた勇者は、私にとって他人ではなくなっていた。私を庇ってくれた勇者は、余人をもって代えがたい存在になっていた。たったそれだけのことでと、私は自身の単純さと純真さに呆《あき》れ、この私がかと思わずにいられなかったが、それだけが真実だった。

「優しさは私欲ですか？　私を助けてくれたのも公正さからですか？」

私は、そうでないことを願いながら、いや、確信しながら最後の白石を置きつついった。

「……だから」

黒石は打ち返されず、勇者は口ごもっていた。

「……友達だから」

この対局の最終の黒石を勇者は置きながら、最後に勝手にそう想《おも》ってたんだ、ごめんと小さい声で勇者はいった。

「構いませんよ。そんなことより、私はもう打つ手はありませんが、貴方はありますか？」

私は、温かい気持ちになり優しく笑顔《えがお》で答えたつもりだったが、勇者は顔を引きつらせながらありませんと答える。私はその反応を不思議に思いながら「対局ありがとうございました」というと、勇者も表情を戻しながら、同じように私に礼をいった。そこで、私は勇者の負けを伝え少し反省会をしてみましょうと、黒と白の石を取り除き、勇者が長考をした時点まで盤面を元に戻した。

「ここで、なぜ黒石の受けを変化させたのです？」

勇者は落ち着きなく私をちらちら見ながらも、ため息をついていた。それが何を意味しているか私にはわからなかったが、ふっきれたのか、黒石と白石を交互に置きながら説明しだした。

「最初は、こういう風に打っていけばいいかなと思っていたんだけど……」

そういって打ってできた盤面は上中央に大きく黒の領域ができていて、私としてはこれが正解だと思う打ち方だった。

「でも、そうすると左側の黒の領域が白に負けるから……」

そういいながら、盤面をいったん元に戻すと、また交互に黒と白の碁石を置いていく。出来上がった盤面は、上中央と上左の二つの黒の領域が繋がって辛《かろ》うじて生きながらえている、終局時の盤面だ。

「こうすることで、二つとも生き残したかったんだ」

「でも、先ほどの方が領域としては広かったでしょう。黒としては、先ほどの手が正解ですよ。なぜ、右側と繋ごうと考えたんですか？」

正解がわかっていながら悪手を打つ勇者に、疑問を投げかける。

「可哀想《かわいそう》だから」

さらりと単純明快に答えた勇者に、私は思わず笑ってしまった。

「なんで笑うのっ⁉」

顔を赤くして抗議《こうぎ》する勇者を見て、どうせなら、やはり私はこのままで生きて欲しいと思わずにはいられなかった。それに何より、目の前で優しさを表すその人が、望む勇者像を体現できるとは到底《とうてい》思えなかった。

「たかが囲碁の盤面上の一領域を見て、『可哀想』って、おかしいじゃないですか。石と石に囲まれているだけの範囲《はんい》に、そこまで感情移入するなんて普通できません。優しさもここに極まれりといった感じです。絶対無理ですよ、公正な勇者なんて。断言します」

私は笑いを徐々《じょじょ》に抑えながら、忌憚《きたん》なくいった。

「そうかぁ、残念だな……。折角勇者になれると思ったのにぃ……」

勇者は、心底残念そうな顔をする。

「それならば、元の世界の勇者でも、この世界の勇者でもない勇者になればよいのです」

私も心底そんな勇者にはなって欲しくないと、想いを込めて話す。

「それって、どんな勇者？」

「優しさをもって、人々を助け続ける勇者です」

「そんな勇者、聞いたことないよっ！」

不服そうな顔をする勇者の言い分は、もっともだった。

「当然です。私の考えた勇者像ですから」

今度は目を白黒させながら驚き、勇者はいった。

「確かに、公正さとか向いてないとは思っているんだけど……。でも、私欲が混ざるのはやっぱり僕としては許せないわけで……」

「誰かを助けるという気持ちに私欲がないなら、問題ないじゃないですか。目の前の人を助けている間に、世界のどこかで、何十もの人が助けを待っていたとして、どうしてそれを知り、助けることができるのですか？　目の前の者を助ける動機が、利益からではなく優しさなら、私欲ではないでしょう。貴方は貴方らしい勇者になればよいのだと、私は思います」

私の気持ちを素直に伝えたが、納得してくれるだろうかと勇者を見る。

「……そうかもね。ティレーラ様のいう通りかもしれない。よし、決めた！　優しい勇者になるよっ！」

しばらく考え込んでいた勇者は、ようやく口を開いた。

「折角、こんなすごい力を手に入れたんだから、僕は苦しんでいる人達の手助けをできるだけしたいんだ。でも公正さとか僕には無理だっていうのは、的確な指摘《してき》だと思うし、公正さに気をとられている間に、目の前の人を助けられなかったら、僕は嫌だから。だったら、心のままに手を差し伸《の》べたい」

「それでいいと、思いますよ」

私はなんとなく肩の荷を下ろした気になり、ため息をついた。

「それにしても、ティレーラ様も笑ったり、こんな砕《くだ》けた話し方をするんだね」

そういわれて自分の言動に気付く。このようなことは、幼い頃に母と接していたとき以来だろう。急に血が顔に上っていくのがわかる。

「いや、その……。貴方が友人だと仰ってくれたので、だいぶ気が緩《ゆる》んでしまったみたいです、失礼しました。気分を害されたならば謝罪します」

私の言葉に、勇者は満面の笑みを浮かべていった。

「なんだ、よかったよっ！　さっき友達だっていった時に、そんなことっていわれたから、僕、てっきり嫌だったのかなって、がっかりしてたんだ。そっかぁ、友達でいいんだねっ！　それじゃぁ、これから、よろしくねっ、ティレーラ様」

そういわれて、私は先ほどの勇者の不可解な行動の謎《なぞ》が解け、おかしさで笑いそうになるのと申し訳なさで頭が下がる想いとが半々の、何ともいえない気持ちに襲われる。それでも、どう扱っていいかわからないこの気持ちに気付かれないように、私は平静を装《よそお》って勇者に告げた。

「親しい者からはティーレと呼ばれていたので、問題がなければティーレと呼んでください」

そうはいっても、幼少のときに母が呼んでいただけだったが。

「じゃぁ僕も愛称で……」

私は勇者の言葉を遮《さえぎ》っていった。

「貴方が優しい勇者であり続けるならば、私はいつまでもお力《ちから》添《ぞ》えをさせていただきます。勇者様」


「やったぁ、ようやく勝てたっ！」

黒石と白石を整理してお互《たが》いの領域の広さを確認したあとに、勇者様は嬉しそうにいった。

「そうですね。次回からは、置き石は9個に致《いた》しましょう」

25個から始めた置き石の数は順当に減っていき、最近では10個まで減っていた。相変わらず領域の大きさを広げるためだけに、石を打てない勇者様ではあったが、それでも腕を上げているのをみると、合理的に打てれば、置き石をもっと減らせるだろうにと思いはする。しかしそのことを、口にはしなかった。なぜならそんなことをいう資格は、私にはなかったからだ。

あれは、置き石が12個ほどで対戦していた日のことで、勇者様が珍しく黒石を一つ見捨てて、他の盤面に黒石を置いたことがあった。私が珍しいですねと問うと、勇者様は苦笑《くしょう》しながらいった。

「ティーレが捨て石を効果的に使うようにすれば上達しますよっていうから、ちょっと考えてみたんだ。それで、やっぱり偲《しの》びないなと思ってたんだけど、一石ならこの石は自分なんだって思えば可哀想じゃないから、なんとか打てたんだよ。まぁ、でも自分は一人しかいないからなぁ、一回の対局で一回くらいしか打てそうにないけど」

そういわれて私は蒼くなり「二度と自分を犠牲《ぎせい》にする考えで打ってはいけない」と怒《おこ》り「じゃぁ、

捨て石なんて無理だよっ」と勇者様にいわれたので「それなら無理に打たなくてよいです」といってしまった。それ以降、合理的に打てばという助言を、私はしないことにしたのだ。

「それで勇者様がこちらにいらっしゃった目的を、聞いてもよろしいですか？」

碁石を片付けながら、対局中は触《ふ》れていなかった話を、勇者様に振った。

「そうそう、それね。王様がティーレに話があるからって捜《さが》してたんだけど、なんかここに来る直前に明日でもいいということになって、伝言だけ頼まれたんだ。まぁ、きっとまた、僕以外からも話がくると思うけど」

何事だろうとは思わない。おそらくは、エラーナ王国の凱旋《がいせん》式への出立《しゅったつ》の話だろう。先日、魔物の群れを討伐《とうばつ》したときの凱旋式をガーディルで行ったが、そこにエラーナからの使者として王族がきていた。その返礼で、エラーナで行われる予定の凱旋式に、勇者様の出席が要請《ようせい》されていたので、その日程が決まったのだと推測される。そんなことよりも、なぜ私の居場所を、勇者様が突き止められたのかが気になり、聞いてみた。

「簡単なことだよっ。こう見えても僕、ティーレのことなら大概《たいがい》わかっちゃうからだよっ！」

「もう少し過程を具体的に仰ってくださいませんか？」

勇者様の思考は、原因と結論がすぐに結びつく。そして、そのまま考えを口にすることが多く、そのため過程がわからないことも多い。しかし、そうかといって直感では決してなく、理路整然とした考えがその中にあり、ただそれが、あっという間に頭の中で処理されてしまうため、勇者様自身がその過程を意識していることがほとんどないだけなのだ。

自分一人で行動する分には適しているのだろうが、団体で行動するには不向きな思考力の持ち主だなと思ったことも、私が勇者様の騎士団の将軍を引き受けた要因の一つとなっている。

「ティーレは何か難しいことを調べるときには、最後の手段として、ここの隣《となり》の図書館を使うからね」

「なぜ、難しいことと思ったのです?」

「朝、僕の所にこなかったでしょう? こういうときは、僕に関係することで何かしているのは、いつものことだよね。しかも、所在がわからないと騒《さわ》ぎ出すほど時間が経《た》っていたってことは、難しい問題を抱《かか》えているのかなって思ったわけだよっ」

自信ありげに自説を述べる勇者様に対し、私はその洞察力はさすがだなと思いつつ、今日見たことを話さないで、この場をどうやり過ごすかを考え始めた。

「何を調べていたか教えてくれる気はなさそうだけど、もしかして危ない橋を渡《わた》っているなんてことないよね?」

勇者様が心配そうな声で聞いてくるので、私は大丈夫ですよと答える。

「それならいいけど。いつも僕には自分を犠牲にするなっていうくせに、ティーレは平気で自分自身を犠牲にする気でいるから、僕は心配なんだよ。絶対、無理しないでよね」

そういわれて、勇者様や私の命も危ないから、68番目の勇者については触れないでくださいと、素直に話してしまった方が簡単だと思い直していた。

◆ あとがき ◆

【緑青《ろくしょう》】

「わからない……」

主人公であるセツナとヒロインのトゥーリが何度も想《おも》い呟《つぶや》く台詞《せりふ》です。この二人のこの想いは、もしかすると読者様にも当てはまるかもしれません。なぜ、セツナはここまで強引《ごういん》な手を打ったのか。彼《かれ》らしからぬ言動の理由は……。

また、今回登場したヒロインであるトゥーリは、初対面のセツナに、どうして懐《なつ》かしさを覚えたのか、そして、彼女《かのじょ》は何に巻き込《こ》まれているのか。その他にも、カイルの立ち位置や竜王《りゅうおう》の思惑《おもわく》など、これらの疑問の答えは、二人の恋《こい》物語を通して紡《つむ》がれ紐解《ひもと》かれていきます。

複雑な想いが絡《から》み合い、歪《いびつ》な形から始まった二人の恋物語ですが、その行く末を気長に見守り、応援《おうえん》していただけると嬉《うれ》しいです。世界の理《ことわり》が違《ちが》う、異種族間で大きくその価値観が違う、そんな世界を歩くセツナとアルトの旅をこれからもよろしくお願いいたします。

【薄浅黄《うすあさぎ》】

『刹那《せつな》の風景』の2巻を手に取っていただきありがとうございます。薄浅黄と申します。ここでは、2巻刊行に際しての裏話をしようと考えていますので、ネタバレが困る方は一度本編を読み終えてから、再度お越《こ》しいただけたらと思います。

さて、1巻のあとがきにて『ｗｅｂ版を大きく変えない気持ちで書籍《しょせき》版を作る』と書きましたが、

2巻の感想はいかがだったでしょうか？　1巻の書籍化を終えたさいには、これ以上大変なことはないだろうと思っていましたが、2巻の執筆《しっぴつ》作業はそれを越えて大変で、かつ悩《なや》みました。

　悩みの1つは、デージーの章でした。ｗｅｂ版の掲載《けいさい》時、私達は書き方の幅《はば》を広げたく模索《もさく》していた最中で、この章を実験にして3人称《にんしょう》視点で物語を作る練習をしていました。結果として、『刹那の風景』の中で唯一《ゆいいつ》、人称が第三者視点で書かれたものとなってしまいました。そのデージーの章をそのまま書籍に載《の》せるのには葛藤《かっとう》があったのです。

　もう1つは、カルセオラリアの章です。当時、共感できないという厳しい意見をいただくこともあった章です。僕達《ぼくたち》としては、物語の展開の中で公開できる情報を使い構築した話ではありました。しかし今見ると、もう少し違う見せ方があったのではと思い、そのため、同様に葛藤がありました。

　結果、僕達はこの2つの章を再構築することを決断しました。そうしたほうが『刹那の風景』として、面白《おもしろ》いと判断したからです。そのような訳で、大分違っていると感じるかもしれませんが、より面白くなったと思っていただけましたら幸いです。書籍版のみ読まれている読者様も、これを機に『小説家になろう』様で連載《れんさい》中の『刹那の風景』と読み比べていただけたら嬉しいです。


【緑青・薄浅黄】

　最後になりましたが、いつもご迷惑《めいわく》をおかけしている編集の担当様、優《やさ》しい絵を描《か》き上げてくださいましたsime様、この作品に携《たずさ》わっていただいた皆様《みなさま》、そして、『刹那の風景』を応援してくださる読者様に、感謝を申し上げます。

二〇二一年六月五日　緑青・薄浅

DRAGON NOVELS
ドラゴンノベルス

刹那の風景 2

68番目の元勇者と竜の乙女

2021年6月5日　初版発行

著　　者　緑青《ろくしょう》・薄浅黄《うすあさぎ》

発 行 者　青柳昌行

発　　行　株式会社 KADOKAWA
〒102-8177　東京都千代田区富士見 2-13-3
電話 0570-002-301（ナビダイヤル）

編　　集　ゲーム・企画書籍編集部

装　　丁　ムシカゴグラフィクス

D　T　P　株式会社スタジオ２０５

印 刷 所　大日本印刷株式会社

製 本 所　大日本印刷株式会社

DRAGON NOVELS ロゴデザイン　久留一郎デザイン室＋YAZIRI

ISBN978-4-04-074000-3　C0093

DRAGON NOVELS
虐げられし令嬢は、世界樹の主になりました
～もふもふな精霊たちに気に入られたみたいです～
シリーズ1～2巻
発売中
著：桜井悠　イラスト：雲屋ゆきお
伯爵令嬢なのに理不尽な扱いを
受けてきたフィオーラのもとに、
一人の美しき“運命の人”が現れた。
そのときから少女は世界の運命を
左右する大いなる力を手に入れた！

不遇な少女が運命と出会う、
奇蹟の開運ファンタジー！